史魁鐸山莊
殺人事件

東川篤哉

Higashigawa Tokuya

目錄

序章

……記得那是號稱數年一次的獅子座流星群之夜。不，應該不是獅子座，是雙子座吧。也可能是金牛座，或是巨蟹座。不不不，說不定不是流星群，是月全蝕或是月偏蝕……唔，不過等一下，這麼說來，二十年前有「超級月亮」這個詞嗎？雖然最近真的是每年都會成為話題，但以前沒人說過這種詞。「今晚是月亮看起來最大的超級月亮之夜喔～～」這種蠢話，以前完全沒人說……可是最近為什麼……？

總之，這種小事一點都不重要。回到正題吧。這麼說來，我也才剛開始說吧？真是的，接下來的辛苦可想而知！

無論如何，那天肯定是看得到某種天文奇觀的特別夜晚。否則當時十四歲就讀中學二年級，正值青春期、發育期與中二病的我，不可能特地抱著天文望遠鏡與三腳架前往寒冬的陽臺。

是的，記得那是在嚴寒深夜發生的事。時鐘指針肯定已經走到凌晨零點，爸媽應該已經上床睡覺了。在這樣的狀況中，我在當時住的公寓五樓陽臺設置望遠鏡，隨即開始眺望遠方夜空。那天實際上滿天都是星星，也看得見月亮。「啊啊，烏賊川市果然是鄉下地方……」我看著這樣的夜空如此心想。畢竟如果在大都市，就看不見這麼美麗的星星了。

總之我開始進行天文觀測。但我當時是缺乏專注力，只有好奇心旺盛無比的國中二年級男生，很難一直獨自靜心欣賞星星。

我自認算是很努力了。至少一開始的十分鐘左右，天文望遠鏡確實朝向天空。

即使如此，隨著下流的慾望逐漸膨脹，望遠鏡的前端也逐漸朝下，這可說是必然的現象。開始進行天文觀測約十五分鐘之後，我的望遠鏡完全在觀測別的東西。

咦，你問我具體來說是在觀測什麼東西？

這部分請自行想像。不管是什麼東西都沒關係吧？是的，真要說的話是在維持治安。我主動擔任警衛，隔著鏡頭嚴加監視是否有哪個人在危害市區和平。當時我有時候欣賞星星，有時候偷看別人家的窗戶……咦，什麼什麼？你說危害市區和平的人應該是我？喂喂喂，你這傢伙說得真妙……不對，說得真狠！

可是啊，不覺得很有趣嗎？我這種近乎犯罪的行為，以結果來說清楚捕捉到地面出沒的賊星身影……咦，你好像沒猜到我想表達的意思？總歸來說，原本想看天上星星的我，不小心發現了地上的賊星……你想想，連續劇之類的作品經常把犯人稱為「賊星」……不有趣嗎？這樣啊，這麼說來，我也逐漸搞不懂這種說法哪裡有趣……哎，算了。

總之我親眼看見了，看見出入空屋的殺人犯！看見賊星！而且是在星星墜落的夜晚！

……這樣啊，果然一點都不有趣嗎？既然這樣，那就算了。我決定不再說笑。那麼事不宜遲，我來說明當時的狀況吧。

首先從空屋說起。

那是屋齡約三、四十年的木造砂漿建築物。從昭和時代就存在的古老平房住宅。從我住的公寓俯瞰，看得見那間屋子隔著一條鐵路與兩條馬路，剛好位於某個十字路口旁邊。直線距離將近一百公尺。因為沒有離得很遠，所以我以前就知道那間屋子是空屋，也常常從屋子前面經過。磚牆環繞的住家裡，棄置的樹木與雜草恣意生長。從樹木之間隱約可見的那間破舊建築物，記得每扇窗戶都用遮雨窗關得密不透風，營造出詭異的印象。

大概是這個原因，所以我念小學的時候，班上同學之間煞有其事流傳著「那間空屋每天晚上都會出現女鬼」這個愚蠢的傳聞。升上中學之後，大家多多少少得知事實而變得理智，不過這個傳聞飛躍性地進化成「沒有什麼女鬼，但是院子裡埋藏著男性的屍體」這種內容……笨蛋，不是啦，拜託別誤會。傳聞的出處不是我。我只是從朋友那裡聽到這個傳聞之後，加油添醋說給一百多人聽。真的只有這樣。我覺得這不是我的錯……大概吧。

總之，那間空屋距離我住的公寓還滿近的。我從五樓陽臺可以清楚俯瞰，沒有任何建築物遮蔽。當時是深夜所以當然很暗，卻也不是一片漆黑。空屋附近的路邊有一盞路燈。而且那天在空屋旁邊的十字路口附近，道路湊巧正在施工，所以當然也有照亮工地的照明設備。工地燈光延伸到空屋，門前看起來微微亮。因為這樣，所以只要望遠鏡好好對焦，甚至可以清楚確認空屋門柱的形狀。當時大概是這種狀況。

話是這麼說，不過用望遠鏡偷窺空無一人的屋子，也完全沒有樂趣可言。不，就算這樣，也不代表偷窺有人住的屋子充滿樂趣，我不是這個意思。重點在於我的望遠鏡之所以朝向那間毫無樂趣的空屋，並不是懷抱的某種期待，而是純屬巧合。我主動進行警備行動，結果湊巧用望遠鏡觀察那間空屋，如此而已。

不過，突然有一輛小貨車出現在那裡。是街上常見的那種車。窮學生搬家的時候會用的那種車。停在餐廳前面之後，會有壯碩小哥將啤酒箱堆上車斗的那種車。或者是載著農機在鄉下農用道路飛奔的那種……小貨車說明到這裡就夠了？這種程度的知識你也知道？這樣啊，哎，說得也是。知道了，那我繼續說下去吧。

那輛小貨車停在空屋門前的路肩。看見這幅光景的我開始起疑。即使在白天，我也鮮少看見車子停在那間空屋前面。夜深人靜的這時候更不用說。心想到底發生什麼事的我，更加認真以望遠鏡觀察。小貨車停放的時候是背對我所在的陽臺。總歸來說，車斗朝著我這邊，駕駛座朝著另一邊。後來小貨車駕駛座走出一名男性。

下車站在路面的那傢伙穿著工作服。和小貨車的車身相比，個子好像很高，肩膀也寬，體格看起來很強壯。男性一邊環視周圍，一邊慢慢走向車斗。但是以我透過望遠鏡觀察的雙眼，無法正確判斷車斗的模樣。問我為什麼？因為那輛小貨車有在車斗加裝車篷。車斗確實朝向我這邊，不過看起來偏黑的車篷覆蓋整個車斗……咦，這種事要先說?喂，你說得太任性了，剛才我還來不及說明這件事，你就要求「小貨車說明到這裡就夠了」對吧！

不過，我知道以車篷覆蓋的車斗上堆放什麼東西。是箱子。應該是瓦楞紙箱。各種不同大小與形狀的瓦楞紙箱，總共六個。不會錯。當時的光景至今依然清晰烙印在我的腦海。

工作服男性首先將上半身探進加裝車篷的車斗，然後取出兩個紙箱。兩個箱子都是長方形，若要形容的話，感覺就是把海報捲起來裝進去的那種箱子再大一點，這樣好懂嗎?總歸來說就是細長的長方形紙箱。長度大概將近一公尺。裡面的東西好像不是很重。那個男的輕鬆將兩個箱子抱在兩側腋下，穿過外門進入住家。

不過，住家整體被恣意生長的樹木圍繞，我沒辦法直接看見空屋大門。所以那個男的是將紙箱搬進屋子?還是放在屋子門口?這部分我不清楚。我只抱持著看熱鬧的興致與些許不安，定睛注視眼下的光景。

最後那個男的雙手空空走出外門。他再度將上半身探進小貨車車斗，然後又取出兩個紙箱。雖然同樣是細長的箱子，不過比起剛才的箱子，這次的大了一號，長度看起來也超過一公尺，而且應該也很重吧，那個高大的男性看起來有點吃力，同樣將兩個箱子抱在兩側腋下，和剛才一樣消失在門後。這麼一來細長的紙箱總共四個。兩個不到一公尺長的小紙箱、兩個超過一公尺長的大紙箱。箱子裡到底裝了什麼東西?我當然開始思考這件事。

然後，畢竟是被中二病侵蝕的十四歲男生。只有想像力特別膨脹的大腦，想到一個驚人的可能性。我逕自開始在陽臺瑟瑟發抖。浮現在腦海的是凶殺案的淒慘光景。你應該也隱約猜得到我當時在想像什麼吧？

雖然這麼說，不過當時的我也不只是陷入妄想，當然還殘留一些理性。我一方面想像事態的嚴重性，另一方面冒出「怎麼可能有這種事……」的想法。不過這裡的「怎麼可能」在下一瞬間轉變成「果不其然……」的確信。

搬運完細長紙箱，再度雙手空空走出外門的男性，第三次前往小貨車車斗，然後他取出的東西同樣是紙箱。不過這次是立方體紙箱，就像是大約三十公分見方的骰子。男性將那個紙箱扔在深夜的路面，說著「會骰出什麼呢，會骰出什麼呢……」這種歡樂的行為，他當然沒做喔，哈哈！

咦，聽得滿頭霧水？你是很少看電視的那種人嗎？這樣啊。以前有這種擲骰子決定聊天話題的綜藝節目喔。哎，算了，這就是所謂的代溝吧。

工作服男性把那個箱子小心翼翼抱在胸前，然後同樣搬運到門後。當時我盡量撐開手指，測量自己的臉有多大。人類從脖子到頭頂的長度大約是三十公分。

好啦，這麼一來，搬進門後的紙箱共五個。如果在這裡打住，浮現在我腦海的負面想像，也會以「這終究只是中二男生的妄想」的結論收尾……只可惜小貨車的車斗還留著最後一個紙箱。

第六個紙箱是最常見的形狀，形容成比橘子紙箱大一號，就大致可以想像吧。至於裡面裝了什麼東西，還是別去想比較好。因為這麼做只會反胃想吐。

唯獨在搬運最後這個紙箱的時候，強壯的工作服男性終究看起來很吃力。恐怕是因為內容物很重吧。看得出他慎重從底部將箱子抱穩。大概是令人反胃想吐的內容物隨時可能壓破紙箱底部掉出來吧。我一邊進行這種負面的想像，一邊注視這幅光景。然而不知道是幸還是不幸，這種震撼場面沒有上演。工作服男性像是以雙腳踩穩地面般前進，慢慢消失在門後。門口只留下一輛小貨車。

我在五樓陽臺屏息……老實說，我離得這麼遠，完全不需要屏息就是了……總之我異常忐忑不安，等待那個男的走出外門。

不過那個男的後來完全沒現身。進入門後就再也沒出來。那個男的到底在樹木遮蔽的屋子裡做什麼？不對，他真的在裡面嗎？說不定屋子另一側有後門之類的，他已經從那裡離開了？這種想法浮現在我的腦海，但實際上這個可能性很低。

問我為什麼？因為那間空屋的建地兩側與後方，三個方向都被其他民宅圍繞。果然除了正門沒有別的出口。如果那個男的要從其他場所離開，只能悄悄穿越別人家的私人土地，這麼做的風險終究很高吧。何況他開來的小貨車留在空屋門前的道路，既然這樣，他肯定會回到車子所在的場所。我就像這樣堅信並等待了十分鐘，二十分鐘……不過即使終於等待了三十分鐘，那個男的還是沒現身。看著毫無動靜的空屋光景，我終究開始膩了。對於空屋抱持的期待落空。對，因為是空屋！

問我為什麼一臉得意？我……我可完全沒有露出得意表情喔。當然也不是要逗你笑。我只是回憶當時的心境，忠實重現二十年前經歷的事實。「對於空屋抱持的期待落空」是當時中學二年級的我想到的冷笑話。長大成人的現在當然不會覺得好笑……可惡！

回到正題吧。總之空屋變得像是靜止畫一樣毫無動靜，我開始覺得繼續觀察也沒用。就算這麼說，我也沒有停止觀察空屋改為進行天文觀測，或是因為覺得無聊所以生悶氣上床睡覺，而是相反。我想近距離確認那間空屋正在發生什麼事。不是透過望遠鏡的鏡頭，而是想以自己的雙眼直接看清楚。

我當然知道這樣很危險。穿工作服的那個高大男性，說不定是殘酷的殺人魔。這種可能性也清楚浮現在我的腦海。老實說，我覺得恐怖。不過當時的我被中二病侵蝕，恐懼感愈強，危險程度愈高，內心熊熊燃燒的偵探魂愈是膨脹到無法抑制。我已經完全把自己當成《〇田一少年〇件簿》的主要登場角色……沒錯沒錯，就是「不小心闖入殺人現場，就這麼連帶被殺的第二個受害者」……呃，笨蛋！你說誰是第二個受害者啊！我經過二十年的現在依然活蹦亂跳活得很好喔！

不對，不是這樣。當時我完全把自己當成故事主角的少年偵探。

我換上黑色長褲、黑色外套、黑色帽子與手套全副武裝之後，拿著手電筒打開家門。爸媽已經進入夢鄉，應該沒察覺我外出。我懷著亢奮的心情飛奔穿越公寓走廊。

問題所在的空屋，和我家的直線距離約一百公尺。不過沿著道路走過去要五分鐘。

我快步走完這段路程，短短兩到三分鐘就抵達空屋門前。不遠處的十字路口，道路施工的人們果然默默勤快進行腳邊的工作。工作燈的光線微微照亮我的周圍。我就像是要逃離燈光，總之先躲到小貨車暗處。接下來才是問題。

看來工作服男性還沒回到小貨車。駕駛座空無一人。由此看來，那個男的應該還在門後。可能正在建築物內部做什麼不該做的事，或是在陰暗的庭院某處挖一個大大的洞。如此心想的我從磚牆探出半張臉，眺望建地內部。從茂盛的樹木縫隙可以隱約確認木造住宅的輪廓。遮雨窗緊閉的建築物甚至沒透出絲毫燈光。沉入黑暗的庭院也完全感覺不到人的氣息。

此時我仗著匹夫之勇，從開啟的外門踏入庭院。萬一在黑暗中遭遇那名工作服男性，只要不顧一切大聲求助就好。附近有大人們正在進行道路施工，應該會有人聽到聲音趕過來。這麼想就多少覺得比較輕鬆，敢大膽採取行動。

像這樣穿過外門，眼前所見是棄置荒蕪的庭院光景。在我的視野範圍內，沒看見揮動鏟子挖洞的男性身影。我變得更加大膽，走向木造老屋的大門。是一扇有點骯髒的玻璃拉門。不過仔細看會發現門沒有緊閉，拉門與木框之間有少許縫隙。累積髒汙的門把清楚殘留某人手指的痕跡。顯然有人在最近開關這扇門。那名高大的工作服男性，肯定就在這扇拉門後方吧。

我如此心想的下一秒，拉門後方真的傳來某人的氣息。我慌張離開玄關前方，卻來不及逃出外門，而是情急之下環視周圍，躲進大門旁邊的茂盛灌木暗處。我蹲在暗處的同時，玄關拉門發出聲響打開。出現的是高大到必須仰望……呃，不對，我是蹲著的，所以只能仰望……總之是一名高大男性。我躲在灌木暗處壓低氣息，從樹枝縫隙露出半張臉，親眼確認男性的身影。

那個男的把四個細長箱子一起抱在懷裡。是剛才隔著望遠鏡看見的紙箱。紙箱裡恐怕已經空空如也了。那個男的同時拿著四個箱子，緩慢走出外門。

箱子肯定是扔進小貨車的車斗吧。那個男的很快就空出雙手，再度走回玄關。這次他以雙手抱著兩個紙箱現身。是那個像是骰子的箱子，以及像是大型橘子箱的箱子。走出玄關的男性將兩個箱子疊起來抱在身體前方，以慎重的腳步走出外門。玄關的拉門就這麼沒關上。那兩個箱子果然會扔進小貨車的車斗吧。總歸來說，一度搬進空屋的六個紙箱，全部成為空空如也的狀態，再度放回小貨車的車斗。

既然這樣，肯定不會再搬其他東西出去了。如此心想的我正要從灌木暗處衝出來的時候，工作服男性又走回玄關前方。好險沒在門口撞見。我在千鈞一髮之際回到原本的灌木暗處，沒有引起風波。

那個男的好像是來關上沒關的拉門。他站在玄關門口，以戴著手套的手關上拉門。他看起來沒上鎖，就這麼雙手空空離開玄關門口。看著這幅光景的我，確信他這次肯定不會回到這間空屋了。

我等待工作服男性消失在門外，才終於從灌木暗處衝出來，筆直跑向外門，從快要毀壞的門柱露出半張臉。看得見高大男性的背影就在眼前。他走向小貨車的駕駛座。

響起車門的開關聲，他上車了。不久之後，小貨車在空屋門前盛大散布排氣聲與廢氣，轉眼之間從我的視野消失……

問我後來做了什麼事？我乖乖回到公寓房間，默默鑽進被窩……你是這麼猜測的嗎？我肯定說過，當時我把自己當成少年偵探。最危險的因素已經開著小貨車離開，既然這樣，我就沒什麼好怕的了。我目送小貨車離開之後，立刻掉頭回到空屋門前。

我站在玄關門口觀察拉門，發現門沒有關緊，還留著幾公分的縫隙。那條縫隙就像是對我說「來，打開看看吧」。我以戴著手套的手將門往側邊一拉，門就輕易開啟了。我毫不猶豫踏入屋內。建築物內部一片漆黑，我取出手電筒開燈。雖然這麼說，不過畢竟是二十年前的往事，所以不是現在主流的LED手電筒，是傳統的燈泡型。我依賴手電筒的微弱光線，沒脫鞋就踏上走廊。雖然建築物外觀看起來破舊不堪，進去卻發現屋內打造得意外氣派，也沒有可能會踩破地板的危險場所。和室之類的房間感覺隨時都可以供人住。我將手電筒燈光左右移動，大膽朝著屋內深處持續前進。

走到木地板走廊的盡頭，我看見一扇開著的門。探頭一看，門後感覺是盥洗室兼更衣室的空間。深處有另一扇門。我在猜到端倪的同時，害怕到忍不住發抖。首先，那扇門後肯定是浴室。而且如果裝在那六個紙箱裡的東西正如我的想像，那就很可能已經搬進這間浴室。問我為什麼？因為那些東西和浴室很搭吧？應該說，如果把那些東西丟在浴室以外的場所，之後會很麻煩吧？

——沒錯，是這裡。絕對只會是這裡！

抱持確信的我走到問題所在的門前，以顫抖的手抓住門把，像是要甩開恐懼般一口氣打開門，拿手電筒照向門後那片黑暗。不可靠的照明光束中央，浮現了表面貼上磁磚的浴池。淋浴區與牆壁也都是傳統的磁磚表面。磁磚各處浮現像是汙漬的紅黑色花紋。我踏入淋浴區，將手電筒伸進浴缸，戰戰兢兢窺視內部。瞬間，我倒抽一口氣。映入眼簾的光景正如我的想像。

兩條手臂，兩條腿，軀體，以及頭顱。被肢解成六塊的屍體，就這麼赤裸散落在浴池裡——咦，你問被殺的人是誰？

不，我完全不認識這個男的。我沒看過這傢伙的臉，不知道這傢伙來自哪裡。是的，遇害的是男性，這一點肯定沒錯。

——不過，問我這個問題的你認識嗎？認識二十年前化為屍塊被發現的那名男性嗎？喂，你和他是什麼關係？

第一章　鵜飼偵探事務所

1

凡事都有最不巧的時間點。關東正式迎來寒冬的十二月中旬某日。在烏賊川市冷清街角的「鵜飼偵探事務所」突然展開的這幅光景，正是「最不巧的時間點」的範本。

這一天——不對，不只是這一天，前一天或是前前一天也一樣——偵探事務所沒接待任何一名客人，甚至沒接到任何一通洽詢的電話，真的是無風狀態。在門前連雀都羅不到，無聊得不得了的這種狀況下，事務所唯一的偵探助手，也可以說是偵探徒弟的戶村流平，懶洋洋仰躺在沙發。他的雙眼注視著最近好不容易終於想辦法順利獲得的智慧型手機的畫面。

流平斜眼將視線瞥向事務所一角，坐在該處的是他的上司兼師父，總歸來說就是這間事務所的所長暨唯一的偵探鵜飼杜夫。身穿老舊西裝的他面對辦公桌，忙碌動著雙手玩撲克牌。

一下子像是三流魔術師般洗牌，一下子像是占卜師般抽一張牌占卜某件事，然後把牌當成飛鏢以指尖夾住，射向插在窗邊花瓶裝飾的那朵花。這張高速旋轉的撲克牌漂亮命中花瓶的花，花莖頓時被切成兩段，好不容易美麗綻放沒多久的花掉落地面，偵探見狀「哇」地哀號，對於自己的行為感到恐懼——就旁人看來，偵探似乎相當樂在其中。或者說，這大概是偵探無聊沒事做的模樣吧。

雖然搞不太懂，但是流平也沒想太多，將視線移回手心的手機畫面，然後暫時專注玩著完全不必讓大腦運作，只靠反射動作就能玩得愉快的手機遊戲——就在這個時候，偵探事務所突然響起敲門聲。

「啊，好像有人來了喔，鵜飼先……」

流平說著從沙發起身，將視線朝向偵探所在的辦公桌方向。下一瞬間，出乎意料的光景令他目瞪口呆，嘴唇微微顫抖。

「鵜飼先生，您……您在做什麼啊！」

「問我做什麼？流平，你自己看了就知道吧？」鵜飼以平靜語氣回答。「我在疊撲克牌塔。」

這確實是撲克牌塔。雖然這麼說，卻不是美國某卸任總統名下的摩天大樓，是以撲克牌堆疊在桌面聳立的高塔（註1）。這座塔已經漂亮疊到第四層，而且偵探雙手已經各拿一張牌，準備完成第五層的塔頂。

這座塔真的是只差一步就會完成的狀態。

流平嚥了一口口水。敲門聲再度像是催促般響起，傳入他的耳中。為了避免撼動空氣，流平慢慢從沙發站起來。

---

1 日文「撲克牌塔」與「川普大廈」音同。

「鵜……鵜飼先生，該怎麼做？有……有客人……」

「我知道。不過就算問我該怎麼做……在這種狀況是要我怎麼做？」

如此回應的鵜飼額頭，像是剛才在盛夏豔陽下跳繩般冒出豆大的汗珠。然而拿著牌的雙手卻像是在嚴冬寒空下凍壞般頻頻發抖。

流平也一邊感受著額頭滲出的汗水一邊進言。「總……總之我覺得應該先出聲回應……讓對方知道偵探事務所正在營業……」

「笨蛋，不可以！要是隨便應門，客人可能會在這一瞬間自己開門進來。這樣的話，走廊的風會馬上吹進室內，毀掉我的塔吧？你不想親眼看我完成這座偉大的塔嗎？我想看。既然已經努力到這一步，我一定要看……」

「這個嘛，我也想看……可是，敲門的肯定是委託人喔。或許是上好的客人捧著高額的報酬來委託輕鬆的工作。」

「不，沒事的。流平，你不必擔這個心。」

「我不是在擔心，是在期待！說不定是很好賺的工作！」

「不，絕對沒這種事。反正肯定是無聊的工作。因為我們的偵探事務所不紅。正因如此，所以我才會大白天就在疊撲克牌塔消磨時間，卻沒想到會招致這種結果——可惡，早知道這樣，我應該拿撲克牌和你一起玩接龍才對！」

——我才不要！為什麼兩個大男人要一起玩接龍？

流平在內心冷淡搖頭。另一方面，敲門聲一開始很溫和，後來像是在表達抗議般愈來愈激烈。雖然不知道有什麼事，不過看來對方不肯輕易打退堂鼓。然而反觀鵜飼神經大條的程度也不輸人，他完全無視於敲門聲，看來打算就這麼一鼓作氣進行撲克牌塔的最終工程。

最後敲門聲像是放棄般停止，偵探事務所再度回復寂靜。

等到這個機會之後，鵜飼輕聲說「來吧！」像是在對自己打氣。終於進入最終局面了。鵜飼雙手向前伸，試著以絕妙角度將兩張牌放在塔的頂端。屏息的瞬間，鵜飼慢慢從打造第五層的撲克牌放開雙手。流平動也不動，從不遠處守護這一幕。然而就在偵探事務所覆蓋的緊張感即將轉變為喜悅的這時候——

「喂，沒人在嗎？有人在的話至少回應一下吧！」

隨著這聲等得不耐煩的大喊，偵探事務所入口的門被打開了。嚴冬的強風立刻從走廊盛大灌入。下一瞬間——啪噠啪噠啪噠啪噠啪噠啪噠啪噠啪噠啪噠啪噠啪噠！

聳立的撲克牌塔重複發出無數的「啪噠」聲，淒慘崩塌。

目睹這幅震撼的毀滅光景，鵜飼口中「咻～～」地發出像是洩氣的嘆息，然後他自己也像是成為扁平的最後一張撲克牌，啪噠一聲倒在地上翻白眼。

極度的緊張與急遽的放鬆，導致可憐的偵探不省人事。

2

經過一段時間之後，流平姑且泡了三人分的咖啡，端到會客沙發組的桌子上。訪客用的沙發坐著一名體型福泰的男性，看起來令人聯想到《愛麗絲鏡中奇遇》裡的矮胖子。大約五十多歲，身高恐怕不到一六〇公分，以這個年齡的成年男性來說也很矮，手腳也極端地短，然而只有腰圍像是中年發福的範本般高於常人標準，流平會覺得他是鏡中世界的矮胖子也在所難免。

這名中年男性身穿的衣服，是明顯洋溢高級感的三件式西裝。首先肯定是量身訂製的吧。這種特殊體型穿起來完全合身的西裝，路邊的男裝量販店不可能會賣。是看得出西裝師傅精湛技術的作品。

「歡迎光臨『鵜飼偵探事務所』。我是偵探助手戶村流平。」

流平立刻坐在中年男性正對面進行自我介紹，他面前下巴肥滿的臉孔隨即露出疑惑表情，以低沉的聲音確認。

「偵探助手？那麼你不是偵探吧？也就是說……」男性斜眼瞥向流平身旁的座位。

「該不會那邊的他才是偵探？」

男性看著全身脫力的鵜飼。從剛才就翻白眼倒下的鵜飼，正是流平好不容易硬是把他從地上拉起來坐在沙發上。走不出撲克牌塔倒塌的打擊而處於恍神狀態的鵜飼，雙眼依然空洞失焦，看來完全沒發現自己正在迎接新委託人的來訪。

流平代替看來暫時派不上用場的偵探，以笑臉回答面前男性的問題。

「是的，雖然由我這個助手這麼說不太對，但是人不可貌相，這位偵探的本事非常高明。過去曾經帶頭讓許多重大案件亂七八糟……不對，是水落石出。是的，他真的立下許多實績……」

實際上是讓案件亂七八糟之後，確實讓真相水落石出。流平並沒有說謊。

「啊啊，我聽過他的風評，所以才像這樣過來一趟。我想委託這位鼎鼎大名的神探一件事。不過看偵探現在是這種狀態，別抱太大的期待應該比較好。」

感覺中年男性隨時都準備離席走人。不過似乎是啤酒肚妨礙行動，沒辦法輕易站起來。多虧這樣，流平得以從容慰留他。

「別這麼說，現在放棄還太早喔。這位偵探會在某個時間點確實切換成正經模式。總之方便先請教您委託的內容嗎？請放心，只聽您說的話不會收取任何費用，我們絕對沒這麼死要錢。」

「這樣啊，我知道了。既然免費就說吧。」中年男性以勢利眼的態度回應之後再度坐回沙發，直到現在才進行自我介紹。「我叫做小峰三郎，在這座烏賊川市經營好幾間娛樂設施。」

男性從高級西裝口袋取出看起來很高級的名片夾，抽出一張名片遞給流平。名片印著公司名稱「小峰興業股份有限公司」以及「小峰三郎」的文字。一旁「董事長」的頭銜閃閃發亮。流平差一點失手沒拿好這張剛拿到的名片——不會吧，真的是頂級的大客戶！

流平會這麼想，是因為他很熟悉「小峰興業」這間公司。正如小峰本人所說，是在烏賊川市內廣為開設各種娛樂設施（主要是小鋼珠店、吃角子老虎店、棒壘球打擊場與保齡球館等等）的在地知名企業。在犯罪很多娛樂很少的烏賊川市是很寶貴的存在，流平當然也會光顧這些設施。週一到週五擔任偵探助手賺到的薪水在週末兩天被吃角子老虎機吃光光的次數也不只一兩次。

自己的錢在那時候如同煙霧蒸發之後，以另一種形式存入面前所坐的矮胖子大肚腩裡，流平想到這裡就覺得五味雜陳。不過那間「小峰興業」的社長親自來到偵探事務所了。換句話說，這是將以前失去的金錢合法回收的大好機會。流平想到這裡重新打起精神。

「所以，請問『小峰興業』的社長先生來到這間偵探事務所有何貴幹？」

「嗯，關於這件事，首先你看一下這個。」

小峰三郎說著取出一個施加時尚裝飾的橫式信封。顏色是紅綠白，也就是聖誕配色。流平接過這個信封。

「嗯，這是信吧。所謂的聖誕卡嗎……」

正面寫著烏賊川市某處的住址以及收件人「小峰三郎先生」。但是背面沒有寄件人的姓名。信封已經打開，往裡面看就發現一張像是賀卡的物體。

「這張卡片，請問我可以看嗎？」

小峰緩緩點頭。「嗯。沒關係……」

沒聽委託人說完，偵探助手就從信封取出卡片。由此看得出他完全繼承了師父的厚臉皮。

「那我要看了。」

卡片正面印著麋鹿與聖誕老人，無疑是聖誕賀卡。流平閱讀卡片上的文章。

「我看看，上面寫的是……『制裁還沒結束。如果愛惜自己的性命就不要輕舉妄動，誠心祈求自己平安無事。』哇，這是聖誕賀詞嗎？」

「就你看來是賀詞嗎？」委託人露出傻眼表情搖頭。「不對，看起來是聖誕賀詞，其實是針對我的恐嚇信。」

「您……您說這是恐嚇信……」

就在這個時候，一隻右手靜靜從流平旁邊伸過來。伸直的指尖俐落拿走流平手上的卡片。啊——流平還來不及喊出聲，卡片就從眼前消失。回神一看，那張卡片落入坐在旁邊的鵜飼手中。

鵜飼好像是對於「恐嚇信」這個迷人的詞起反應，脫離長時間的恍神狀態，終於切換成正經的偵探模式。他迅速檢視寫在卡片上的文章之後，以一副名偵探的態度從容點頭。

「嗯，看來這確實是恐嚇信。流平你看，為了隱藏筆跡，對方故意不以慣用手來寫字，所以這些文字乍看之下寫得歪歪扭扭。信封上的字也是這樣對吧？」

「嗯，確實。」流平確認寫在信封的潦草文字之後點頭。「不過老實說，看起來也像是小孩子的惡作劇。這真的是正式的恐嚇信嗎？」

「當然還不能斷定任何事。不過十分有可能是真的。這位委託人也是擔憂這種狀況，才會專程造訪我們的偵探事務所。這位委託人是……那個，咦？這麼說來，請問您是哪位？我還沒請教您的大名。」

「喂喂喂！我早就自報姓名了。我是小峰，小峰三郎！」

「啊啊，對對對，您是小峰先生。不好意思，我剛才從高塔頂端摔下來，昏迷了一段時間。但是已經不要緊了。只要我出馬，就不會讓歹徒為所欲為——咦？您問我是誰？奇怪，我剛才有自報姓名吧？」

「你還沒自報姓名，剛才一直都只是恍神坐在那裡！」

「啊，原來如此。這下子恕我失禮了。畢竟剛才從高塔頂端……」偵探把剛才摔到昏迷的那件事重複一次之後，才終於首度向委託人打招呼問候。「我叫做鵜飼杜夫，是私家偵探。今後請多關照。」

偵探稍微彎腰，朝著坐在面前的委託人伸出右手示意握手。

小峰三郎透露些許不安，慢慢握住偵探的右手回應。

3

鵜飼順利復活之後，為了挽回至今的失分（雖然這麼說，但他失去的分數已經多到幾乎無法挽回），總之以嚴肅表情觀察信封與卡片，然後像是自言自語般提出他發現的幾個問題。

「嗯，看來郵戳是三天前的。負責寄送的是烏賊川市中央郵局。信封與卡片都是常見的市售商品……小峰先生，這封郵件是在什麼時候寄到您那裡的？」

「兩天前。卡片寄到我家信箱，傭人發現之後拿給我。」

「然後您就看了卡片內容是吧。除了您以外，還有人看過這個嗎？」

「目前只有我看過。再來就是你們兩人。」

「喔，這是我的榮幸。」偵探露出愉悅的笑容點頭。「那麼事不宜遲想請教一下，像是恐嚇信的這段內容，您知道是在說什麼嗎？上面寫到『制裁還沒結束』，這到底是什麼意思？是什麼樣的『制裁』還沒『結束』？具體來說，您心裡有什麼底嗎？」

「不，沒有。我為什麼必須被某人制裁？哼，開什麼玩笑，我哪有什麼被制裁的理由？」

「這樣啊。不過小峰先生您是公司的社長。既然擔任社長，應該會發生一些遭人怨恨的狀況吧。比方說和往來的客戶起糾紛，或是因為誤會而被顧客投訴，或是公司內部的敵對勢力反彈……或是被囂張的部下毫不講理挾怨報復……」鵜飼說到這裡，朝著坐在身旁的徒弟投以挖苦的視線。

「……嗯？」鵜飼先生，這是在說誰？

流平斜眼瞪向師父反擊。緊張的氣氛暫時在兩人之間流動。

最後兩人「哇哈哈哈！」「啊哈哈哈！」──不約而同發出乾笑聲，以手掌拍打彼此的肩膀。

委託人看著這幅光景，表情在一瞬間錯愕。然後他轉為嘆出長長的一口氣，以嚴肅語氣向偵探開口。

「確實如你所說，我至今樹立許多敵人。其中或許也有人憎恨到想要殺我。所以我不能無視於這封恐嚇信。即使認為肯定只是單純的恐嚇，也還是必須考慮到發生三長兩短的可能性。我就是因而來到這裡。」

「原來如此。我很能體會您的感受。」鵜飼溫和點頭，語氣轉為嚴肅。「只不過……」他接著說。「這麼一來，就出現新的疑問了。」

「唔，什麼疑問？」

面對皺眉的委託人，鵜飼直截了當發問。

「小峰先生，您為什麼不拿著這封恐嚇信去報警？我認為這是足以讓警方出動的案件。」

原來如此，流平也覺得這個指摘很中肯。

先不提眾人判斷這是認真還是惡作劇，這封奇怪的信寄到當地知名企業的社長住處，是毋庸置疑的事實。只要小峰把這封信交給警方，烏賊川警局的愉快成員們應該會吵吵嚷嚷喊著「來了，是事件！嘿呦，嘿呦！」動身搜查。是否查得到恐嚇犯是一大疑問，不過對於企圖犯罪的歹徒來說，警察出動肯定會成為一種遏阻力。與其來到近郊這種偵探事務所找這個不起眼的三十多歲男性求助，至少報警的效果肯定好得多。而且如果是找警察，無論再怎麼請他們努力辦案，也不必支付高額的報酬。以「既然免費就說吧」這句話為人所知的小峰社長，肯定能在半秒內判斷找警察還是偵探比較划算——那他為什麼來到這裡？

感到疑問的流平看向委託人。小峰像是被說到痛處般板起臉，最後以擠出聲音般的語氣說明。

「我……我討厭警察。不想依賴他們的助力。」

「這樣啊。」鵜飼遺憾般低語。「不過他們很優秀喔。而且人數多太多了。不像我這裡只有一個當成打工在做的偵探助手——對吧，流平？」

「一點都沒錯。此外就只有一個沒幹勁的偵探——對吧，鵜飼先生？」

以赤裸裸的真心話針鋒相對的兩人之間，再度出現緊張的氣氛。

轉瞬之後，響起「呀哈哈哈！」「哇哈哈哈！」比剛才更響亮的笑聲，兩人和樂融融握拳搥打彼此的肩膀。

——您說誰當成打工在做啊！明明您才是把偵探當興趣的怪胎！

流平在內心用力吐槽。不知情的委託人搖了搖頭。

「不，問題不在於優秀或是動員力什麼的。單純是我討厭警察。」

「這樣啊。哎，我基於職業特性，也和警察處得不是很好。不過以您的狀況，為什麼會討厭警察？曾經留下討厭的回憶嗎？被誤認是色狼之類的？」

「並……並不是這麼回事。總之我不想依賴警察，不想把事情鬧大。鬧上警局也會損害我公司的形象。」

「原來如此，我非常能理解這一點。」

鵜飼在適當的時機放鬆追問的力道，點頭回應。「總之在現今的社會，討厭警察並不稀奇。畢竟在某方面來說，偵探業也是多虧這樣才得以成立。所以到頭來，小峰先生您要委託我什麼事？要我查出這封恐嚇信是誰寄的嗎？」

「不，我不期待這種事。畢竟實際上應該也查不出來吧。我想委託你保護我身邊的安全，也就是要聘你當護衛。我認為這也是私家偵探的主要業務，所以才會造訪這裡。不過看來我的期望落空了。『沒幹勁的偵探』以及『當成打工在做的偵探助手』。我很擔心是否能將寶貴的性命只交給你們兩人。由此看來，就算我討厭警察，我去找一間『某某保全公司』或許也安心安全得多——那麼，我告辭了。」

小峰三郎說完就準備從沙發起身，不過他的啤酒肚在這時候依然妨礙動作。好不容易快要站起來的時候，鵜飼以指尖朝委託人的額頭一戳，小峰立刻再度一屁股跌坐回沙發上。

「這……這是在做什麼？你們剛才說過，只是聽我說明的話應該免費啊！」

「是的，當然免費，所以您不用這麼慌張也沒關係吧？我們多談一談吧。」鵜飼說著從正前方注視委託人。「我這裡確實是只有兩人的超小型偵探事務所，但是絕對不會輸給大型保全公司。而且說起來，烏賊川市沒有正派經營的保全公司，都是模仿『ＡＬＳＯＫ』取名為『ＡＬＲＩＫ』之類的山寨保全公司。」

「唔～～聽你這麼說就發現確實沒錯。不愧是烏賊川市……」

被迫重新考慮的小峰，就這麼坐著以短短的雙手抱胸。然後他露出死心般的表情，重新向偵探說明自己的委託。「老實說，我每年都會在烏賊川市近郊的烏賊腳海角某間旅館享受聖誕假期。是單獨座落在海角前端，遠離人煙不為人知的一間旅館。今年平安夜前後的這幾天，我也打算在那間旅館度過，不過就在這個時候收到了這封恐嚇信。」

「原來如此。用聖誕賀卡寫的恐嚇信。如果這是在預告某種犯行，可以推測對方暗示將在平安夜下手。就是這麼一回事吧？」

「嗯。我是這麼認為的。會裝模作樣寄出這種恐嚇信的犯人，應該會安排這種程度的戲碼吧？」

「是的，十足有這種可能性。也就是要上演一齣『聖夜的復仇劇』。」

「就是這麼回事。」

不小心點頭回應的委託人，立刻察覺自己犯了不該犯的錯，連忙轉動短短的脖子搖頭。「不對，錯了錯了！絕對沒有什麼復仇。我完全不記得做過任何會被人復仇的事！」

如此訴說時的態度、表情與聲音。小峰三郎的行為舉止，看起來像是以全身表現自己清楚記得某些事。

但是鵜飼沒有深入追究，對於委託人的失言一笑置之。

「嗯，我想也是。居然說什麼復仇，這種事，怎麼可能……哈哈哈！」

「嗯，沒錯。不可能是什麼復仇。不過如我剛才所說，做這種工作可能會在不知道的時候樹敵，最好還是要小心再小心——所以怎麼樣？可以委託你只在聖誕假期在我身邊護衛嗎？總之只要順利度完假，肯定就可以判斷這封恐嚇信是惡質的惡作劇或整人遊戲。」

「原來如此。換句話說，是要我陪同前往這間像是隱居地的旅館？」

「就是這麼回事。你的住宿費由我出。餐費當然也……」

「樂意之至！」

鵜飼沒聽完小峰的話語就爽快答應。看來包吃包住的委託在他眼中非常誘人。「這次休假……更正，這份工作，這個重大的任務，我鵜飼杜夫非常樂意接下。敬請放心！」

真的有委託人在聽到這段話之後能夠「放心」嗎？就流平看來，鵜飼滿心想要假借工作名義盡情享受假期。但是小峰只稍微露出疑惑神色。「這樣啊，你幫了大忙。」他一臉嚴肅點了點頭。

看來偵探與委託人已經自己談妥了。不過流平在這時候慌張介入兩人的話題。

「啊，等……等一下，我呢？我要怎麼做？」

「唔～～流平負責留守就好吧？你待在這裡思考新塔的建築工法吧。到時候你的聖誕假期肯定會很充實。」

「啥？」說這什麼話，熱血沸騰執著於蓋塔的是你吧！

流平睜大雙眼瞪向師父，但是鵜飼一臉不以為意。看來他想獨享這次的好處。不過在這個時候，委託人說出一個美妙的提案。

「不，人數愈多愈好。可以的話希望你們兩人一起來。」

「就是說吧，就是這麼說吧，社長！不愧是社長，真內行！」

就像是從現在開始成為「小峰興業」的社員，社長將面前的中年男性稱為「社長」，深深低下頭表示謝意，同時在內心為至今對於小峰的各種負評道歉。

——剛才說您以「既然免費就說吧」這句話為人所知，真的很抱歉。那是我有眼無珠。您其實是一位慷慨大方，肚裡能撐船的男人。不，並不是說您腰圍很大或是如同童話裡的矮胖子，不是這種體型上的意思，總歸來說是肚量很大的男人。沒錯，就是這樣！

「不愧是小峰社長，烏賊川的遊戲王！」

流平就像是要贖什麼罪，不斷拚命拍馬屁。鵜飼以忿恨不平的表情注視他。然後在他們的面前，小峰這次真的鼓足勁「嘿咻！」從沙發站起來，迅速穿上剛才脫下的大衣。

「那麼我就此告辭。畢竟有很多事情要忙。假期的詳細行程決定之後，這邊會連絡你們。總之至少先把那段時間空出來。拜託了。」

「沒問題。因為我們在聖誕節前後根本就沒有任何計畫。」

鵜飼透露出悲哀現實的一角，看著委託人進行離開的準備。但在小峰正要走向出口的時候，鵜飼不知道想到什麼，突然說「啊，請稍待」刻意叫住委託人。小峰在門前停下腳步。

「唔，還有什麼在意的事嗎？」

接著鵜飼露出正經表情，問了一個相當不重要的問題。「烏賊腳海角那間像是隱居地的旅館名稱，方便先告訴我們嗎？」

「這種事需要現在在這裡告訴你嗎？」

「是的，為了接下來正式進行工作，請務必告知。如果是能帶來好手氣的名稱就更好了。」

「啥？旅館的名稱跟手氣好壞沒什麼關係吧？」委託人疑惑歪過腦袋，卻很乾脆地告知名稱。「那間旅館叫做『史魁鐸山莊』。你既然住在這座城市，好歹應該知道『史魁鐸』的意思吧？」

「是的，我當然知道。原來如此，『史魁鐸山莊』嗎？真是個好名字！」

「這個嘛，我可不知道這算不算是好名字。那麼，我告辭了。」

委託人小峰三郎特別拉大嗓門說完，就開門離開偵探事務所。

等待下樓的腳步聲夠遠之後，鵜飼「呼～～」地嘆了長長的一口氣，然後毫不害臊地詢問助手。「喂，流平，『史魁鐸』是什麼意思？」

流平不禁差點來個綜藝摔。

「咦咦～～？我還以為您知道。所以您剛才明明不懂，卻裝懂稱讚『真是個好名字』嗎？我的天啊，超傻眼的。不知道委託人聽到之後到底會怎麼想——咦，我嗎？我當然是第一次聽到『史魁鐸』這個奇妙的詞！大概是奇幻風格的外來語吧，聽起來感覺挺時尚的……」

就像這樣，流平也和鵜飼一樣毫不害臊。

看來兩人即使就這麼討論下去也永遠得不出正確答案。領悟到這一點的流平，完全忘記新買不久的手機就在身旁，翻開傳統的辭典。然後他終於得知「史魁鐸」這個詞和奇幻搭不上邊，單純是英語「烏賊（squid）」的音譯。他打從出生至今第一次得知這個事實。

第二章　烏賊腳海角的史魁鐸山莊

1

後來時間轉眼即逝，今年月曆剩下沒幾張的十二月二十二日。距離聖誕節還有三天，也就是平安夜兩天前的這天下午，偵探們出發前往史魁鐸山莊。

順帶一提，戶村流平昨晚看當地的電視新聞節目，氣象預報說這天的關東地區是「晴時多雲偶陣雨，某些地方會下雪」，形容得極為籠統。是「應該會說中其中一項才對」的觀望型預報。畫面上掛著輕浮笑容的氣象預報員甚至說「說不定會下很大的雪，尤其是烏賊川市的沿海地帶……嘻嘻！」透露一絲不祥的期待——不過這種傢伙的預報不可能會準！

流平抱持這份自信迎來出發的日子，不過確實如那名氣象播報員所說，這天的烏賊川市下了「很大的雪」。連平常鮮少下雪的市中心都飄起大片雪花，馬路的柏油路面也已經一片雪白。

話是這麼說，不過既然要工作，無論下的是雪是槍都沒差。而且這次是對方包吃包住（聽說旅館裡甚至有溫泉）的迷人工作，那麼即使雪化為冰槍灑落，偵探們當然還是會出門。

所以流平和師父鵜飼杜夫進行溫泉旅行的準備——不對，不是這樣，是保護委託人的準備——在完成萬全的準備之後一起衝出「鵜飼偵探事務所」。然而大樓的年輕房東二宮朱美湊巧在樓梯和他們擦身而過。

「哎呀，鵜飼先生，你們要出門旅行去滑雪嗎？」

朱美一看見兩人就露出疑惑表情。看來在她眼中是這副模樣。

不過她不知道詳情，所以難免會誤解。因為鵜飼在以往那套不起眼的西裝上加穿一件平常很少穿的藍色羽絨大衣，反觀流平身穿滑雪板玩家會穿的寬鬆長褲加上鮮黃色羽絨外套。看到他們以這副色彩繽紛的打扮抱著大大的旅行包匆忙出門，任何人都會冒出「是不是要去滑雪場？」的猜想。至少看起來肯定不像是要出門進行搏命的工作。

此時鵜飼以正經八百的表情看向她。

「喂喂喂，朱美小姐，妳這樣沒禮貌喔。居然說我們要去滑雪，太荒唐了。我們正準備前往烏賊腳海角的史魁鐸山莊。」

鵜飼簡潔告知這個無從誤解的事實，不過朱美聽完這麼回應。

「哇，是喔，所以不是去滑雪，是去泡溫泉啊。」

結果她就這麼繼續誤會，露出接受的表情。她輕輕搖晃單手，單方面留下「那你們就去盡情享受溫泉吧」這句話，逕自上樓。

「唔～～並不是這樣……」

「不，反倒正是這樣吧？」流平輕聲說出真心話。

但是無論如何，現在沒空解開朱美的誤會。流平與鵜飼重新衝下樓，跑出綜合大樓的大門。兩人走在薄薄積雪的人行道，前往位於市中心的烏賊川車站。車站後方的老舊保齡球館就是和委託人會合的場所。這間保齡球館也是「小峰興業」經營的娛樂設施之一。

抵達一看，委託人已經在會合地點，站在正門的屋簷下方躲避下個不停的雪。和第一次見面的時候不同，今天的他身穿像是會溶入雪中的乳白色高級西裝。沒穿大衣之類的外衣。啤酒肚害得襯衫鈕子像是隨時會彈飛。寬管褲的褲頭靠著蛇紋腰帶勉強維持在腰部位置。外型看起來照例像是長出四肢的蛋，或者是站在店門口的肯德基爺爺人偶被壓扁之後的模樣。

「真慢，遲到兩分鐘了。」小峰一看見鵜飼他們就不悅板起臉。「你們到底在拖拖拉拉什麼？」

「啊，不好意思。向房東說明原由剛好花了兩分鐘……」

鵜飼說出不算藉口的藉口，東張西望。

「那麼事不宜遲，我們出發吧……話說回來，車子呢？啊，是那輛嗎？」鵜飼注意到停在一旁的漆黑車身，出聲感嘆。「哇，不得了，真是氣派的裝甲車！」

「不是裝甲車。是凱迪拉克。Cadillac Escalade。美國製造的八人座休旅車——哎，雖說是美國車，不過和普通的車子沒什麼兩樣。」

「哎，確實如此。」鵜飼自然而然以失禮的話語附和。

流平連忙幫偵探的失言緩頰。「應……應該不算普通吧，鵜飼先生。您看，這大到沒用的誇張車身！令人感覺到魄力的模樣。要是加裝一門大砲，幾乎就是戰車了，戰車——您說對吧，小峰社長！」

「不，這可不是戰車。」小峰說完面有難色，帶著偵探們走向停在一旁的休旅車。

「算了。總之這輛車交給你們駕駛。麻煩盡量開得平穩一點。因為先不提我，我的女伴很容易暈車。」

「啊？女伴……？」

「女伴是……？」

我可沒聽說——偵探搭檔就這麼轉頭相視。在這樣的兩人前方，巨大的美國車後座車門發出聲音開啟。現身的是酒紅色連身裙宛如晚禮服，加披一件豪華黑色大衣的貌美女性。年齡大約三十歲吧。乍看會令人聯想到「特種行業女性」的濃妝。及肩的黑髮是大波浪捲。女性一邊在意連身裙的裙襬，一邊從後座下車站在地面。向偵探們進行初次見面的問候之前，她先向小峰投以妖豔的視線，然後將形狀美麗的嘴脣湊到小峰耳際。「欸，你之前說的『不可靠的偵探們』就是這兩人嗎？」

——喂，等一下！見面劈頭就說「不可靠的～～」很失禮吧！

流平在內心猛烈吐槽。

不知情的小峰很乾脆地點頭回應她這個過於失禮的問題。

「啊啊，沒錯。我之前說明過吧？他們是偵探鵜飼以及偵探助手戶村。」

他說完伸手指向兩人。小峰社長到底是對這名女性怎麼說明的？這一點令人非常在意，但也不能在這時候質詢委託人。不得已，偵探們一起向女性伸出右手示意握手。

「初次見面，我是『不可靠的鵜飼』。請多指教。」

「初次見面，我是『不可靠的戶村』。請多指教。」

兩人酸溜溜地自報姓名之後，對方女性依序溫柔握住兩人的手。

「我是霧島圓。」

除了名字以外沒有任何情報的自我介紹。看著為難的偵探們，小峰刻意發出咳嗽聲，然後以他難得使用的客氣語氣告知意外的事實。

「圓是我的妻子。但是沒正式登記。」

「咦，您說妻子……？」鵜飼頓時錯愕，交互看向霧島圓與小峰三郎，露出吃驚的表情。接著他立刻向委託人投以冒犯至極的視線。「等一下，小峰社長，您真是不容小覷耶！真是恨死我也，好恨，好恨——喲，大帥哥！」

「你這種昭和時代的反應是怎麼回事？」

小峰像是在展現威嚴般怒斥偵探。

先不提鵜飼的反應像是昭和還是平成時代，總歸來說，霧島圓好像是小峰三郎沒娶進門的妻子。不知道身為公司社長的小峰是因為工作上的往來還是私底下的休閒，在夜店之類的地方認識了「夜蝴蝶」霧島圓，憑著財富與權力追求她，最後發展為親密伴侶。即使沒能成為正式的婚姻關係，卻也捨不得放下貌美的她，兩人順其自然維持這種有實無名的夫妻狀態——肯定是這麼回事。流平就像這樣大膽又隨興地發揮想像力。這當然是毫無根據的妄想，不過流平暗自確信八九不離十。

「好了，還在下雪，妳回車上吧。」

另一方面，小峰一反形象溫柔這麼說。妻子在丈夫的催促之下回到後座。等她上車之後，鵜飼輕聲向委託確認。

「為求謹慎請問一下，關於這次的恐嚇信，夫人已經知道了嗎？」

「嗯，包括請你們擔任我的護衛這件事，我都告訴她了。」委託人壓低聲音回答，然後轉為拉開嗓門大聲說。「好了，你們也快點上車吧。繼續拖拖拉拉下去，途中的道路說不定會因為大雪禁止通行。要在這之前抵達史魁鐸山莊——你們聽到了吧！」

鵜飼與流平齊聲回應「是～～」並且上車。

然而出發之後不到一個小時，四人搭乘的凱迪拉克休旅車就在沿海道路被迫陷入苦戰。在市區只薄薄覆蓋路面的雪，愈接近海岸就積得愈深。直接被海風吹拂的道路簡直像是遭遇暴風雪。駕駛座的鵜飼好幾次被積雪的柏油路面害得輪胎打滑，拚命操作方向盤。凱迪拉克的賣點是大到誇張的車身與強到有剩的馬力，所以勉強可以繼續行駛，但是一般的國產車應該早就舉白旗投降了吧。

「不過啊……」流平說出內心的擔憂。「問題在於烏賊腳海角。要前往海角前端，途中必須行經九彎十八拐的山路。不只坡度很陡，而且連續都是髮夾彎。在這場大雪之中終究很難開……對吧，鵜飼先生？」
「嗯，即使是暴力的美國車，沒加裝雪鏈大概沒辦法繼續開吧。」
「喂，你說誰暴力啊！」小峰在後座大喊。
「不不不，我是在說車子喔。社長您當然不暴力。」
「那當然！」小峰怒斥偵探之後回到正題。「那麼我問你，只要安裝雪鏈就能走山路嗎？那就這麼辦吧。」
「知道了。」鵜飼回答之後，立刻將車停在道路旁邊的避車彎。「那麼，就是這麼回事，所以流平，你起碼知道安裝雪鏈的方法吧？」
「咦～～要我去裝嗎～～？」
「那當然吧？你不裝的話要由誰來裝？」
「你們兩人一起裝，一起！這樣絕對比較快吧！」
「就是說吧，社長，是的，我也正好這麼想喔！」隨口敷衍的鵜飼和流平一起衝下車，兩人腳踏實地埋首合力在輪胎安裝雪鏈。感覺雪在這段時間也愈下愈大。
「我說鵜飼先生，難道在我們抵達海角前端那間祕密旅館的同時，該處就被大雪封閉成為陸地孤島——會是這種老套的劇本嗎？」
「嗯。以時間點來說很有可能。那麼在化為陸地孤島之後，那間祕密旅館將會上演充滿鮮血的慘劇——或許是這種老掉牙的劇本。」
「不，怎麼可能，這種事根本……」

「嗯，只不過啊，這種事可能……」

偵探們在雪中露出擔心的表情相互注視。然而在下一瞬間，兩人像是要趕走內心來往的不安般發出「啊哈哈哈！」「嘎哈哈哈！」的乾笑聲，用力拍打彼此的肩膀。

「流平，當然不會有這種事吧？」

「說得也是，鵜飼先生，不會有這種事吧？」

兩人勉強做出像是在相信什麼般的反應。

委託人從後座車窗怒斥這樣的偵探們。

「喂，你們兩個在玩什麼玩！有這種閒工夫的話就快點開車！」

「啊，說得也是。那就趕路吧。」鵜飼說完跑回駕駛座。

另一方面，流平回到副駕駛座的時候忽然心想——如果海角的道路禁止通行，這輛車到不了史魁鐸山莊，反而比較安心又安全吧？

不過小峰三郎似乎絲毫不考慮掉頭返回。他握著霧島圓的手，筆直注視前方。鵜飼重新發動引擎踩下油門。黑色休旅車讓雪鏈發出聲響，以更勝於剛才的動力行駛在雪道上。

後來車子在三岔路轉彎開往海的方向。前方就是烏賊腳海角。正如其名，是令人聯想到烏賊的腳，狹窄又蜿蜒的一座海角。通往前端的九彎十八拐道路，凱迪拉克以重型戰車般的魄力飛馳。再過幾分鐘肯定就能抵達目的地——在如此心想的下一瞬間！

「等……等一下，鵜飼先生，那是什麼？」

流平在副駕駛座指向前方大喊。鵜飼也連忙在雪道上緊急煞車。後座的兩人就像是差點撲倒，上半身前後晃動。小峰以抗議般的語氣詢問鵜飼。

「喂，怎麼了，為什麼突然停下來？」

「沒有啦，那個……前方有一輛車發生車禍……您看。」

隔著擋風玻璃看得見積雪樹木林立的山道。一輛黃色車子以不自然的模樣撞進密集的樹群。車頂積了一層薄薄的雪。「喔喔～～」鵜飼看著這幅光景點了點頭。「好像是因為下雪沒能順利過彎，所以撞進樹林裡了。」

「看來是這樣沒錯。不過車上應該沒有任何人了吧？」

這件事和我們無關，所以快點開車吧──小峰的語氣像是在這麼說。

然而鵜飼慎重搖了搖頭。

「不，這就不知道了。我去看看吧──喂，流平，我們走！」

話還沒說完，鵜飼就衝出駕駛座。流平也隨後跟上。

跑過去近距離一看，這輛車似乎是國產的汽車。沒加裝雪鏈。凹陷的引擎蓋顯示衝撞力道多麼激烈。擋風玻璃也破裂，出現蜘蛛網般的裂痕。注視車內的瞬間，流平不由得「啊」地大喊。

駕駛座有一名男性。身穿褐色大衣的年輕男性。上半身無力倚靠在駕駛座的車窗，額頭流下一道紅色鮮血，雙眼像是死人般緊閉。雖然好像起碼有繫上安全帶，不過……

「看來安全氣囊沒啟動。」

「肯定是烏賊川市工廠製作的安全氣囊。」

「他……他死了嗎？」

「不，現在斷定還太早。」

鵜飼立刻伸手拉駕駛座車門。幸好沒上鎖，車門順利開啟。差點從駕駛座滑落的這具屍體……不對，還沒確認是不是屍體，不過這名男性像是屍體般全身無力。

鵜飼以雙手抱住他，手指按在頸動脈把脈，然後確認有無呼吸。最後鵜飼輕吐一口氣，發出安心的聲音。「看來只是昏迷。只不過，要是在這種狀況繼續昏睡，他肯定遲早沒命。」

「怎麼辦？要叫救護車嗎？」

「在這裡叫？唔～～這麼一來以人道觀點來說，在救護車抵達之前，我們也必須在這裡等吧？」

「不提人道什麼的，也應該要這麼做吧。」

「可是這樣的話，那位急性子的委託人應該不會接受。畢竟在等救護車的這段時間，路況也是一分一秒逐漸惡化……說起來，救護車真的到得了這裡嗎？比起加裝雪鏈的美國車，應該沒這麼簡單……唔～～既然這樣！」

似乎做出某個決定的鵜飼，暫且走回黑色的凱迪拉克，然後隔著後座車窗和委託人交談。他先說明現狀之後如此提案。「用這輛車載那名傷患到旅館吧。反正再開幾分鐘就到那裡了，這麼做比較好。抵達之後再叫救護車也不遲——您不介意這麼做吧？」

小峰露出不滿般的表情，但是坐在身旁的霧島圓輕聲向他說「親愛的，就這麼做吧」，小峰隨即回應「沒辦法了」勉為其難聽從妻子的意見。

就這樣，得到委託人許可的偵探們，聯手從汽車駕駛座拖出受傷的青年，運到凱迪拉克的第三排座位。青年在這段期間任憑處置，完全沒有清醒的徵兆。

青年的體格是現代年輕人的平均標準。特徵是大大的鼻子、方正的下巴與厚實的嘴脣。頭髮是略捲的短髮。沒留鬍子。淺黑色的皮膚給人精悍的印象。

注視這名青年的小峰臉上，只在這時候稍微露出「唔」的表情，但是流平沒有看漏。鵜飼似乎也同樣察覺到某些事。

「小峰先生，怎麼了？您對這名青年的長相有印象？」

但是小峰立刻從青年臉上移開視線。「不，我不認識。沒道理認識吧？」他斷言之後坐回座位，然後筆直指向前方重新命令偵探。「好啦，快點開車吧。要是在這種地方停留太久，搞不好連這輛車都會在雪中進退不得。」

「是的，一點都沒錯。趕快出發吧。」

偵探們立刻回到駕駛座與副駕駛座，車輛再度開始在雪道上行進。

在連續起伏又轉彎的道路繼續行駛數分鐘後，前方的視野突然擴展開來，長長延伸的道路前方出現一棟孤零零的建築物。是西式風格的兩層樓建築。大大的屋頂已經積了好多雪。在泛白的模糊風景中，這棟建築物彷彿縮起身體忍受寒冷。小峰三郎指著這幅光景低聲開口。

「你們看那裡。那裡就是史魁鐸山莊。」

2

「喔，這就是史魁鐸山莊嗎……」

鵜飼將車子開到建築物門前，以一副失望的樣子低語。「看來並不是設計成烏賊造型的旅館……」

以偵探的立場，應該會期待是這種特殊形狀——換句話說，就是明顯只會在推理作品裡看見——獨樹一格的建築物。副駕駛座的流平一聽到這句話……

「——當然不可能吧？」

極為符合常理的這句吐槽就脫口而出。說起來，流平完全無法想像「烏賊造型的旅館」是什麼模樣。如果三角形屋頂的方形建築物長出十條腿，看起來應該像是烏賊吧。不過這種建築物即使看起來像是烏賊，大概也不像是旅館。

流平思考這種事的時候，車子進入外門，抵達建築物正前方。鵜飼將黑色休旅車停在門廊，對開的大門隨即像是等待已久般被推開，兩人從門後現身。是一對中年男女。小峰指向窗外。

「豬狩省吾先生與美津子小姐。這間旅館由他們夫妻倆經營。看來早就在等我們抵達了。」小峰說完打開後座車門獨自下車，然後像是常客般舉起單手打招呼。「嗨，今年也受兩位照顧了。」

中年夫妻隨即一齊深深鞠躬。

「太感謝了，小峰大人，天氣這麼差還不吝前來……」

「歡迎您大駕光臨……」

豬狩省吾將銀灰色頭髮整齊梳理成西裝頭，外貌內斂沉穩，身穿筆挺毫無皺摺的黑色西裝，完全是旅館人員的樣貌。反觀豬狩美津子是身穿綠褐色和服的亮麗打扮。妝容無懈可擊的臉蛋掛著訓練有素的笑容，洋溢的氣息比起西式飯店更像是日式旅館的老闆娘。不過她站在古老西式建築大門前方的身影毫不突兀。

他們兩人在霧島圓跟著小峰下車之後同樣微笑以對，說出「也歡迎夫人光臨」的歡迎話語。但在另一方面，對於鵜飼與流平，兩人似乎在一瞬間明顯露出「唔，你們是誰？」的懷疑表情——這是被害妄想嗎？

總之經過微妙的停頓之後，小峰以「他們就是這次一起訂房的『另外兩人』」這句無比正確的話語說明鵜飼他們的身分，豬狩夫妻才終於不再納悶，一齊朝著「另外兩人」低頭開口。

「原來如此，歡迎光臨。」「我們恭候已久了。」

——喂喂喂，你們真的有在等候嗎？

真的有準備我們的房間嗎？流平有點擔心。但是比起這種事，現在有一件十萬火急必須處理的重要事項。鵜飼以正經八百的表情看向旅館主人。

「其實除了我們以外，還有一個人。」

「咦，可是當初預約應該是四人才對……」

「呃，因為來不及預約……」鵜飼搔了搔腦袋，隔著車窗指向躺在車內第三排座椅的青年。「他現在頭部受創昏迷不醒。」

然後鵜飼簡潔說明來龍去脈。豬狩夫妻立刻理解狀況，迅速採取應對措施。省吾暫時進入屋內，接著抱著白色擔架過來。鵜飼與流平將昏迷的青年抬上擔架，豬狩夫妻分別站在擔架前後，立刻將傷患運進屋內。

小峰三郎、霧島圓以及兩名偵探跟在擔架後面，鑽過厚重的大門。接著在眼前展開的，完全是西式宅邸風格的華麗光景。鋪著鮮紅地毯的地板。施加精細裝飾的柱子。在這個豪華空間的中央，大階梯像是高聳矗立般延伸到二樓。

另一方面，這裡也確實是旅館大廳。樓層一角是一個小小的接待櫃檯，備有充滿高級感的長沙發、單人椅、矮桌與大型電視。室內暖氣當然夠強，暖和又舒適，外面的暴風雪彷彿是假的。

這時候，豬狩夫妻讓青年躺在其中一張沙發。

「由我打電話叫救護車可以嗎？」

聽到省吾這麼問，小峰簡短回應「啊啊，沒問題」。黑色西裝的男主人立刻從胸前口袋取出智慧型手機。另一方面，他也簡短向女主人下達指示。

「為求謹慎，妳可以叫藤代醫生過來嗎？她應該在二樓的娛樂室。」

美津子說「我知道了」點點頭，快步跑上大階梯暫時離開。大廳只響起省吾打一一九的通報聲。通報完畢之後，美津子的和服身影終於再度出現在大階梯上方。緊接著登場的是身穿灰色簡樸褲裝的高䠷女性。

頭髮是栗子色的鮑伯頭，五官遠遠看也很工整，黑框眼鏡醞釀知性印象。直挺挺站在大階梯上方的她，簡直像是寶塚歌劇團的男角。流平不禁指向她發問。「她就是藤代醫生嗎？」

「是的。」剛打完電話的省吾收回手機回答。「藤代京香醫師。是經常利用本旅館的常客。雖然年輕卻是證照齊全的醫生。」

「哇，醫生嗎？」流平發出感嘆的聲音。

「既然這樣，她至少會幫忙急救吧。」鵜飼鬆一口氣般低語。

「說得也是——唔，可是鵜飼先生，感覺那位醫生腳步莫名不太穩，那樣真的沒問題嗎？」

流平如此指摘的下一剎那，內心的不安成真了。年輕女醫師走到階梯中段，右腳突然打滑，發出「咚咚咚咚，咚！」的響亮聲音，只以臀部與背部從剩餘的階梯滑落。鮑伯短髮瞬間倒豎，臉上的眼鏡歪斜。以滿分姿勢摔下階梯的她，按著褲裝的臀部「咕咕咕咕，咕～～」哀號露出苦悶表情，在紅色地毯上激烈翻滾。

不祥的預感居然成為現實，流平忍不住嘆氣。

「啊啊……需要急救的傷患又多了一人……是吧？」
「一點都沒錯。」鵜飼無可奈何般搖搖頭，走到階梯下方，朝她伸出救援的右手。
「醫生，妳還好嗎？剛才看妳摔得很重……屁股該不會摔扁了吧？」
「唔，居然說屁股摔扁……笨蛋，別說得這麼怪啦！」
藤代京香如此大喊，將「搞笑模式」的歪斜眼鏡調整到正常狀態。然後她不靠鵜飼的協助自行起身，以手指梳理凌亂的頭髮。「放心～～沒四沒四！只四剛才腳稍微打結，所以不用擔西……」
「不不不！不只是腳，妳連舌頭都打結了！真的沒事嗎？」
傻眼的鵜飼在她面前很沒禮貌地猛吸幾口氣，然後「喔喔～～」露出理解的表情。
「看來醫生，妳從白天就開喝是吧？」
「啊？說我從白天就開喝？哼，可惜完全猜錯了。不四從白天，我四從天亮就開喝了——好啦，你們說的緊急傷患四哪裡的誰？」
「……『是』居然全部說成『四』，喂喂喂，真的假的啊，這個醫生……」
無視於錯愕的鵜飼，醫師環視大廳，然後一看見躺在沙發上的青年，立刻筆直走到青年身旁——她本人是這麼打算的吧。不過實際上的腳步如同彗星描繪的橢圓軌道，在地毯上畫出一條大大的弧線。即使如此，她看起來也毫不在意，光明正大挺起胸口。
「老闆，看來他傷得不輕。那就由我來診療吧。」
她獨特的語氣聽起來像是古代武官。這應該不是喝酒使然，是她原本的說話方式吧。

豬狩省吾露出恭敬表情低頭。「醫生，麻煩您了。」

「那我立刻開始。」藤代醫師點頭回應，診斷青年的傷勢。她的美貌終於蘊含醫師的認真神色。小峰在一旁提出單純的疑問。

「用不著花時間急救，救護車應該也很快就會到吧？」

此時，豬狩省吾面有難色。

「我當然是這麼希望的，但是實際上很難說。因為通往這座海角的道路完全只有一條，而且剛才聽各位所說，那條路現在也很難通行。正因如此，這名青年才會出車禍吧。在這個狀況，救護車是否能立刻趕到，老實說我不敢斷言。」

旅館老闆說到這裡，朝正門投以不安的視線。雪下得愈來愈大，眺望所見的風景簡直像是隔著一層白色蕾絲窗簾。在這麼惡劣的天候中，救護車無視於積雪趕來的場面，反倒才是不切實際的想像吧——至少現狀就流平看來是如此。

3

藤代京香診療傷患的這段時間，小峰三郎與霧島圓這對夫妻，還有鵜飼與流平這對偵探搭檔，晚一步完成了登記入住的手續，填寫住宿卡並領取客房鑰匙。停在旅館門廊的凱迪拉克，重新由鵜飼開到停車場。即使偵探在短時間內就完成工作回來，頭頂還是也積了薄薄的一層雪。

在這段期間也沒有傳來救護車的警笛聲。小峰將客房鑰匙交給自己的妻子指示「妳先去房裡吧。房間是『大王之間』。妳應該知道怎麼走吧？」

「嗯，沒問題。」

霧島圓靜靜點頭，依照丈夫的指示，單手拉著附滾輪的行李箱，獨自離開流平等人所在的大廳。還以為她會走大階梯到二樓，看來不是這樣。她消失在一樓走廊的另一頭。看來「大王之間」在一樓。一般來說，旅館客房給人的印象都是在二樓以上……

感到不可思議的流平，重新檢視自己剛才領到的客房鑰匙。壓克力製的牌子上閃耀著「劍尖之間」的金色文字。光是這樣完全不知道是幾樓的幾號房。流平只知道一件事，如同高級旅館大多採用花卉的名字，將客房取名為「桔梗之間」或「睡蓮之間」，看來這座「史魁鐸山莊」也特地採用烏賊的名字為客房取名。

「大王烏賊跟劍尖烏賊嗎？總覺得不會很舒適……」

聯想到黏滑又潮溼的腥臭房間，流平感覺掃興。

另一方面，鵜飼向留在原地的委託人開口。

「小峰先生要不要也和夫人一起去房間？反正您待在這裡也幫不上忙。」

然後他將臉湊到委託人耳際。

「如果您不放心，我就派流平隨身保護您吧。」

偵探大幅壓低聲音如此補充。雖然不小心差點忘記，不過鵜飼他們原本就是擔任小峰三郎的護衛而陪同來到這間旅館。因此流平個人也希望隨行保護。不過委託人主動拒絕偵探的貼心安排。

「不，沒這個必要。我還想待在這裡。」

「您這麼在意那位『微醺美女醫師』嗎？」

「怎麼可能！」小峰立刻否定鵜飼這句話。「不，老實說也不是不太在意，但不是這樣。」

「那麼，您在意的果然是那名青年？」

「唔……」結巴的小峰擺出像是豁出去的態度。「是啊，我當然在意。因為既然救了他，我這邊也要負責。」他的回答無從挑剔。

「哎，說得也是。」鵜飼沒有深入追究，很乾脆地點頭。

如此交談的兩人視線前方，彎腰診療傷患的藤代醫師在沙發旁邊迅速起身，然後像是等得不耐煩般開口。

「看來救護車暫時不會來。既然這樣，繼續待在這裡也沒用吧。在這種場所也沒辦法好好治療——老闆，有沒有多的床位能給這名傷患躺好？這間旅館現在客滿嗎？」

「不，還有空的房間……」

「那就運到那個房間吧。這名青年有發燒，頭部的傷也要用繃帶包紮才行。」

「知道了。那就把他運到『障泥之間』吧。」

看來以障泥烏賊取名的客房是空的。

就這樣，受傷的青年要從大廳移動到其中一間客房。青年的身體再度被放上擔架。自願出勞力的偵探們被制止，這次也由豬狩夫妻抬擔架。兩人以平穩的腳步在一樓走廊前進。看來客房果然不在二樓。如此心想的流平跟在擔架後方行走不久，前方出現像是另一個出口的門。和正面大門一樣是對開的，看起來比較小。看來應該稱為後門，不過也裝飾得相當氣派，沒有粗製濫造的感覺。豬狩夫妻筆直走向那扇門。藤代京香先行握住門把。

「唔，要打開那扇門嗎？」鵜飼交互看著門與女醫師。「這是所謂的後門吧，走出這扇門不就是戶外了？」

「當然是這樣沒錯。因為『障泥之間』是座落在庭院的別館。」

藤代醫師說完毫不在意將門完全打開。

「不只是『障泥之間』喔。」小峰在一旁補充說明。「包括我們夫妻住的『大王之間』以及你們住的『劍尖之間』，所有客房都是別館。這裡就是這樣的旅館。藤代醫生的房間也是這樣吧？」

「唔，我嗎？我住在『鶍之間』。」

看來是以鶍烏賊取名的客房。理念堅持得非常徹底。

在進行這段對話的時候，豬狩夫妻抬著擔架穿過後門。偵探們也跟在夫妻身後走到門外，兩人隨即發出「哇～～」「喔～～」的感嘆聲。

在兩人眼前展開的，是已經完全化為銀白世界的西式庭園。庭園設置了樹木、花壇與動物擺飾。在這幅光景中，大小與形狀各不相同的別館，就像是這裡一間、那裡一間般分散在各處。另一方面，流平他們所在的後門，有好幾條小徑呈放射狀延伸到庭園。看來是各自通往不同別館的專用道路。數量意外地多。

流平試著以眼睛數著一間、兩間、三間……但在中途忽然察覺一件事而停止計算。

「啊，難道說，別館的總數剛好十間？」

「您猜的沒錯。」豬狩省吾愉快點頭。

別館共有十間。那麼通往這些別館的小徑也有十條。這些小徑都是從西式建築的主屋後門延伸出去。如果把旅館主屋看作烏賊的身體，小徑就是烏賊的腳。這麼一來當然必須有十條。這些別館與小徑就是秉持這個觀念設計的。

得知這件事的鵜飼露出滿心歡喜的表情反覆點頭。

「原來如此，原來如此——也就是說『史魁鐸山莊』果然符合我的期待，確實是『烏賊外型的旅館』。」

「真是太好了，鵜飼先生。」流平搞不懂是什麼事情「太好了」，就這麼看向前方。

「所以『障泥之間』是哪一間？」

「在這裡。」豬狩省吾說完轉身改變方向。

是以放射狀延伸的十條小徑之中，最靠右側的小徑。平緩蛇行的這條小徑，積雪已經深到可以埋沒腳踝。再過數小時，大概就無法分辨哪裡是小徑，哪裡是庭園了吧。

在紛飛飄落的大雪中，抬著擔架的豬狩夫妻毫不猶豫踏出腳步，在最後抵達一間別館。

近距離一看，是意外具備日式風格的外觀。建築物的氣氛乍看之下像是座落在日本庭園一角的茶室。入口確實掛著「障泥之間」的門牌。入口是時尚的木門。鵜飼將門完全打開。

進入屋內就發現和外觀相反，是很像旅館客房的西式空間。鋪著灰色地毯的地板，一個人睡實在太大的床鋪，還備有書桌與小冰箱。當然沒有腥臭味或是黏滑觸感或是潮溼的溼氣，是相當舒適的空間。

鵜飼環視室內輕聲低語。

「原來如此，外表是日式，內在是西式，然後名稱是烏賊。是這種概念吧。」

「是的，就是這麼回事。」豬狩省吾果斷點頭。

「呃，所以是怎麼回事？」流平忍不住反問。

省吾沒回答流平的問題，和美津子走向大床，在床邊放下擔架，兩人一起將青年抬到床上躺平。

「好，這樣就行了。」後方突然傳來響亮的聲音。說話的藤代京香走向前。她手上不知何時提著毫無時尚氣息的黑色包包。

「那是？」鵜飼指著包包問。

「出診包。我放在『鰑之間』，剛才匆忙拿過來了。」

說完之後，醫師在鵜飼等人面前打開黑色包包。裡面裝滿聽診器、醫藥品、繃帶與剪刀等物品。是漫畫或影劇裡的醫生隨身攜帶的那種包包吧——如此心想的流平理解了。藤代京香將包包放在床邊的桌上，命令閒著沒事的男性們。「總之先幫忙脫衣服吧。」

「…………」

「不是我的，是青年的衣服！」

面面相覷的男性們之中，發出像是鬆一口氣的嘆氣聲。鵜飼與流平立刻幫青年脫掉褐色大衣，拉下長褲。

看著這幅光景的小峰，突然從旁邊伸出手開口。

「喂，你們兩個，那些衣服裡肯定有東西可以確認身分。比方說駕照……」

「您在意嗎？」

「不，與其說在意……應該說當然應該查清楚吧？」

「哎，您說得沒錯。」

鵜飼率直點頭，立刻摸索大衣口袋。雖然找到智慧型手機，但是因為有上鎖，所以應該無法輕易檢視裡面的資料。另一方面，檢查青年長褲的流平，在臀部口袋發現錢包。確認內容物之後，他忍不住發出興奮的聲音。

「有了，找到駕照了！」

「這樣啊。給我看！」

話還沒說完，小峰的指尖就在瞬間從流平手中搶走駕照，然後目不轉睛注視駕照正面。喉頭發出吞嚥聲，嘴角發出小小的呻吟。

流平與鵜飼在委託人背後窺視這張駕照。小小的大頭照無疑是那名昏迷不醒的青年。姓名欄寫著「黑江健人」這個名字。從出生年月日計算，年齡是十九歲。住址是烏賊川市內的大學附近。

流平以興趣缺缺的語氣開口。

「喔～～這名青年叫做『黑江健人』啊。」

只不過就算知道名字，狀況也沒有任何變化。流平如此心想而失去興趣，但他面前的小峰三郎看起來明顯慌了手腳。

「黑江健人……黑江……健人……」

就像是當成咒語之類的，小峰反覆說著這個名字，然後他重新看向躺在床上的青年臉龐，像是要以視線打洞般定睛注視。從他的眼睛看得出像是吃驚又像是害怕的複雜心情。流平與鵜飼以疑惑表情相視。後來終於開口的是鵜飼。

「難道說，對於黑江健人這個名字，您心裡有底嗎……？」

聽到這個問題，小峰三郎露出驚覺不對的表情。他像是重整心情般猛烈搖頭，將手上的駕照塞給流平，然後假裝面無表情般回答。

「不，我不認識什麼黑江健人……完全是第一次聽到這個名字……」

4

醉醺醺的藤代京香醫師，到底要對受傷的青年「黑江健人」進行何種治療？戶村流平和師父鵜飼杜夫一起深感興趣注視這一幕。不過兩人走到床邊時，她立刻說出「啊啊，真四的，你們有夠儗四！」這句凶巴巴的話語。「這裡交給我與豬狩夫妻，可以請你們離開嗎？反正接下來應該沒要請你們幫忙什麼四了……」

「從天亮就開喝」的女醫師口齒依然不太清晰。原來如此，說到在這個狀況能幫忙的事情，頂多就是端一杯涼水過來幫她醒酒吧。深感理解的流平以視線和鵜飼溝通。兩人一起乖乖離開「障泥之間」。

委託人小峰三郎也一樣，他數度看向躺在床上的黑江健人，跟在偵探們的身後離開。

三人暫且回到旅館主屋。他們事到如今才想起來，在抵達旅館之後的一連串騷動之中，自己的行李就這麼放在大廳沒人管。

不過回來一看，大廳空蕩蕩的，他們的行李無影無蹤。鵜飼見狀發出慌張的聲音。

「喂喂喂，難道是在這種祕密旅館遭小偷了？」

怎麼可能——流平正要這麼說的時候，背後響起女性的聲音。

「不，各位客人，請不用擔心。並不是遭小偷。」

吃驚轉身一看，櫃檯有一名年輕女性。是身穿深藍色的古典西裝式制服，目測二十多歲的女性。身材高䠷，肌膚白裡透紅，高挺的鼻子與細長的眼角令人印象深刻。背後柔順的長髮像是以墨汁染色般烏黑豔麗。

這名女性在櫃檯上整齊擺放三個行李箱。

「為求謹慎，行李暫時由我保管了——請收下。」

「啊，我就覺得是這麼一回事。」鵜飼鬆一口氣般走向櫃檯，伸手拿起自己的行李箱。「何況在這種窮鄉僻壤，而且是化為陸地孤島的旅館，當然不可能有小偷來偷行李才對。」

「是的，您說得沒錯。」女性臉上掛著笑容，眼睛卻完全沒笑。反倒像是在抗議「這裡窮鄉僻壤又是陸地孤島真抱歉啊！」的眼神。

流平領取自己的行李，將委託人的行李交給小峰。小峰以色瞇瞇——雖然可能是偏見，不過就流平看來確實如此——的纏人視線看向年輕女性。

「喔，妳是新員工吧？去年我來住宿的時候沒看過妳。」

他立刻這麼斷言。不愧是小峰社長。看來只要是美女，即使是一年前，他也有過目不忘的自信。接著女性立刻點頭回應。「是的，大約在半個月前，我有幸在這裡擔任客房服務員。不過還有待學習就是了。」

「這樣啊，剛進來是吧。順便問一下，妳叫什麼名字？」

——問名字是要做什麼啊，社長？又不是在酒店介紹新人！

流平暗自皺眉，但是女性看起來不以為意。

「我叫做井手麗奈。請您多多指教。」

「這樣啊，麗奈小姐是吧。知道了，我會牢牢記住。」

反觀井手麗奈恭敬鞠躬，回應「謝謝您」露出笑容。看起來是洗練的笑容，也像是訓練有素的客套笑容。

雖然或許理所當然，但她的眼睛完全沒笑。

我來帶領各位前往客房吧——井手麗奈這麼說，但鵜飼他們三人堅定拒絕，自行前往自己的客房。從主屋後門來到戶外，行走在像是烏賊腳的蜿蜒小徑，最後抵達的這間別館是「大王之間」。

小峰打開別館大門準備入內。接著流平他們也若無其事一起進屋——正要這麼做的時候，委託人立刻怒斥兩人。「喂喂喂，哪有人會一起進來？這裡是我們夫妻的房間！」小峰將偵探們推到門外。「你們的房間是『劍尖之間』吧？在旁邊啦，旁邊！」

「說得也是。」我們當然知道喔——流平在內心低語，看向身旁的偵探。

鵜飼隨即不滿開口。「話是這麼說，不過小峰先生，記得我們是被您雇用擔任護衛吧？」

「一點都沒錯。但是如果整天待在我身旁，我可沒辦法放鬆。」

「您說得是。如果待在您身旁，您就無法享受假期。但是如果不待在您身旁，我們就無法盡到職責。哎呀哎呀，這下子傷腦筋了。哈哈哈！」

鵜飼笑著搔了搔腦袋。態度有點像是置身事外。

委託人露出不悅表情雙手抱胸。「笑什麼笑，給我正經一點。」他扔下這句話之後思索片刻，最後抬頭指向座落在旁邊的另一間別館。「那麼，我們三人一起去你們的房間談談吧。」

「太好了。我們走吧。」鵜飼說完在雪中踏出腳步。流平也隨後跟上。

就這樣，三人移動到旁邊的別館。別館門口標示「劍尖之間」。室內是沒有烏賊腥味的氣派雙人房。有兩張床，也備有兩人座沙發與電視。

委託人一進入室內就轉身面向偵探們。

「總之我想委託你們監視別館。監視周邊別讓可疑的傢伙接近『大王之間』。幸好從這間『劍尖之間』的窗戶，可以清楚看見『大王之間』的大門。沒有其他場所比這裡更適合監視。」

「是的，這樣當然不錯。」說到這裡，鵜飼提出一個擔憂。「不過，在這裡只看得見『大王之間』的大門以及面向這裡的窗戶。無法連建築物的另一側都看得清清楚楚。要是某人從別館的另一側接近，試圖從另一側的窗戶入侵，在對方使用這種手段的狀況下，從這裡看過去完全是死角。我們再怎麼努力恐怕也察覺不到任何動靜。」

「是沒錯啦，不過說起來，你說的某人為什麼會從建築物的另一側入侵？為什麼不是從主屋走小徑過來，而是選擇沒有路的路？」

「當然是為了提防被我們察覺……對喔，這樣也很奇怪！」

看來鵜飼終於察覺自己的疏失。他一掌拍向自己的後腦杓吐出舌頭，做出昭和時代的反應。小峰見狀滿意點了點頭。

「沒錯。你們監視『大王之間』的這個事實，只有我與妻子兩人知道。除此之外沒有任何人知道。既然這樣，你說某人刻意從你們看不見的死角接近別館的可能性，幾乎可以說是零吧？」

「您說得沒錯。那麼在這間『劍尖之間』監視應該就夠了。老實說，這麼做對我們來說也比較好。如果連那間別館的另一側也要顧及，那就真的很辛苦了。助手流平必須在這場大雪之中，整個晚上一直站在建築物的另一側。既然您說沒這個必要，也是我們最為樂見的結果──流平，你說對吧？」

「對！當然對！」流平一邊大喊一邊用力揮拳。在這場大雪之中到戶外監視，幾乎等同於送死。流平只能拚命說服。「在這裡監視就夠了──對吧，社長！」

「嗯。那麼，就這麼辦吧。」

委託人的這句話，使得流平覺得自己撿回一條小命，「呼～～」地鬆了口氣。鵜飼斜眼看著他，平淡說下去。

「所以，如果發現可疑人物，我們要怎麼做？」

「到時候就打電話到我的手機，或是打客房電話。在分秒必爭的狀況，直接大喊也沒關係。身為專業護衛，必須不惜挺身擋下敵人的子彈保護我。你們聽清楚了吧？」

──咦，子彈？敵人身上有槍？烏賊川市什麼時候變成人人都有槍了？

老實說，流平認為用槍的可能性很低。鵜飼大概也這麼想吧。他露出放心至極的表情，說出「是的，那當然。無論是哪種鉛彈，我都會成為盾牌擋下來給您看」這種絕對不可能的事，然後握拳輕敲自己的胸膛。

「嗯，拜託了。」

小峰用力點頭之後，嘴角改為露出得意的笑。「不過，應該沒問題。大概任何事都不會發生。」

「啊？您為什麼這麼認為？居然說任何事都不會發生……」

「唔，因為，沒有啦……」小峰頓時結巴。「對，就是這場雪。」他說著指向窗外。「寄恐嚇信給我的人物，假設真的在打某種鬼主意，不過突如其來的這場雪肯定大幅打亂他的計畫。積雪這麼深，要來到史魁鐸山莊也很難，要從這裡順利逃走更難。對方也不會笨到明知如此還想採取行動，所以我覺得應該沒問題——我說的哪裡有錯嗎？」

「不，您說得沒錯。突如其來的這場大雪，使得我們有很高的機率迴避歹徒預告的危機，這是事實。雖然這麼說，但也不能斷定。」

「是啊，那當然。你們也不能掉以輕心，要好好完成任務——那麼，我差不多該回去自己房間了，妻子正在等我。」

委託人說完在偵探們面前轉過身去，開門走出「劍尖之間」。

門還沒關好，鵜飼就露出鬆一口氣的表情，歪著腦袋在房內踱步。「真是的，這個委託人好奇怪。看起來像是非常害怕某些東西，另一方面也像是莫名安心——唔，空調溫度是用這個旋鈕設定嗎？」

「肯定是情緒不穩喔。獨裁的社長經常是這種個性。」流平擅自下定論，然後撲向面前的床，享受軟綿綿的觸感。「這麼說來，電視在下大雪的時候也能正常播放嗎……咦，遙控器在哪裡……啊啊，這個嗎？」

「哎，委託人的人品和我們無關。我們只要認真完成交付的任務就好——喔，這間別館有附溫泉，而且是檜木浴缸。」

「唔～～看來電視可以正常播放。哇，烏賊川市全市發布大雪警報嗎……」

「那麼事不宜遲，洗個澡暖和身體吧……」

兩人進行著不成對話的對話，逐漸被溫泉旅館特有的悠閒氣氛感染。就在這個時候，大門突然砰的一聲開啟，接著響起「喂～～！」的怒罵聲，門後出現一張下巴肥滿的臉孔。是剛離開不久的委託人。

小峰三郎狠狠瞪大雙眼。「我不是說要監視我的別館嗎？你們其中一人給我好好監視！不准兩人一起悠哉放鬆！」

委託人過於咄咄逼人，流平連忙從床上跳起來，鵜飼也將解開的皮帶重新繫緊立正站好。兩人朝著門口的小峰進行最敬禮。

「是……是的，我們會照做！」

「知……知道了！」

偵探們如此回應之後，只在表面上繃緊表情。

5

就這樣，偵探們終於開始監視「大王之間」。監視工作是輪班制，首先二話不說由戶村流平受命擔任第一棒。

這段期間，鵜飼杜夫泡在檜木浴缸，享受極致的香氣與溫暖的熱水。洗完之後輪到鵜飼負責監視。卸下任務的流平立刻撲進軟綿綿的被窩，鼾聲大作度過奢侈的午睡時間。睡完再度輪到流平負責監視，鵜飼悠閒翻閱雜誌。鵜飼回到監視崗位之後，流平放空腦袋暢玩手機遊戲——大致是這樣。緊張感與脫力感、重大任務與平凡娛樂渾然一體，兩人的監視任務就這麼沒發生任何狀況，懶洋洋地持續下去。對於偵探們來說，這真的是前所未有的理想工作。

像這樣被偵探們監視的「大王之間」，現狀看起來沒有特別變化，完全沒人造訪這間別館。感覺不到持槍的殺手悄然接近，也沒有懷裡藏刀的流氓公然硬闖。何況在這場大雪之中，到底有誰會從哪裡來到這裡？委託人也說過，不可能有人會做這麼麻煩的事。看著旁邊別館的流平老實說也不得不這麼認為。

就這麼沒發生任何風波迎接日落——話是這麼說，不過到頭來這天太陽公公一整天都沒露臉——黑夜降臨大雪紛飛的烏賊川市。住宿時最期待的豪華晚餐，是在旅館裡的餐廳「烏賊天」設席款待。說來當然，到了這個時段，小峰三郎與霧島圓這對有實無名的夫妻也離開別館前往主屋。看到這幅光景，流平也立刻拿起自己的羽絨外套。

「鵜飼先生，委託人正在前往主屋，肯定是要吃晚餐。我們也過去吧。」

在鏡子前面吹頭髮的鵜飼隨即回應。

「咦～～為什麼啊，我明明剛洗完澡暖和身體耶～～」

「您要洗幾次澡啊！鵜飼先生，您剛才也有洗吧？」

「唔，這有什麼問題嗎？如果是洗再多次都不加錢的溫泉，我每住一晚至少都會洗三次喔。」鵜飼表現獨特的堅持。「順帶一提，現在才洗第二次。」他說完朝流平擺出勝利手勢。看來今天至少還會再洗一次。流平只能傻眼以對。

「好的好的，我知道了。我先過去，您吹乾頭髮請立刻過來喔。」

流平留下這句話，獨自走出「劍尖之間」。

不久之後——

流平坐在餐廳「烏賊天」一角的四人桌座位，等待鵜飼現身。在這段期間，他依然提高警覺看向不遠處那一桌的委託人夫妻。小峰三郎正在和妻子一起看菜單。流平也忽然好奇將菜單打開來看，但他唯一得知的事實就是這裡和店名相反，完全找不到「烏賊天丼」或是「烏賊天婦羅定食」之類的單純菜色。鵜飼到底會怎麼突破這道難關？流平如此心想暗自期待，但是遲到的鵜飼甚至看都不看菜單。突然就以一根手指叫來外場的年輕女服務員。

「啊啊，請給我這間店最貴的套餐——咦，最貴的是『現撈烏賊全種類特製全餐』？那就這個吧。我要點兩人分。」

點餐點得真隨便。仔細想想，委託人允諾會包吃包住，所以根本不必和自己的錢包過不去。窮偵探不看菜單就點「最貴的餐點」，可說是理所當然的行為。

鵜飼將菜單還給外場女服務員的時候，忽然吃了一驚。

「哎呀，妳是白天見到的井手小姐吧？哇，妳也做這種工作嗎？」

聽到這句話，流平也首度察覺了。站在面前的年輕外場女服務員，就是白天自稱是新進客房服務員的井手麗奈。當時她身穿深藍色西裝式制服，明顯散發旅館女員工的氣息。現在她衣服一樣是深藍色，卻不是西裝式制服而是連身長裙，並且加上一件純白圍裙服，成為接待餐廳客人的前場服務員。井手麗奈朝鵜飼露出靦腆笑容點點頭。

「是的，因為史魁鐸山莊是由少數人經營，類似隱居地的旅館。員工都是一人當好幾人用。您看，老闆娘現在也在那一桌……」

朝著她說完所指的方向看去，確實有旅館老闆娘豬狩美津子的身影。身穿和服英姿煥發的她，就這麼在為小峰他們點餐。原來如此，所以是一人當兩人用。

「也就是說……」鵜飼輕聲說著詢問井手麗奈。「在廚房大顯身手製作烏賊料理的人，難道是旅館老闆豬狩省吾先生？」

「不，您猜錯了。我們有一位廚藝很好的廚師。晚點他本人肯定會過來打招呼——

話說回來，請問飲料要點什麼？」

「那麼，我要大杯的特級啤酒！」

「既然這樣，我要超濃鮮榨檸檬氣泡酒！」

鵜飼與流平大聲點飲料，像是躍躍欲試要跳入酒精的大海。

然而在下一瞬間，不遠處的那一桌傳來「咳咳！」像是要暗示什麼的男性咳嗽聲。仔細一看，委託人以嚴厲視線看向偵探們這一桌。凶狠的眼神像是在問「你們想忘掉自己的重要工作嗎？」這個問題。

鵜飼輕聲嘆氣之後改點別的飲料。「啊啊，還是點烏龍茶吧。流平你也跟我這麼做——那麼井手小姐，給我們兩杯無酒精的烏龍茶。」

「也就是普通的烏龍茶吧。知道了～～」

井手麗奈在兩人面前鞠躬之後，抱著菜單回到廚房。

取而代之出現在餐廳的，是身穿灰色套裝的藤代京香。注意到她身影的鵜飼，招手要她來到自己這一桌，然後詢問如今已經完全醒酒的她。「醫生，那名青年的現況怎麼樣？」

「唔，你是說黑江健人嗎？他的話依然昏迷不醒——啊啊，那邊的可愛小妹，可以點餐嗎？我要『烏賊天婦羅定食』以及大杯啤酒。拜託了——那個，剛才在說什麼？對了對了，在說黑江健人的事。他現在也在『障泥之間』的床上繼續昏睡。頭部傷口已經處理完畢，所以之後只能等他自己清醒了。還有其他想問的嗎？」

流平立刻舉起單手發問。「這裡有『烏賊天婦羅定食』嗎？我剛才看菜單每一頁都找不到，真的有嗎？」

「你想問的問題是這種等級？」藤代醫師朝流平投以侮蔑的視線。「是私房菜色喔。

常客點的話就會做——還有別的問題嗎？」

「那就回到正題吧。」鵜飼說著再度看向她。「關於黑江健人的現況，總歸來說即使是醫生妳，也無從進行更進一步的處置是吧？」

「在這種狀況也沒辦法吧？總之幸好性命沒有大礙。是頭部受創造成暫時昏睡的狀態。明天早上應該就會回復意識才對……」

醫生透露期待如此明說。

此時流平不經意看向委託人那一桌。小峰在和妻子談笑的同時，明顯分心注意這邊的對話。看來很關心醫生說明的黑江健人現況。

流平暗自納悶——委託人果然認識那名青年嗎？明明認識卻想隱瞞這個事實？如果是這樣，為什麼要這麼做？

雖然小峰的態度實在令人好奇，不過剛好在這個時候，『現撈烏賊全種類特製全餐』的第一道料理上桌了。流平的思考暫時停止，視線立刻盯著眼前的開胃菜不放。

「——這……這像是把腦漿打碎的東西是什麼？」

「是生醃烏賊。」

一個陌生的男性聲音如此回答。鵜飼聽完大喊。「生……生醃烏賊！」

「需要這麼驚訝嗎？」藤代京香以掃興眼神看著鵜飼他們的反應，然後詢問站在一旁身穿廚師服的男性。「唔，是新來的廚師嗎？我好像第一次見到你。」

仔細一看，站在桌旁的是目測三十多歲，中等體格的男性。皮膚白得像是女性而且五官工整的俊美男性。指向小菜的指尖感覺得到細膩氣息，很像是廚師會有的樣子。他身穿純白廚師服，在三人面前畢恭畢敬。井手麗奈剛才說的「廚藝很好的廚師」應該就是這名男性。「你叫什麼名字？」聽到藤代京香這麼問，他以一反外表的低沉聲音客氣問候。

「我叫做室井。室井蓮。今晚的料理由我負責製作。今後請多關照。」

不過在這段時間，鵜飼與流平看著彼此。

「他說是生醃烏賊！」

「這就是生醃烏賊？」

兩人完全把廚師的問候當成耳邊風——

第三章　失蹤的早晨

1

後來不知道經過了多少時間。意識混濁的戶村流平終於清醒時，首先浮現在腦海的是那道生醃烏賊——我該不會是吃下那道像是爛掉腦漿的生醃烏賊之後，受到太大的打擊而昏迷吧？

不對，不是這樣。那道生醃烏賊出乎意料地美味。自稱是室井蓮的那位英俊廚師廚藝確實了得。不只是生醃烏賊。包括「薄切某某烏賊冷盤」或是「某某醬汁拌烏賊」或是「某某烏賊香煎某某排佐某某奶油醬」，上桌的每道料理都是極品。如果料理的外觀再正常一點，應該會被東京的一流餐廳挖角吧，流平即使事不關己也感到可惜。所以他昏迷這麼久絕對不是生醃烏賊害的。

——那麼，我為什麼一直熟睡？而且是坐在椅子上直接睡著？

冒出這個疑問的下一剎那，背後突然響起熟悉的怒罵聲。

「喂～～！睡什麼睡啊，流平，給我起來～～！」

「啊！」流平出聲抬起頭。鵜飼的飛膝踢毫不留情頂向他的背。流平挨了這一腳摔到地上，然後完全清醒，連忙起身。「對……對不起！我不小心打盹了……」

「道歉就能了事的話還需要法院嗎？真是的！」
鵜飼扔下這句話之後指向窗外。「你看，天已經完全亮了。你到底是從幾點開始睡的？」
聽他這麼說，流平也看向窗外。
景色要形容為天亮也過於陰暗，完全感覺不到陽光。厚重的烏雲依然低垂在天空，雖然比不上昨天，卻還是有雪花紛飛。恐怕是毫不間斷持續下了整晚吧。積雪看起來比昨晚更深。
流平迅速搜尋昨晚的記憶。兩人熬夜輪班監視「大王之間」。做法非常單純，其中一人監視的時候，另一人上床小睡。流平最後一次從鵜飼那裡接棒是深夜的凌晨三點。後來直到凌晨六點的三個小時，是流平負責的時段——
「我想想，凌晨三點開始監視，直到五點多都還有記憶，接下來卻突然被睡魔襲擊……請問現在幾點？已經六點了嗎？」
「唔，現在嗎？不，早就超過七點了。」鵜飼指向床邊的數位時鐘。現在是換日的十二月二十三號，時間是——「你看，都已經七點了，上午七點……咦？」
「唔，您說七點？」流平不由得露出錯愕表情。
「對，已經七點了！」鵜飼愧疚般搔了搔腦袋。
「這樣啊，已經是這個時間了嗎……」得知意外的事實之後，剛才被摔角技打中的背部，如今才傳來陣陣刺痛。流平走到師父面前，在額頭幾乎相貼的距離猛然大喊。

「既然這樣，為什麼鵜飼先生在床上呼呼大睡到七點？明明應該在六點和我換班吧！」

大概是被咄咄逼人的流平嚇到，鵜飼慢慢向後退。「對……對不……」他嘴唇顫抖。

然而流平口中發出的怒罵聲，像是要蓋過師父的話語般響遍屋內。

「道歉就能了事的話還需要法院嗎？」

就這樣，偵探與助手暫時上演醜陋的口角之後——

「現在不是討論法院是否應該存在的時候。」鵜飼在西裝外面加披羽絨大衣說下去。

「不提這個，我有一種非常不祥的預感。在你打瞌睡的這段期間，『大王之間』可能發生某種不好的狀況……」

「真要說的話，應該是『我與鵜飼先生打瞌睡的這段期間』吧？」——請不要擅自把過錯怪到我一個人身上！

流平嘛嘴表達主張。鵜飼像是在隱瞞某件重要的事般回應：

「這種細節一點都不重要！總之可能發生某種不妙的事，先去看看狀況吧——好啦流平，你也一起來。」

「咦？不，可是鵜飼先生……」——既然這樣根本不必去看，打個電話確認不就好了？用不著特地過去一趟，不然反倒會造成對方困擾喔。

然而流平這麼想的時候已經太遲了。鵜飼打開大門，像是發射的砲彈般衝到戶外。事到如今沒辦法了。流平也立刻穿上羽絨外套，連忙追在鵜飼身後。

走到戶外一看，積雪比想像的還深。某些場所甚至深達膝蓋附近。在這種惡劣的條件下，鵜飼與流平像是踹開積雪般前往旁邊的別館。終於抵達「大王之間」之後，鵜飼毫不猶豫握拳敲入口大門，「小峰先生！小峰三郎先生！霧島圓小姐！」他拉開嗓門呼叫室內的兩人。

兩人依然沒有回應，鵜飼見狀立刻握住門把試圖開門。然而他在下一瞬間發出「嘖！」的咂嘴聲。「不行，從裡面上鎖了。窗簾也是緊閉的——唔唔，既然發生這種事就不得已了！」

「咦，咦？」——您說既然發生這種事，可是鵜飼先生，還沒發生任何事啊！

流平懷著不安的心情旁觀這段過程。在他的視線前方，鵜飼突然和緊閉的門拉開距離，壓低重心擺出像是相撲力士開戰的姿勢。「等……等一下，鵜飼先生，您在想什麼啊！」流平忍不住大喊，但實際上不用問也知道鵜飼在想什麼。「不……不可以啦！」

然而不顧流平的制止，鵜飼拔腿狂奔！就這麼全力撞向大門。然而就在厚重大門與鵜飼肩膀即將激烈衝突的前一剎那……

「什麼事啊，一大早就吵死人了，真是的！」

隨著這個不悅的聲音，眼前的門突然從內部被推開。說來可憐，直直往前衝的偵探就像是被懷舊彈珠臺的——雖然不知道正式名稱，但是該怎麼說，就是按下臺子兩側按鍵之後，就會像是翅膀擺動的斜桿——那個東西打回去的鋼珠，被打開的門「砰」一聲彈飛到斜後方。

「——嗚嘎！」

鵜飼發出短短的哀號，四腳朝天擺出大字形「滋波！」倒在積雪上，就這麼因為自己的體重而逐漸下陷到雪中。這都是在一瞬間發生的事。

偵探的輕率招致這幅淒慘的光景，使得流平感到戰慄。另一方面，從門後露出肥滿下巴的那張臉孔，無疑是小峰三郎沒錯。身穿睡衣的他，感覺很像是剛睡醒。「唔，剛才門撞到什麼東西嗎？」他轉頭張望門外，看來完全搞不懂狀況。

總之，這也在所難免。「偵探擅自猜測別館發生密室殺人之類的事件而試著將門撞開，門卻在這時候從內部打開，將他整個人撞飛」這種情節，即使是重度推理迷也想像不到。不過最重要的是——

「早安，小峰社長——啊啊，太好了，看來您平安無事。」

最重要的是，這個事實令流平鬆了口氣。

「唔，啊啊，當然沒發生任何事。一如往常。我太太也很好……嗯？」像是忽然感到某些地方不對勁，小峰表情一沉。「怎麼了？有什麼特別的理由需要擔心我發生什麼事嗎？難道你們昨晚在這間別館周圍發現了什麼……？」

「不不不，小峰先生，請放心。」

這句回答從深深的雪裡傳來。在受驚的委託人面前，埋在雪裡的鵜飼緩緩坐起上半身。委託人「哇！」尖叫一聲，鵜飼無視於他慢慢起身，拍掉大衣沾上的雪，面不改色繼續說明。

「我們只是為了以防萬一才過來道早安，想知道有沒有奇怪的動靜。既然沒發生任何事當然最好。不，說起來不可能發生任何事。因為這間別館在整個晚上都由我們嚴加監視，連一瞬間都沒有中斷。」

鵜飼口中說出大膽到令人傻眼的謊言。

然而這段話聽在委託人耳裡似乎相當可靠。「嗯，我想也是。」小峰說完深深點頭，重新詢問全身是雪的鵜飼。「這麼說來，你為什麼睡在雪裡？」

「沒什麼，我只是在體會自己成為彈珠臺鋼珠的感覺。」

「我聽不太懂……總之你睡在那裡會感冒的。」

「說得也是。下次我會在床上睡。」

鵜飼如此回應之後緩緩看向流平。「好啦，看來沒發生任何事，我們暫且回房吧。然後繼續專心擔任無懈可擊的完美監視員。」

「說……說得也是。繼續進行連一瞬間都不會中斷的監視工作吧……咦？」

流平忽然發現視線一角有東西在動而瞇細雙眼。他看見遙遠前方有個熟悉的灰色套裝身影。是藤代京香醫師。踩踏雪地的她正筆直前往另一間別館。記得那裡是『障泥之間』。青年黑江健人被運送進去的別館。

循著流平的視線，鵜飼也察覺到她的存在，將手放在額頭上看向前方。「啊，那位是藤代醫生。她是去看黑江青年的現況吧。」

「應該吧。」流平點點頭。「這麼說來，關於那位青年，醫生昨晚說過『到了早上應該會清醒』對吧？」

「喔，原來她這麼說過。」小峰像是感到意外般說。「那麼，那名叫做黑江的青年，說不定現在已經醒來坐在床上了。」

「是的，說不定可以問到詳情。」鵜飼透露期待感說下去。「為什麼他會在那條雪道出車禍？為什麼他會來到這座偏僻的海角……」

在鵜飼、流平與小峰的注視之下，藤代醫生順利抵達「障泥之間」，打開大門之後暫時進入室內消失身影。然而在這之後不到三十秒，她像是想到什麼般再度奪門而出，做出四處張望的動作，一認出鵜飼他們三人就拚命招手。流平見狀開口。

「咦，鵜飼先生，總覺得狀況怪怪的。」

「嗯，她好像在叫我們。」

「雖然不清楚有什麼事，但我們去看看吧。」

小峰一度回到室內，在睡衣上加披一件厚睡袍之後再度跑到戶外。三人在深深的積雪上努力移動雙腳，筆直前往醫師所在的別館。小峰體型宛如不倒翁，鵜飼不到四十歲卻早早就藏不住年齡上的衰老（？）。流平將這樣的兩人留在後方，率先抵達「障泥之間」，然後立刻詢問藤代京香。

「醫生，怎麼了？那位青年發生什麼事……」

「啊，啊啊，先別問這麼多——總之進來看吧！」

醫生再度打開別館大門，帶領流平入內。流平依照吩咐踏入室內，遲一步抵達的鵜飼與小峰也從他背後大步撲進室內。下一瞬間，三名男性幾乎同時發出「唔」這個微妙的呻吟。

話是這麼說，但放眼室內並不是一幅慘不忍睹的光景。沒有全身是血的屍體，也沒有中槍的傷患。說起來，室內並沒有任何人。

存在於這裡的，只有剛才進入房間的男性們加上藤代京香醫師共四人。黑江健人應該熟睡的床上沒有他的身影，已經空無一人，如今只有凌亂的被子毫無意義覆蓋床鋪一角。

2

「我來探視青年的時候就已經是這種狀態了。」藤代京香說著指向無人的床。「說不定他在晚上回復體力之後跑去洗澡，或是去上廁所，我如此心想找了整間別館，但是果然沒有任何人。」

雖然不是懷疑她這段話，不過流平打開房間深處的浴室門，探頭進去看看。檜木浴缸看起來沒放熱水，浴室是乾的。

另一方面，鵜飼打開廁所的門，迅速朝隔間一瞥。「看來確實沒有任何人。」他輕聲說著回到房間中央。此外為求謹慎也檢查了衣櫃與床底，但是果然到處都找不到黑江健人。

「他該不會是在主屋吧？」小峰提出一個可能性。

但是藤代京香立刻搖頭。「我剛才就是從主屋走到這間別館。不過別館通往主屋的小徑沒有青年走過的痕跡。不只是小徑，玄關周圍的雪也沒被踩亂。」

「沒什麼好詫異的。肯定是後來下的雪蓋住腳印吧。」

「這麼一來，黑江健人就是在很早之前，恐怕是天還沒亮的時候就離開這間別館。但是他在那種時間去主屋做什麼？」

「天曉得，我不知道這種事。」

「而且今天早上，我在主屋見過豬狩夫妻與其他員工，沒有任何人聊到青年的話題，八成沒人看過他。所以我深信他當然還在這間別館，來到這裡探視。」

然而卻是這副模樣——藤代醫師像是補上這句話般聳肩。

鵜飼沉重點頭之後開口。「原來如此。別館的室內沒有黑江青年的身影，雪上也找不到青年的腳印，而且旅館人員好像也沒看見青年的身影。綜合以上來推測的話只有一個結論。也就是說，黑江青年昨晚就離開這間別館了，所以雪上的腳印在今天早上已經被新下的雪覆蓋。但是青年不是前往主屋，而是另一個場所。」

「唔，鵜飼先生，請等一下。」流平對師父的話語插入一個疑問。「說起來，黑江青年是以自己的意志，也就是在回復意識的狀態離開這間別館嗎？還是說，某人強行帶走還在昏睡的他……？」

「嗯，流平，你的指摘很犀利。」鵜飼打響手指，看向藤代醫師。「順便請教一下醫生，昨晚那名青年是穿著什麼衣服昏睡？睡衣嗎？」
「是的。豬狩夫妻讓青年穿上旅館裡的睡衣。」
「這樣啊。」鵜飼點點頭，再度看向助手。「不過，流平你看。現在這個房間裡沒有脫掉的睡衣，另一方面好像也沒有青年的衣服。我們昨天幫他脫掉的大衣與長褲到處都找不到。」
「鵜飼先生，也就是說青年在睡衣外面穿上自己的衣服，離開這個房間嗎？」
「假設是這麼回事，那麼青年應該是基於自己的意志行動。不過這樣真的很糟糕。他現在在這場大雪凍僵動不了的危險性很高。假設昏迷的青年就這麼穿著睡衣被某人強行帶離房間，而且青年的衣服也被這個人拿走，那就更糟糕了。這簡直是犯罪……不，明顯有著濃濃的犯罪氣息。」
聽完鵜飼這段話，沉默暫時降臨在眾人之間。
藤代京香像是要趕走這股沉重的氣氛般開口。「總之在這裡發呆也沒有進展，分頭尋找青年吧。萬一青年在雪裡動不了，就得儘快找到他才行，否則後果可能不堪設想。」
「說得也是。」點頭回應的是鵜飼。他大步走向玄關，開門走出去。「那麼請藤代醫生回到主屋，通知旅館人員這件事，也再度確認是否有人看見青年的身影。青年也可能躲在主屋某處，可以的話麻煩妳檢查一下。」
「知道了——那麼你們要做什麼？」

「我跟流平在這間旅館的境內搜索看看，說不定黑江青年在某處留下痕跡——小峰先生，請問可以嗎？」

「嗯，我不在意。」小峰立刻回答，露出不安的表情指向自己。「唔，難道說我也要幫忙？幫忙搜索那名青年……」

「不不不，怎麼可能，我不會讓您做這種事。」鵜飼朝著體型像是不倒翁的委託人輕輕揮動右手。「請您陪在夫人身旁吧。」

「嗯，知道了。就這麼辦吧。」小峰點點頭。「那麼，我先告辭了。」他說完在偵探們的面前轉身，獨自走回「大王之間」。睡袍的背影逐漸遠離。看著這一幕的流平不由得發出「咦？」的疑惑聲。

流平連忙往旁邊一看，鵜飼面不改色，若無其事目送委託人離開。

「唔，你怎麼了？」藤代京香露出詫異表情詢問。流平還在結巴的時候，她就說「哎，算了」很乾脆地切換心情，單方面朝著鵜飼他們舉起右手。「那麼，我回主屋吧。你們也要充分小心喔。要是發生『找木乃伊卻被木乃伊捉走……』這種事就慘了。」

對於醫師像是打趣般的話語，偵探同樣打趣回應。

「放心，沒問題的。我們肯定會找出失蹤的木乃伊痕跡。」

3

「……那個，鵜飼先生，這樣可以嗎？我們居然來做這種事……」

在深達膝蓋的積雪中，流平重新提出疑問。

「記得我們正在進行『連一瞬間都不會中斷』的完美監視吧？」不過中途也曾經打瞌睡就是了——他在內心補充這句話之後說下去。「可是現在我們完全從委託人身上移開視線，搜索毫不相關的失蹤人口。這樣真的沒問題嗎？」

將手放在額頭環視周圍的鵜飼立刻回答。

「確實。不過已經獲得委託人的許可，應該沒問題吧。」

「對，說起來，這一點很奇怪。」流平走向鵜飼。「那位委託人為什麼會准許我們找人？他收到一張疑似恐嚇信的聖誕卡。現在這個狀況，那位委託人肯定會更加提高警覺，優求我們這兩個護衛陪在他身旁吧？實際上他卻採取相反的行動。也就是說比起自己的生命安全，他更優先想要確認失蹤青年的安危。不過那位獨裁社長應該沒有這種慈愛精神吧？」

「是啊，絕對沒有。那位委託人的臉長得像是紅豆麵包超人，卻完全不是為了拯救挨餓貧民而將自己的臉分送出去的那種人。反倒是會毫不留情搶走別人僅剩麵包的那種人吧。」鵜飼如此斷言。把自己的委託人說得像是和孩童們的人氣英雄完全相反之後，果斷改變話題。「不過，總之現在就專心找黑江青年吧。因為現狀可能分秒必爭

──話說回來，雪下得真大。放眼望去都是銀白世界！」
就像是被鵜飼的話語引誘，流平也重新環視周圍。蓋著十間別館的旅館庭院，周圍以高大的樹木環繞。在這個季節，樹木葉子掉光變得像是枯木，每根樹枝都積了雪，周圍神奇地呈現幻想般的氣氛。
不過放眼所見，完全找不到顯示青年下落的痕跡。即使有痕跡，不斷飄落的雪也會立刻覆蓋吧。在這種狀況搜索失蹤者果然很魯莽嗎？流平如此心想的時候，鵜飼忽然指向前方。
「唔，那是什麼？只有那裡沒有樹木，好像有一條路從中間穿過去。」
仔細一看，環繞旅館用地的雜木林之中，確實只有一部分沒有樹木，感覺可以從那裡走出樹林。鵜飼朝這個方向行走，有點興奮地開口。
「啊啊，這果然是道路。樹木圍繞兩側，樹林裡的羊腸小徑。積雪也因而比其他地方少。因為兩邊的樹木擋住強風吹來的雪──而且流平你看！雖然只有薄薄的一層，不過這條小徑的積雪上，清楚留下某人行走過的痕跡！」
「呃，有留下嗎？我只看見整片銀白世界……」
「有啦，仔細看！」鵜飼指著腳邊的雪。「你看，這條小徑的正中央，積雪稍微凹陷。清楚看得見這些凹陷連成一條淺淺的白線，一直延伸到小徑的另一頭吧？肯定是因為飄落的雪比較少，所以容易留下有人通過的痕跡──好，流平，我們走吧。去親眼確認這條路的前方有什麼東西。」

話還沒說完，鵜飼就無視於積雪，在林中小徑大步前進。小徑平緩起伏，無法看見前方。因為雪量少，所以比剛才好走。鵜飼以暗藏期待的腳步，流平基於身為助手的義務，兩人在同一條小徑前進。林中小徑只有短短五十公尺就來到盡頭，眼前的視野突然擴展開來，前方看得見海。

看來流平他們抵達烏賊腳海角的最前端了。

如果天氣很好，應該是可以眺望極致美景的絕佳景點吧。證據就是兩人眼前有一座以圓木建造的小型瞭望臺。

「原來如此。那條林中小徑是方便客人利用瞭望臺而存在的。我看看……」

完全不怕高的鵜飼——但他同時也偶爾會從高處摔落——在流平面前跑上約五階的低矮階梯，抵達瞭望臺上方。然後他從圓木扶手探出上半身，看向遙遠前方遼闊的鐵灰色大海。

「——喔～～！真是壯觀！」

鵜飼露出滿心歡喜的表情。流平光是看見他的模樣就差點頭昏眼花。

「鵜……鵜飼先生，不要過度從扶手探出上半身比較好。何況扶手根本不可以相信。那種東西不知道什麼時候就會突然斷掉吧？好了，快點離開扶手，快點！」

「哈哈哈，流平你意外地神經兮兮耶。這麼擔心我嗎？」

——不，我擔心的不是您。您從高處摔下去的時候，我大多也會發生壞事，我只是在擔心這一點！

以前在別的事件和鵜飼一起從懸崖墜海的流平，基於這個經驗而擔心不已。

但是鵜飼表情一派從容，像是不把他的擔心當成耳邊風。

「放心，沒問題的。這座瞭望臺很氣派。這根圓木不可能突然就斷掉。你看，圓木之間也穩穩以金屬零件固定……嗯？」

鵜飼突然停止說話，注視眼前的某一個點。流平走到他身旁。

「怎麼了？有什麼東西嗎？」

在發問的流平面前，鵜飼指向固定圓木的金屬零件。生銹的金屬零件露出數毫米的粗螺絲頭，某種白色的輕飄飄物體纏在上面。

「那是什麼？看起來是白色的布……」

「唔，這該不會是……」鵜飼輕聲說著，朝白色的輕飄飄物體伸出手指。

就在這個時候，太平洋突然颳來一陣強風襲擊兩人。鵜飼伸出的指尖只差幾公分的時候，白色的輕飄飄物體被強風吹拂，突然輕飄飄地飛上天空。鵜飼發出「啊啊！」近似哀號的叫聲。但他緊接著大喊「休想跑！」同時將右手強行伸向天空飛舞的不明輕飄飄物體，然後他執著的右手奇蹟似地抓住目標物。「成功了！」鵜飼高聲歡呼。然而他的上半身在這時候完全在扶手外側。下一瞬間——

「鵜飼先生，危險啊啊啊～～！」

朝著太平洋響遍全場的是流平忘我的叫聲。不顧一切抓住師父背部的他，就這麼以後擲式背摔的要領將偵探身體往後摔。鵜飼發出「呀啊！」的慘叫聲，周圍揚起一股雪煙。這都是在一瞬間發生的事。埋在雪裡的偵探暫時陷入恍神狀態。最後他慢慢坐起上半身，以責備般的視線看向流平。

「我說啊，流平，現在是因為積雪才平安無事，但是如果地面什麼都沒有，我挨了你的摔角招式之後，腦袋就會狠狠撞在這座瞭望臺死掉喔。」

「話是這麼說，不過要是我袖手旁觀，您還是會墜海死掉喔，鵜飼先生。」流平嘛起嘴重新詢問。「所以，剛才那個白色的輕飄飄物體到底是什麼？是一定要賭命抓到的重要東西嗎？」

「嗯？啊啊，這個嗎？」鵜飼後知後覺般看向右手抓住的白色物體。即使剛才硬生生挨了一記絕招，他的右手也沒放開那個物體。鵜飼將其高舉到流平的眼前。「看清楚，這正是『失蹤木乃伊的痕跡』。」

「呃，您說什麼……？」低語的流平目不轉睛看向鵜飼指尖。白色輕飄飄物體的真面目是薄布的碎片。原來如此，這正是木乃伊的痕跡沒錯。「這是繃帶……被扯斷的繃帶碎片吧？」

「沒錯。應該繃帶勾到螺絲頭，所以被扯下一小塊。」

「說到繃帶，記得藤代醫生有在受傷的黑江健人頭部包繃帶。那麼這是那名青年的嗎？他果然來過這個場所吧？」

「嗯，沒錯。不知道是以自己的意願走過來，還是被某人帶來的。不過黑江青年確實來過這裡吧。」

「那麼，來到這裡的黑江健人，後來去了哪裡？這座瞭望臺的場所算是道路的盡頭吧？來到這裡的人，只能沿著剛才走過來的小徑往回走，不然就是……」

瞬間，流平冒出不祥預感而顫抖，然後將身體倚靠在無法信任的圓木扶手，試著眺望不想看見的眼底景色。放眼望去是懸崖峭壁的風景。太平洋的海浪在遙遠的下方拍打岩石，濺起劇烈的水花。

——要是從這種地方摔下去，連屍體都浮不上來吧！

流平忽然感受到強烈的恐懼，連忙和扶手保持距離。

第四章　警部與前警部補

1

這是在同一天，也就是隔天即將迎來平安夜的十二月二十三日上午發生的事。

烏賊川警局的刑警室完全是清閒狀態。原因當然是下雪。

話是這麼說，但刑警們沒有對於雪愈積愈深大喊吃不消而請假，沒有遭遇電車停駛甚至到不了警局，也沒有因為市區難得積雪而興奮得跑到空地打雪仗。

確實，大雪害得市內的交通網大亂，道路各處被阻斷，聽說也有好幾個地方出車禍。多虧這樣，交通課的職員一大早就忙得不可開交，人手完全不夠，所以刑事課有空的人也被派去幫忙。相對的，刑事課處於開門停業的狀態。

「實際上積雪積成這樣，即使會發生車禍，也不會發生重大凶殺案吧。」──因為罪犯也是人，在下雪的日子肯定不會勉強犯罪，窩在暖桌裡比較舒服。

刑事課所屬的年輕搜查官志木刑警懷著這種天真想法，在殺風景的刑警室一邊顧電話一邊整理文件。他的上司砂川警部似乎也在自己的辦公桌閒得發慌。

兩人周圍洋溢著不像是警局裡會出現的鬆弛氣氛。

就在這個時候，面前的有線電話響起輕快的電子音。志木以緩慢的動作拿起話筒。

「您好～～這裡是烏賊川警局刑事課～～」

下一瞬間，話筒傳來的是某個熟悉的男性聲音。對方以看透一切般的語氣說：『哈哈，這毫無緊張感與戒心的聲音，看來是志木刑警吧？依照我的想像，你認定在這種下大雪的日子不可能發生兇殺案所以高枕無憂——是這樣嗎？』

「什……什麼！」被說中的志木在椅子上瞪向話筒。「我可沒有高枕無憂。話說你是誰啊？如果是惡作劇電話，我要掛斷了。」

『不是惡作劇。我是鵜飼，私家偵探鵜飼杜夫。雖然好久沒連絡，但你該不會忘記我了吧？』

聽到莫名裝熟的這個聲音，志木不由得面有難色。

「什麼嘛，是你啊。」總之，志木聽到第一聲的瞬間就大致猜到了，不過果然沒錯。

「啊啊，我當然沒忘記。」

應該說，要忘記他根本是不可能的事。「鵜飼偵探事務所」的所長鵜飼杜夫、見習偵探戶村流平。如果是這兩人的長相，志木不必實際看見他們也畫得出詳細的肖像畫。

原因在於過去曾經在許多事件和他們兩人扯上各種關係。他們有時候是事件的嫌犯，有時候是刑警們的勁敵，而且在大部分的場合只是成為礙眼的搗蛋鬼出現在事件各處。真的是討厭又棘手，深深刻在刑警們的記憶裡。

因為對方是這樣的人，所以志木在電話裡的回應也難免變得隨便。他以極度冷淡的死板語氣詢問。

「怎麼突然打電話過來？車子在雪地進退不得嗎？那就自己想辦法脫困吧。以你們的本事肯定做得到，祝你們幸運成功。再見——」

『別急別急，請等一下啦，志木刑警。並不是在車上進退不得。不，等一下。真要說進退不得的話，確實可以這麼說——其實我們正在烏賊腳海角的某間旅館陷入動彈不得的狀況。不過這件事暫且不成問題，因為抱怨天氣惡劣也沒用。更重要的是我想告訴各位刑警，這裡發生了一個事件。不，老實說，目前還完全不能斷言到底是事件還是事故。』

「嗯，你說得完全不得要領。總歸來說發生什麼事？又有招財貓失蹤嗎？」

『不對，不是貓。這次是人。一名青年在今天早上失蹤，推測也可能已經從海角前端的懸崖墜海。』

「什麼，你說可能墜海……？」

『是的，總之我想把這件事通報給砂川警部——順便請問一下，那位警部現在還活著嗎？應該沒有不小心殉職吧？』

「不准說傻話，他活得很好。現在也在我附近的座位……」志木說著斜眼瞥向坐在「附近座位」的上司，接著慌張地再度睜大雙眼好好確認。下一瞬間，他口中發出「哇，警部！」這個近乎哀號的叫聲，慌張按住話筒。「警警……警部！您到底在做什麼啊……」

「噓～～不，要，說，話。」身穿西裝的中年刑警將食指豎在嘴脣前方要部下閉嘴，然後自己也壓低聲音回答。「問我做什麼，志木，你看了就知道吧……對，我在疊撲克牌塔！」

如此斷言的砂川警部，額頭緊張到冒出汗珠。

確實是撲克牌塔。而且很高。到第四層都打造成完美形態，只差頂端的第五層就完工。用來壓軸的兩張撲克牌，警部已經雙手各拿著一張。兩張牌在警部手中微微顫抖。旁觀的志木嘴唇也同樣甚至更劇烈地顫抖起來。

「這這這……這下子怎麼辦，警部？」

「也沒能怎麼辦吧？既然已經打造得這麼氣派，也只能完成了。我可不能半途而廢。」

「我……我想也是。」

不過，為什麼打造得這麼氣派？這完全是沒事找事做吧，警部！志木在內心向上司抱怨，指著手上的話筒。「那個～～這通電話是找警部您的，請問要怎麼辦？是那個偵探打來的……他說一名青年在海角的旅館失蹤……偵探說這可能是有心人犯案，也可能不是……」

「呃，『可能是，也可能不是』？哼，這種事晚點再說！」警部哼了一聲，進行單方面的指示。「總之，先問那間旅館與青年的名字吧。跟他說等我完成塔……更正，等到雪停了再一起幫他找。」

「知……知道了。」志木移開按著話筒的手，重新向電話另一頭的偵探開口。

「啊～～喂喂喂？」
『是的是的，有聽到喔，志木刑警……話說你讓我等得還真久。所以，砂川警部他怎麼了？果然已經殉職了嗎……？』
看來這名偵探無論如何都想讓警部殉職。
志木斷然回答「沒有」然後說下去。「警部他那個，該怎麼說……現在手忙到沒空……對，正如字面是手忙到沒空的狀況。你那邊的詳情就告訴我吧。」
『哇，手忙到沒空啊。雖然只是猜測，但警部先生在「建築」什麼東西嗎？』
不知為何，偵探直覺敏銳。志木裝傻回答。
「你在說什麼？刑警室沒什麼可以建築的東西喔——話說我想問一下，你現在在的那間旅館叫什麼名字？」
『烏賊腳海角的史魁鐸山莊。』
「喔……」這是內行人才知道的祕密旅館。志木感到意外。「那麼，你說的失蹤青年是什麼樣的人？和偵探事務所有什麼關係嗎？」
『不，是毫無關係的青年。只不過是我們湊巧拯救他脫離危機……』
偵探說到這裡，開始簡短說明自己認識那名青年的來龍去脈。總歸來說，青年在雪道出車禍差點遇難，正要前往旅館的偵探們救了他。但是過了一晚，青年躺的床已經空無一人。到處都找不到他的身影，只有懸崖上的瞭望臺扶手卡著一塊可能是青年身上繃帶的碎片。志木一邊出聲附和一邊聆聽，等到偵探說明到一個段落之後發問。

「所以，那名青年叫什麼名字？起碼看過駕照之類的證件吧？」

『嗯，我看過了。青年的姓名是黑江健人。「黑心」的黑，「江川卓」的江，「不健康」的健，「犯人」的人，黑江健人。你知道了嗎？』

「姑且知道了，不過聽你的說明，這名青年給人的印象好差……」

『為什麼？江川卓是代表昭和時代的知名投手喔。』

不過他加入巨人隊的過程，以及當時大人們說明的選秀邏輯實在令人噴飯──鵜飼壞心眼補充這段話之後繼續說。

『我自己完全沒機會和這名青年對話，所以沒有任何證據判斷他是不是善良青年，說不定他出乎意料是個壞蛋，或者是昭和時代的知名投手。』

「這樣啊。」感覺可以輕鬆判斷第三個可能性肯定是零，但現在不提這個──「好，我知道了。黑江健人是吧。所以是叫做這個名字的青年，在烏賊腳海角的史魁鐸山莊失蹤了。」

志木這麼說的瞬間，視野一角的砂川警部表情變得扭曲，嘴角發出「唔」的呻吟，同時從鼻子吐氣，使得建築中的塔微微搖晃。

「咦，警部，怎麼了？您心裡對黑江健人這個名字有什麼底嗎？」

「嗯，我聽過這個名字。而且在烏賊腳海角嗎……不，可是名叫『健人』的男性很多，『黑江』這個姓也挺常見的，所以應該是同名同姓的別人吧……」

警部像是說服自己般低語，然後重新振作，把雙手所拿的撲克牌舉到臉部的高度，重新著手完成塔的頂層。

志木輕嘆一口氣，再度將話筒抵在耳邊。「順便請問一下，你為什麼會在那間旅館？那裡應該是有錢人會光顧的祕密旅館才對。我不認為你這種貧窮的迷偵探會大手筆住進那裡。」

『哎呀哎呀，志木刑警，你還真敢說耶。你稱呼我是「名偵探」，我打從心底謝謝你，不過「貧窮」是多餘的。說我是「貧窮的名偵探」也太過分了。』

——不，沒人稱呼你是「名偵探」喔！

志木咧嘴一笑，詢問電話另一頭的「迷偵探」。

「我想你總不可能在聖誕假期入住那麼高級的旅館吧。你是和誰一起去的嗎？是要做什麼工作才待在那裡嗎？」

『…………』看來志木這次說中了。偵探像是在電話另一頭思索般暫時沉默。最後大概是整理好思緒，他慢慢開口。『哎，反正隱瞞到最後還是會被發現，我就直接說明吧……是的，其實我是和某位富翁一起來的。這個人風評不好，志木刑警你肯定也聽過這個名字。是「小峰興業」的社長大人。』

「啊？你說『小峰興業』的社長……所以是小峰三郎嗎？」

『是的，一點都沒錯。』隔著電話傳來鵜飼的回應。

下一剎那，砂川警部的聲音像是要蓋過對話般響遍刑警室。

「什麼——！小峰三郎——？」

兩張牌瞬間從警部顫抖的雙手滑落。「建築師」放開的撲克牌就這麼落在塔的四樓位置。還以為這小小的撞擊會導致即將完成的塔淒慘崩塌，害得警部的努力化為烏有，然而或許是上天安排，兩張牌以相互支撐的形式漂亮落在塔頂。這正是五層撲克牌塔完成的瞬間。這幅光景使得志木不禁瞠目結舌。

「喔喔，好……好厲害！警部，您成功了！」

然而砂川警部沒沉浸在完工的喜悅，他離開自己的辦公桌，大步走向志木，從部下手中搶過話筒按在自己耳朵。

「啊～～喂，是我，砂川。你剛才說小峰三郎嗎？這樣啊，所以小峰現在在烏賊腳海角，然後失蹤的青年叫做黑江健人，對吧？」

然後警部和鵜飼繼續交談了一段時間。似乎是鵜飼在向警部詳細說明黑江健人的狀況。

鵜飼「嗯，嗯」反覆出聲附和，聆聽偵探的說明。「好，我大致明白了。但是為求謹慎，有辦法把那名青年的駕照照片傳給我嗎……咦，沒辦法？你說駕照已經不在你手邊？失蹤的青年可能隨身帶走？連同衣服一起不見？可惡，沒辦法了……我知道了。你在那裡等，我立刻過去你那裡。」

「警……警部，請不要說得這麼亂來啦！」志木瞪大眼睛向上司建言。「通往烏賊腳海角的道路因為大雪而禁止通行。暫時沒有任何人能接近海角前端。」

「絕對嗎？直升機也沒辦法嗎？雪橇也不行嗎？」

「是的，直升機也沒辦法。」雪橇更不用說。志木繼續詢問警部。「說起來，烏賊腳海角有地方可以讓直升機降落嗎？不，假設可以，在甚至不知道是不是案件的這個階段，為什麼非得做到這種程度……」

「這個嘛，是沒錯啦……不過小峰與黑江，這兩人不可能毫無原因就待在同一個場所。肯定會發生某些事。不，或許已經發生了某些事。」

「呃，所以是會發生什麼事？」

志木完全無法理解警部在擔憂什麼事。他只知道，在當地財經界風評不佳的小峰三郎當然不用說，關於來歷不明的黑江健人這號人物，警部同樣心裡有底——就是這麼回事。

無視於納悶的志木，警部向電話另一頭的鵜飼開口。

「總之你要注意小峰三郎，視線千萬別從他身上移開——咦，問我為什麼？這種事我也不知道。總之只是有種不祥的預感。」

接著警部手上的話筒隱約傳來偵探沒什麼自信的聲音。『好的，請不用擔心，我原本就會好好緊盯著他。』志木想像小峰三郎或許就是偵探的委託人。可能是吩咐偵探擔任護衛之類的。

在如此思考的志木面前，砂川警部叮嚀「發生什麼事的話要連絡我」然後結束通話，像是重摔般放下話筒。

室內突然變得安靜無聲。感覺隔著玻璃窗甚至聽得到雪花落下堆積的聲音。

深沉的寧靜覆蓋周圍，警部面有難色雙手抱胸，回到自己的辦公桌，然後大概是對於無計可施的現狀感到不悅。

「哎，可惡！」

他大叫一聲以腳跟蹬地。這股衝擊使得五層的塔在瞬間搖晃，緊接著——啪噠啪噠啪噠啪噠啪噠啪噠啪噠啪噠啪噠！

撲克牌塔響起無數的「啪噠」聲完全崩塌。桌面立刻回復為原本的「荒地」。

「啊～～啊，明明好不容易才完成，真可惜……」

感到遺憾的反倒是志木刑警。

「這種事一點都不重要！」身為「建築師」的警部扔下這句話，犀利瞪向自己的部下。「說起來，現在不是玩什麼撲克牌的時候吧，志木！」

——玩什麼撲克牌的是警部您吧！

志木就這麼默默投以抗議的視線。無視於他的砂川警部取出自己的手機，迅速打電話給某人。他默默將手機抵在耳邊，不過對方好像沒接電話。警部「嘖！」咂嘴收回手機，不知道想到什麼事，一把抓起掛在衣架上的褐色大衣慢慢穿上。

志木錯愕看著這一幕，警部理所當然般向這名部下下令。

「喂，志木，還在發什麼呆？你也做準備吧，要出門了。」

2

雖然不明就裡，不過既然是上司的命令就沒辦法了。和砂川警部一起坐進偵防車的志木刑警，慢慢駛離烏賊川警局。安裝雪鏈的輪胎在積雪路面演奏刺耳的金屬聲響——

「這輛車不可能開到烏賊腳海角喔。警部，您知道吧？」

在駕駛座握方向盤的志木，看著前方向上司這麼說。

「啊啊，我當然知道。」副駕駛座的砂川警部點頭之後說下去。「目的地不是烏賊腳海角。啊啊，在這個十字路口右轉，然後在下個彎道左轉。」

名為「行車導航系統」的優秀文明利器是現代警車的標準配備，難道這個人不知道這個事實嗎？志木懷著這個疑問，按照警部獨自的導航系統，將方向盤向右打或是向左打。

補充說明一下，警部的導航系統主要是基於自己對於家鄉的熟悉度以及過去的記憶，以指尖或口頭指示的超級人工系統。所以其實無從保證一定可以引導抵達目的地。

「到底要帶我去哪裡啊，真是的……」

即使輕聲透露不滿，志木依然聽話操作方向盤。後來車子穿越市區，在烏賊川沿岸的道路開往盆藏山方向。住宅與店鋪數量明顯變少的時候，取而代之出現的是水田與早田盡收眼底的田園地帶。

路況和市區相比惡化許多，已經不可能繼續前進了。要是硬闖恐怕會招致「警車在雪道進退不得」的結果，對於警察來說是最丟臉的過失。志木懷抱這個擔憂的時候，警部指向路邊的獨棟住宅。

「啊啊，在這裡，就是這間——喂，志木，停在這附近。」

用不著下令停車，如今也只能選擇停車了吧。載著兩人的偵防車像是精疲力盡的驢子般停在獨棟住宅門前。

「這裡是誰家？」納悶的志木隔著擋風玻璃看向門前的光景。又舊又大的門令人聯想到早期的農家。頂端積雪的門柱掛著氣派的門牌，上面的文字看起來確實是「黑江」。看見這兩個字的志木皺起眉頭。「說到『黑江』就是那名失蹤青年的姓氏……也就是說，這裡難道是那名青年黑江健人的家……？」

「不，你說錯了。」警部解開副駕駛座的安全帶。「住在這裡的是叫做黑川讓二的男性。他一個人住，今年肯定七十多歲了……志木，你在哪裡聽過黑江讓二這個名字嗎？」

「這個嘛，我不知道。」——話說，我為什麼非得知道這個老爺爺的名字？這個單純的疑問差點脫口而出。

砂川警部就這麼坐在副駕駛座。「真是的，所以我才說現代的年輕人……」他像是要這麼抱怨般聳肩，然後再度詢問部下。「這樣啊，你不知道嗎？那麼『攻無不克的讓二』這個稱號呢？就算這樣你也沒聽過嗎？」

「咦？您……您說『攻無不克的讓二』？」一聽到這個稱號，志木不由得睜大雙眼。「這……這個稱號我也聽過。是曾經真實存在於烏賊川警局刑事課，傳說中的名刑警對吧？據說他是偵訊高手，嫌犯口風再緊，只要由他問訊就立刻招供，就像是哼唱流行歌那樣滔滔不絕承認自己的罪。攻克嫌犯的犀利手法備受讚賞，獲得『攻無不克的讓二』這個別名。在這座城市的警察與罪犯之間，他的風評至今也像是都市傳說口耳相傳……」

「沒錯，另一個別名是『偵訊室的魔術師』。也有人叫他『逼哭的讓二』。除此之外還有『黑江法師』、『完封職人』、『烏賊川警局最終兵器』或是『萬年警部補』等等，讚賞他的稱號不勝枚舉。」

「最後那個稱號算是讚賞嗎？」叫做黑江讓二的這個人，出乎意料只停留在警部補這個職位耶，明明風評很好卻沒能飛黃騰達嗎——這是志木內心的率直感想。「所以，這位『萬年警部補』退休之後，現在住在這個家。是這麼回事嗎？」

「一點都沒錯，不過啊，志木！」砂川警部面向駕駛座，迅速將臉湊過去瞪大雙眼。「你千萬別在他本人面前使用這種稱呼。他對你來說是大前輩，是『攻無不克的讓二』，是傳說中的名刑警！」

「是……是的，我知道，我當然知道。是『偵訊室的魔術師』對吧？是『完封職人』對吧？面對上司過於咄咄逼人的氣勢，志木毫不畏懼點了點頭。「那個～～順便請問一下，警部您和這位傳說中的刑警很熟嗎？」

「唔，我嗎？啊啊，那當然。」警部打開副駕駛座車門。「在我年輕的時候，前警部補黑川讓二是我的直屬上司。」

警部說完下車，隨即晃動大衣肩膀劇烈顫抖。這是因為即將拜訪昔日上司而緊張？還是嚴寒的氣溫使然？旁觀的志木完全無從判斷。

刑警們穿過外門，在鏟過雪的庭院前進，抵達日式住宅的大門前。看來沒有門鈴之類的設備。砂川警部自行打開玄關的拉門大喊。「不好意思～～請問黑江讓二先生在嗎～～？」

隨即響起像是老人的「來了～～請問哪位？」這句回應，不知為何聽起來莫名來自遠方。

「您好，我是砂川～～好久不見～～」

「什麼，是砂川？」老人的聲音稍微接近了。「喔喔，這個聲音，確實是我以前的部下砂川……砂川……呃～～我實在想不到名字，總之肯定是砂川。歡迎你來啊，砂哇，哇哇哇！」

老人的聲音突然慌亂。察覺異狀的警部朝室內大喊。

「您……您怎麼了嗎？」

樣子真的怪怪的。老人的聲音不是來自室內，是上方。察覺這一點的志木刑警連忙抬頭往上看。結果——

一名老人從積滿雪的瓦片屋頂降落。不，正確來說應該是「摔落」。察覺到生命危險的志木猛然瞪大雙眼，接著他面臨重大的選擇。這名摔落的老人，他應該要避開還是要接住？

不過志木現職是警察，必須以「保護市民的生命財產」為藉口——不對，不是藉口，是本分——所以他憑著匹夫之勇，朝著落下的老人伸出雙手，試著要接住他的身體。

然而，就像是在嘲笑這樣的志木，老人暫時「降落」在他的雙肩當成踏臺輕盈一跳，單腳跪在雪上漂亮著地。另一方面，志木因為反作用力而向後摔倒在雪地躺成大字形。隨後從屋頂掉落的大鏟子發出「噗滋！」的聲音插在他的臉旁邊。

同時——「呀啊啊啊啊～～！」

放聲哀號的當然是志木。

以年輕刑警當踏臺平安著地的老人迅速起身，以雙手輕撥身體露出從容表情。是身材精瘦穿著焦褐色外套的白髮老人。

火上心頭的志木鼓足力道起身。『可惡，你這個臭老頭在做什麼啊！居然用雙腳把別人踹開！』——他雖然很想這樣強烈抗議，但是在這之前，砂川警部像是要將他推開般走到老人面前，然後彎腰到將近九十度，進行重逢的問候。

「好久不見，黑江警部。看您這麼硬朗真是太好了——」

依照剛才的說明，黑江讓二現役時代的階級是警部補。警部補這個階級比警部低一階，但是稱呼名字的時候依慣例不會稱為「某某警部補」，而是簡稱「某某警部」，所以用「黑江警部」稱呼黑江讓二是正確的。只不過對方是已經退休的前警部補，以階級稱呼的這種方式本身就相當奇怪。老人似乎也在意這一點，像是害臊般搖手。

「喂喂喂，砂川，拜託別叫我『黑江警部』。我已經退休十年了。」

「啊啊，不好意思。您給我的印象和當時一模一樣，所以不小心就……」

「嗯，這麼說的你看起來也一點都沒變。」老人拔出插在地面的鏟子，扛在肩膀仰望上方。「我剛才去屋頂鏟雪。這間是老房子，我擔心積雪太重可能會壓壞屋頂，然後突然聽到你的懷念聲音，所以我也一個慌張不小心打滑了。」

難怪老人與鏟子會接連從屋頂掉落——老頭子，你知道剛才差點就有人死傷了嗎？剛才真的差點沒命的志木在內心咒罵。不過對方畢竟是傳說中的名刑警，砂川警部也在場，所以他不敢口出惡言。

無視於不悅的志木，打完招呼的砂川警部立刻轉變成嚴肅表情，以不同於平常的客氣口吻開口。

「話說黑江警部，更正，黑江先生，其實我是想來告知一件事。先前打過一次電話給您，但是沒接通，所以才會臨時來到府上拜訪。」

「嗯，這樣啊。不過既然你在這場大雪專程趕過來，事情應該非比尋常。哎，總之進來吧——話說回來，我剛才當成踏臺的這個人是你的部下嗎？」

「是的，他是志木刑警。您喜歡的話請儘管踩他吧。」

「……………」不要，我才不要！被當成踏臺一次就夠了！

志木噘起嘴，跟著警部與前警部補穿過黑江家的大門。

不久之後，現職刑警們和前刑警一起在黑江家客廳圍坐在古老的暖桌旁。砂川警部說明來訪的意圖之後，黑江讓二表情逐漸變得嚴肅，以吃驚的語氣開口。

「什麼？黑江健人？打電話過來的偵探確實是這麼說的嗎？叫做黑江健人的青年在史魁鐸山莊突然消失？不過，這到底是怎麼回事？我兒子確實叫做健人，是我五十歲才喜獲的獨生子。他現在已經長大成人，就讀烏賊川市立大學……」

黑江讓二一邊說明一邊起身，走到客廳角落設置的有線電話，心急般按下電話鍵。大概是打電話給兒子吧。然而等待一分多鐘之後，他靜靜放下話筒。「不行，我打電話到兒子的手機，但是沒接通。不知道是手機關機，還是他在收不到訊號的場所……」

「這樣啊……」砂川警部垂下肩膀。志木提出一個在意的問題確認。

「順便請問一下，令郎的名字是哪兩個字？」

黑江讓二隨即做出在空中寫字的動作。「健康的『健』，善人的『人』。」他說明之後挺起胸膛。「這名字很好吧？是我取的。源自我一個老朋友的名字。」

「原……原來如此，真是出色的名字。」志木尷尬點頭。雖然說明的方式完全相反，不過確實和偵探說的「黑江健人」是同樣的字。「那麼，失蹤的青年果然是老爺爺……

更正，是黑江前輩您的兒子嗎？」

「不對，不一定是我兒子吧。『健人』這個名字挺常見的，『黑江』這個姓也偶爾看得見件，推測也可能是同名同姓的別人。」

前警部補像是但願如此般這麼說。砂川警部立刻探出上半身。

「是的，我一開始也這麼認為。不過，打電話給我的偵探說，小峰三郎現在也以客人身分入住史魁鐸山莊。」

「你說什麼？小峰……小峰三郎嗎……」

老人將雙手撐在暖桌桌面微微起身，表情透露出前所未有的不安與恐懼神色。

哎呀，這位老爺爺也是嗎——志木感到意外。包括先前在刑警室的砂川警部，這位前警部補也是一聽到小峰三郎這個名字就變了臉色。看來小峰三郎這個人對於兩人來說具備某種特別的意義。滿頭霧水的志木交互看著上司與大前輩發問。

「黑江健人是大學生對吧？至於小峰三郎是『小峰興業』的社長。這兩人之間到底有什麼關連？」

「不，健人和小峰三郎之間沒有直接的關係。」

砂川警部揮手回答。健人的父親也接話開口。

「有關係的反倒是我。小峰三郎和我之間有一段不算淺的過節。雖然這麼說，但也已經是二十年前的事了。」

「這樣啊，既然是二十年前，就是黑江前輩您還在職那時候的事情吧？」

「沒錯。二十年前，這座烏賊川市發生一樁殺人事件。是淒慘的血腥凶殺案。住宅區的空屋發現被肢解的男性屍體。死者的姓名是小峰太郎，當時在市內經營小型貿易公司的男性。」

「小峰太郎？所以是小峰三郎的……」

「哥哥。不過是同父異母的哥哥。」

砂川警部在一旁補足黑江讓二的話語。「他們的父親小峰某某……我忘記名字了，他是以捕撈烏賊迅速致富的小峰家第二代還是第三代。不提出海捕魚的表現，這個男人是花花公子，和不同女性分別生下三個孩子。長男是太郎，次男是次郎，然後三男是三郎。」

「原來如此～～這三兄弟真好記耶～～」

「應該是嫌麻煩吧，不想用心取名字。小峰某某好像就是這樣的父親——不過他二十年前已經被女人用刀送往另一個世界，所以我也沒直接見過他。」

「這樣啊。」志木傻眼點了點頭。不過，總之當前應該視為問題的並不是馬虎父親的取名品味，而是小峰三兄弟和黑江父子的關係。志木看著大前輩的臉發問。「也就是說，小峰三郎的哥哥被殘殺的事件，在二十年前的負責人是……」

「沒錯，就是我。」黑江前警部補深深點頭。

「而且，還有我。」砂川警部將手按在胸口。

「咦，兩位都是嗎？」志木指著兩名前輩。

「對，就是這麼回事。」警部露出看向遠方般的眼神說明。「當時，我是剛分發到刑事課的菜鳥刑警。反觀黑江警部是老鳥，已經被譽為名刑警。這樣的我們組成搭檔，追查神祕分屍命案的真相。」

「這樣啊，砂川警部和這位老爺爺……更正，和黑江前輩搭檔嗎……但我總覺得完全無法想像。」

「唔，為什麼？很簡單吧，不就像是現在的我和你一樣嗎？」

「確實是這麼回事吧……」

不過無論再怎麼發揮想像力，也完全無法想像砂川警部成為某人部下被頤指氣使的模樣。志木放棄想像，回到正題。「所以，二十年前的這件血腥凶殺案，搜查到最後是什麼結果？成為懸案嗎？」

「志木，你為什麼這麼認為？為什麼說成為懸案？」砂川警部斜眼瞪向坐在身旁的部下。「別搞錯了。負責搜查的不是現在的我和你這對搭檔，是號稱烏賊川警局代表人物的黑江讓二警部，以及當時還年輕充滿幹勁的我。你以為我們這對黃金拍檔破不了案嗎？」

「呃，不，應該不可能吧。」——可是警部，依照這個說法，反而算是承認最近的您毫無幹勁，這樣可以嗎？

志木懷著這樣的疑問，提出理所當然的問題。

「那麼案件順利偵破，凶手落網了吧？」

說來奇妙，砂川警部不知為何突然露出愧疚表情，以微妙的視線看向坐在暖桌正對面的昔日上司。白髮老人隨即沉重開口。

「老實說，當時沒能逮捕凶手。雖然將一名男性視為頭號嫌犯，但是在只差一步就能逮捕的時候，這名男性從懸崖墜海身亡。結果案件以嫌犯死亡的形式結案，草草落幕。」

「這樣啊。順便請問一下，就這麼背負嫌疑身亡的男性是誰？」

「這個嘛……」前刑警板著臉說出嫌犯的名字。「其實是小峰次郎。」

「小峰次郎？不就是三郎的另一個哥哥嗎？」

「沒錯。小峰次郎殺害哥哥小峰太郎分屍。這應該是事實。只不過次郎已經死亡，因此以結果來說留下許多部分無法釐清。當時就是這樣的事件。」

「原來如此。可是黑江前輩，如果殺害太郎的真凶是次郎，那麼三郎肯定和命案毫無關係。這樣的三郎在案發經過二十年的現在，即使和您的兒子一起待在史魁鐸山莊，應該也不會發生任何事才對吧？」

「是的，確實如你所說，沒有理由發生任何事——砂川，你說對吧？」

「嗯，不過……」砂川警部皺起眉頭。「老實說，我有種不祥的預感。負責二十年前事件的黑江先生，您的兒子健人和當年在那起事件一次失去兩名哥哥的小峰三郎待在同一間旅館，真的是單純的巧合嗎？而且這間旅館是烏賊腳海角的史魁鐸山莊，這簡直是……」

砂川警部將手放在下巴沉思，然後重新向眼前的前上司確認。

「黑江先生，健人現在住在哪裡？您沒有和他住在一起吧？」

「沒錯，我兒子在大學旁邊的公寓租屋一個人住。就讀大學之後都是如此。」

「那麼，要不要現在過去看看？說起來，從史魁鐸山莊消失的那名青年，我們還沒確認是否真的是您的兒子。說不定他病倒在公寓住處，連電話都沒辦法接。這種可能性也不是零吧？」

「嗯，說得也是。」黑江讓二迅速在暖桌前起身。「這麼說來，我兒子有把公寓的備用鑰匙給我保管。肯定派得上用場。」

「您幫了大忙。我們立刻出發吧——喂，志木，又要回市區了。」

「啊，好的，我當然沒問題。」

可是車子動得了嗎……該不會已經完全埋在雪裡了吧……

對於志木來說，這是最令他在意的問題。

3

幸好天氣維持在平穩狀態，不必因為偵防車埋在雪裡而進行挖掘工程。兩名刑警與一名前刑警上車之後，立刻前往烏賊川市中心。和剛才前來的時候一樣由志木負責開車。不過砂川警部坐在後座，熟知目的地的大前輩取代他坐在副駕駛座。

——哎呀哎呀，導航系統變成更舊的版本了，沒問題嗎？

內心懷抱不安的志木，以安全第一的原則駕駛偵防車。坐在一旁的白髮前刑警不時指著雪煙飛揚的前方。「啊啊，在這條路往右，不對是往左，在下一個路口右轉直走……不對是左轉。」他下達絕對不算錯誤的指示。導航的複雜程度使得志木吃不消，忍不住在駕駛座哀號。

「使用導航系統吧，不是人工導航，是最新科技的導航系統！」

結果，將公寓住址輸入到導航系統之後，車子開得非常順暢，平安抵達市區，就這麼朝著烏賊川市立大學的方向前進。順帶一提，說到烏賊川市立大學，也就是「那個戶村流平即將畢業的時候因故不得不輟學」——讀者們耳熟能詳的那所三流在地大學。沿著大學路行駛，路上因為下雪而毫無學生的身影。最後導航系統的電子語音說明「已經抵達目的地」告知這趟短短的旅程結束。

停車之後，座落在面前的是兩層樓的鋼筋水泥公寓。建築物旁邊是一座可以停五到六輛車的停車場。從副駕駛座下車的黑江讓二瞥向停車場，以呢喃般的聲音說「果然沒有了嗎……」垂頭喪氣。

警部聽到這句話發問。「您說什麼東西『沒有』了？」

「車子。我兒子平常會開著黃色汽車到處跑。那輛車不在停車場。看來健人在這場大雪特地開車出門了。」

「不不不，現在還不能斷定喔。」警部像是要甩掉不祥的預感般指向建築物。「總之去看看健人的房間吧。」

刑警們在前刑警的帶領之下走上二樓，抵達最深處的房間前面。

砂川警部按下門鈴，門後隨即響起「叮咚」的快活鈴聲。但是沒人應門。黑江讓二握住門把試著轉動，門卻一直打不開，看來上了鎖。此時砂川警部像是失去耐性般開口。

「黑江先生，麻煩您使用備用鑰匙。」

「嗯，說得也是。雖然兒子之後可能會生氣……」

以父親立場說出內心的擔憂之後，黑江從外套口袋取出一把鑰匙插入鑰匙孔，門立刻發出清脆的聲音解鎖。

前刑警開門踏入室內。現職的兩人也跟在他背後，脫鞋之後穿過短短的走廊。開門一看，門後是起居室兼迷你廚房。家具之類的東西很少。小小的桌子與沙發。房間一角擺著小小的電視。窗邊有一張書桌展現大學生應有的樣子，桌上擺著筆記型電腦與印表機。

打開旁邊的拉門一看，門後是另一個房間，靠牆擺著一張偏大的床。要說舒適還算舒適，卻感覺有點殺風景的房間。這是志木內心抱持的印象。

無論如何，室內各處都沒有任何人的氣息，暖房器具完全沒運作的室內，像是冰箱內部般寒冷無比。

「總之，很像是男大學生居住的房間對吧，警部？」

「是嗎？我聞到女人的味道喔。總覺得整理得莫名乾淨——黑江先生，健人有正在交往的對象嗎？」

「不，我不知道。雖然可能有女友，不過這種事很少會告訴父親吧？至少我沒聽他說過。」

前刑警遺憾般搖頭。志木把他留在起居室，獨自回到走廊打開浴廁的門。裡面有馬桶與浴缸，中間是小小的洗臉臺。擦得乾乾淨淨的鏡子旁邊有兩把牙刷，看起來都有在使用。仔細看會發現其中一把握柄是藍色，另一把是粉紅色。真的是淺顯易懂。

「啊，看來警部猜得沒錯。這個房間確實有女性出入的樣子。是交情親密的女大學生之類嗎……」

志木說出獨到的見解，再度回到起居室，發現砂川警部與黑江前警部補不知為何將臉湊在一起，檢視像是信件的某個物體。

「唔，警部，那是什麼？」

「放在桌上的東西。或許可以認定這也在暗示健人有一名交情親密的女性——你看，是聖誕賀卡，還有信封。」

志木拿起警部遞過來的卡片與信封檢視。信封是紅綠白的聖誕配色，卡片畫著麋鹿與聖誕老人的圖。說到寄送這張卡片的對象，首先浮現腦海的應該是交情親密的女性無誤。不過信封與卡片都維持在尚未使用的狀態。

志木詢問砂川警部。「健人預定之後要寫聖誕賀卡寄給某人嗎？」

「也可能已經寫好寄出去了。這裡的卡片或許是當成預備多買的，所以就這麼放在桌上。」

「確實，考慮到寫錯的狀況，這種東西都會多準備幾份。」

「原來如此，寫錯嗎……」黑江讓二像是想到某些事般低語。他突然蹲在書桌旁邊，一隻手伸進該處的垃圾桶，翻找裡面的垃圾。「如果有寫錯的卡片或信封，說不定可以知道交情親密的女性名字……」

是身為父親關心兒子的交往對象？還是純粹想得到失蹤兒子的相關情報？感覺應該兩者皆是，總之從翻找垃圾桶的前刑警身上感覺得到近似執著的意念。他的手在這時候突然靜止，看來是找到某個東西了。他從垃圾桶捏緊拿出來的是一張聖誕卡。卡片以胡亂摺疊起來的狀態扔進垃圾桶，看來真的是寫錯了。黑江前警部補心滿意足起身，將手上的「戰利品」高舉在昔日部下面前。「——喂，砂川，真的找到了。」

「希望上面有寫女性的名字。」

「嗯，打開看看吧。」

前刑警說完嚥了一口口水。雖然是自己兒子寫錯作廢的卡片，不過這是偷看別人郵件的行為。大概是感到內疚，他只有微微張開眼睛，慢慢打開手上的卡片。砂川警部與志木不是看卡片內容，而是專注觀察前刑警的表情。

下一瞬間，黑江讓二口中發出「嗚！」的呻吟。微張的眼睛完全睜大，雙眼凝視面前的卡片。「這……這是……」

「怎麼了，黑江先生！」
「上面寫了什麼？」
兩名刑警走向前刑警。黑江讓二剛開始露出抗拒的模樣，最後像是認命般把問題所在的聖誕卡遞給昔日部下。
「我要看了。」砂川警部說完之後閱讀卡片上的文字。接著他也發出「唔！」的呻吟並且語塞，轉頭和昔日上司相視，只露出錯愕的表情。
令兩名前輩如此驚愕的那張卡片，究竟寫了什麼？
完全不得而知的志木，從警部手中接過卡片，親眼閱讀上面的文字。
原來如此，上面確實寫著超乎想像的「聖誕訊息」。
『制裁還沒結束。如果愛惜自己的性命就不要輕舉妄動，誠心祈求自己平安無事。』
這些文字極度潦草，都是以毫不穩定的顫抖線條寫成。肯定是為了隱藏筆跡而刻意不以慣用手來寫字。
一看見卡片內容，志木就感覺到濃濃的犯罪氣息。

第五章　殺人的夜晚

1

「您好，我是鵜飼……啊，不得了不得了，是砂川警部啊！」

暖氣夠強的更衣室響起偵探的聲音。從他耳邊的智慧型手機確實傳出應該是中年警部的男性聲音。戶村流平連忙把脫到一半的上衣穿回去，迅速走到鵜飼身旁。鵜飼一隻手握著手機，另一隻手挑戰單手脫衣服的困難指令。

「沒想到……唔……你居然會特地……咕……打電話來……咦，問我正在做什麼？我正要在晚餐之前泡個澡。在史魁鐸山莊引以為傲的豪華露天澡堂……呼！」

『什麼，你說露天澡堂？喂喂喂，在這種時候泡澡？』

「沒事的，警部先生，不必擔心喔。這裡的露天澡堂加裝了氣派的屋頂。就算雪下得再大，也不會變成『頭上頂著雪在泡溫泉的日本猴』。所以完全不會出事，請放心。」

『沒人在擔心這種事！』

大概是過於激動，隔著電話傳來的警部聲音變尖了。鵜飼好不容易只脫下襯衫左袖，將手機換到左手。

「那個～～鵜飼先生，要講電話還是脫衣服，先專心做其中一件比較好吧？」

流平向師父提出過於中肯的建議。鵜飼隨即回應「原來如此，說得也是」率直點頭，向電話另一頭的警部開口。「啊啊，不好意思，總之我先脫衣服，可以請你在電話裡等一下嗎？」

『要不要講完電話再脫衣服？我不懂你優先脫光有什麼意義。』

「啊，說得也是。」鵜飼依照忠告暫時停止脫衣服，重新隔著電話詢問。「所以警部先生，找我有什麼事？」

『沒什麼，只是想知道你那裡後來怎麼樣了。失蹤的青年找到了嗎？』

聽到警部這麼問，鵜飼回答「不，很遺憾……」垂頭喪氣。

在瞭望臺發生那場騷動之後，流平與鵜飼先回到旅館主屋，將「戰利品」的繃帶碎片拿給豬狩夫妻與藤代京香醫師看。藤代醫師認出這塊碎片和昨晚青年頭部包紮的繃帶相同。然後鵜飼徵得豬狩夫妻的同意，主動打電話給烏賊川警局，向砂川警部與志木刑警正確說明這一連串的事實。以上是今天上午的事。

後來，鵜飼再度和流平前往戶外，繼續在史魁鐸山莊周邊尋找青年的痕跡。另一方面，豬狩夫妻、旅館員工們與藤代醫師等人也同樣分頭搜索，但是沒有任何新的發現，只有時間就這麼流逝。在寒冬的太陽終於西下，周圍變得陰暗的時候，搜索行動被迫暫時中止。

此時流平他們為了暖和凍壞的身體，筆直前往史魁鐸山莊引以為傲的豪華露天澡堂。正在更衣室脫衣服的時候，這次輪到砂川警部主動打電話到鵜飼的手機。

『這樣啊，黑江青年依然下落不明嗎……』發出失望聲音的砂川警部，立刻改問別的問題。『那麼，小峰三郎那邊呢？你們的視線應該沒有離開過小峰三郎吧？我肯定忠告過要好好注意他，該不會……』

手機傳來的警部聲音莫名不安。「啊啊，這件事嗎？」鵜飼一邊回應，一邊從更衣室的窗子看向露天澡堂。在天然石環繞之下充滿情調的浴池，只有小峰三郎一個人正在泡澡。圓滾滾像是氣球的腹部提供浮力，使他輕飄飄浮在熱水中。大概是心情很好，隱約從他口中聽到石川小百合的名曲片段。

鵜飼再度將手機抵在耳邊。「是的，小峰先生正在露天澡堂裡，舒服到準備橫渡津輕海峽。」

『啥，津輕？咦，你說海峽怎麼了？』

「就是津輕海峽喔。在露天浴池泡澡欣賞冬季景色的時候，任何人都會哼那首歌吧？」鵜飼單方面如此斷定，露出詫異表情詢問警部。「你這麼在意小峰先生的安危嗎？警部先生，難道你是為此才特地打電話給我？」

『啊，沒有，並不是……沒發生任何事的話就好……』

「不不不，即使警部先生你覺得好，我也不覺得好。既然你特地打電話過來，就是因為還有某個不安要素吧？令你擔心小峰先生安危的某個要素。這個要素究竟是什麼，請你也務必告訴我。在你告訴我之前，我無論如何都不會離開這裡！」

——哪個～～鵜飼先生，這應該不是講電話在用的臺詞吧？

和傻眼的流平一樣，電話另一頭的砂川警部似乎也大傷腦筋。

『唔～～你要在露天澡堂閉門死守還是怎麼樣，我都沒差就是了……』

警部說出真心話之後沉默片刻，接著突然說出一段耳熟的話語。

『——制裁還沒結束。如果愛惜自己的性命就不要輕舉妄動，誠心祈求自己平安無事。』

「怎……怎麼了，居然說『如果愛惜自己的性命』……警……警部先生，你要威脅我嗎？這……這是民主警察的做法嗎？」

「哇！不是啦，鵜飼先生！」看到師父做出雞同鴨講的反應，流平連忙向他打耳語。「請仔細回想一下，剛才那段話是委託人收到那張聖誕卡的訊息喔。而且每字每句都一模一樣。」

瞬間，鵜飼終於也露出頓悟表情，然後壓低聲音詢問。

「這是怎麼回事？警部先生，你為什麼知道這段話？」

『喔喔，聽你的語氣，你好像早就知道這段恐嚇文了？』

「不～～我剛才第一次聽到喔～～是的，真的是第一次～～～」

『喂喂喂，不要睜眼說瞎話！』警部怒斥偵探之後說下去。『算了。我大致猜到端倪了。偵探事務所的你們兩人，跟著小峰三郎待在祕密旅館的原因就是這個。總歸來說，小峰收到恐嚇訊息，然後委託你們擔任護衛。沒錯吧？』

「唔～～我想想，是怎麼回事呢……」鵜飼依然試著進行無謂的抵抗。

電話另一頭響起中年警部厭煩的聲音。『哎，無論如何，狀況都沒什麼變化。總之你們繼續擔任小峰的護衛吧。』

「不用你提醒，我們當然從一開始就打算這麼做。」

鵜飼像是大方承認般挺胸說下去。「啊，不過警部先生，為了做好這份工作，可以請你告訴我一件事當參考嗎？那段恐嚇文，你是在哪裡查到的？」

『你好奇嗎？』

「是的，非常好奇。因為知道這段訊息的人，除了被恐嚇的小峰先生以及接受他委託的我們兩人，就只有小峰先生沒正式登記的妻子……」

『唔，你說什麼？沒正式登記的妻子？小峰三郎的嗎？』

「咦，我上午打電話給你的時候沒說嗎？嗯，是的。小峰先生和他有實無名的妻子一起來到旅館。是三十多歲叫做霧島圓的女性──然後啊，嘿嘿，警部先生，雖然這麼說不太好，但是那位叫做霧島圓的太太，真的是令人想要一把抱在懷裡的好女人喔。那麼標緻的美女，配給那個肥下巴小子真是暴殄天物，嘿嘿嘿！」

『喂喂喂，不准讓奇怪的雙重人格出現──嗯，霧島圓嗎……』

「大概是幫風塵女子贖身之類的吧。」鵜飼回復為原本的人格。「因為啊，警部先生你想必也知道，小峰三郎雖然長得那樣，個性也是那樣，不過只有錢多到沒地方花。」

『嗯，實際上或許是這樣吧……不過你還真敢把小峰三郎數落到這種程度。他是你重要的委託人吧？』

「真要說的話，警部先生你也總是直呼他的姓名『小峰三郎』吧？就像是把他當成某個事件的嫌犯。」

偵探犀利指摘之後，電話另一頭的警部發出『嗚！』的呻吟。但是鵜飼沒有追究。

「那麼，回到原本的話題……」他繼續說。「小峰夫妻與我們兩人知道恐嚇信的內容，這部分總之沒問題，如果除了我們四人之外還有人知道內容，那麼這個人是誰？——正是寄恐嚇信的元凶。這是唯一的可能性吧？」

聽到鵜飼一針見血這麼問，警部像是在思考般不發一語。

鵜飼隨即像是煽動對方內心的不安般誇張這麼說。「啊啊，明明只要知道恐嚇信的寄件人，這邊就可以防範重大凶殺案於未然了！要是你不告訴我，原本能防止的犯罪可能也防止不了。不過這也在所難免吧。警察把自己知道的情報一五一十告訴一介私家偵探，簡直是正統推理作品的庸俗做法，你可不能這麼做吧。」

『知道了知道了，我說吧。我會告訴你，所以你們要好好看著小峰啊！』

砂川警部如此叮嚀之後，終於向鵜飼他們說出寄件人的名字。

『寫恐嚇信的是叫做黑江健人的青年。你們已經見到那名青年了吧？』

大概是對於這個名字感到意外，鵜飼詫異朝著手機大喊「黑江健人？」復誦。

流平也不禁語塞——咦，那名青年是恐嚇犯？

更衣室寂靜無聲。不知情的小峰三郎泡在露天浴池心情大好。他一邊欣賞黃昏時分的雪景，一邊繼續哼唱石川小百合的名曲。

成功橫渡津輕海峽的他，現在好像正準備要越過天城山——

2

「什麼？你說恐嚇信的寄件人是那名青年？」

小峰三郎以深感意外的聲音說出這個名字，在下一瞬間朝著面前的偵探露出為難與疑惑的表情。「可是啊，這麼重要的事情，你為什麼要在這裡說？在充滿情調的這個露天澡堂……在彼此脫得光溜溜的這種狀態……到底是為什麼？」

應該有其他更合適的場合吧？委託人似乎是想這麼問。

從他的角度來看，這種展開確實會令他感到疑問吧。在更衣室拖拖拉拉的偵探與助手終於進入澡堂，然後跳進天然石的浴池，突然說明恐嚇信的寄件人身分。完全處於放鬆狀態的委託人難免會吃驚到目瞪口呆。

鵜飼讓肩膀以下完全浸入散發硫磺味的熱水，回答委託人的疑問。

「沒什麼特別的意思，只是湊巧演變成在全裸狀態說明重要的事情。您有意見的話請去抱怨烏賊川警局的砂川警部。因為說起來是他不該在這個時間點打電話過來。」

「嗯？」小峰的臉在裊裊蒸氣之中就像是熱騰騰的中式包子。這張臉出現了意料之外的反應。「砂川……？」

「是的，砂川警部。難道您認識嗎？他是刑事課的老鳥。」

「啊，嗯，這樣啊……那麼，肯定曾經在哪裡見過面吧。」

小峰說得像是不關己事，以雙手掬起浴池的熱水，發出嘩啦啦的聲音洗臉，然後回到原本的話題。「總歸來說，那名青年是寄恐嚇信給我的元凶。他為了對我不利而開車來到烏賊腳海角，卻在史魁鐸山莊前面的道路出了車禍。」

「大致是這樣。所以我想請問一下……」鵜飼環視澡堂與更衣室，確認沒有任何外人之後壓低音量。「叫做黑江健人的那名青年，您是不是早就認識？」

流平也正想問這個問題。在好奇旁觀的流平面前，小峰瞬間像是畏縮般游移視線，但他隨即轉動粗脖子果斷搖頭。

「不，我不認識。完全沒印象。」

「不認識？您和這名青年素昧平生，沒有任何交集或關係嗎？可是，這樣的人為什麼要寄恐嚇信給您？這不是很奇怪嗎？」

「確實，這種事真的很奇怪。但是我之前也說過吧？別看我這樣，我有很多敵人。挾怨報復我的人不在少數。即使我心裡沒底，對方也會擅自懷恨在心，企圖對我下手。過去也發生過這種事，這次或許也是類似的事件吧？嗯，肯定沒錯。」

這個話題就此打住——小峰像是如此暗示般頻頻點頭。

看見他這種態度，流平也還是不得不覺得怪怪的。

雖說黑江健人現在離奇失蹤，卻還沒確定已經死亡。青年找機會襲擊小峰的可能性還是很高。在無從得知青年下落的現在，小峰反倒應該更加害怕才對——但他為什麼是這種反應？

泡在熱水裡歪過腦袋的流平想要自行開口發問。但是在他正要出聲的時候，更衣室傳來細微的聲響以及某人的氣息。

——不妙，有人來了！

察覺到危機，流平與鵜飼迅速相互使眼神。在彼此點頭的下一瞬間，兩人把天然石浴池當成泳池，全力表演自由式與蝶式，眨眼之間就到達距離委託人數公尺遠的「對岸」。

「哇，一邊賞雪一邊在露天浴池游泳真的很奢侈對吧，流平！」

「一點都沒錯，鵜飼先生。泡溫泉的時候果然一定要游自由式對吧！」

「不不不，蝶式也不遑多讓喔！」

兩人一邊交談，一邊飾演「在露天澡堂像是孩童般嬉鬧的超麻煩大人」。

「怎麼樣，小峰先生要不要……」

「也和我們一起游泳……」

「這有什麼意義啊！和你們一起游泳到底有什麼意義？」

——這麼做的意義？那還用說嗎？是為了以淺顯的視覺形式，強調我們和您並不是偵探和委託人的關係。社長，您連這種事都不懂嗎？

在心中低語的流平重新看向更衣室。隔開更衣室與澡堂的門有一部分是透明玻璃，不過就流平看來，門後沒有人影。

「喂，流平——去吧。」鵜飼說完以下巴朝門示意。

看來這是「你去看看」的動作。流平有氣無力回應「啊～～是是是」獨自走出浴池，然後以「天啊，泡得太爽啦～～」這種脫力到不行的演技打開門，迅速掃視更衣室內部，但是說來神奇，裡面沒有任何人。隨意堆放衣服的籃子也確實是三人分，都在原本的場所。

這麼偏僻的祕密旅館總不可能遭小偷吧——如此心想的流平還是檢查自己的衣服以防萬一。不過口袋裡的錢包、鑰匙與手機都平安無事。

流平再度打開門，回到澡堂。「鵜飼先生，看來沒有任何人。」

「唔，是嗎？可是，剛才確實感覺到某人的氣息吧？」

「是的，不過實際上沒有任何人。說起來挺奇怪的，住在這間旅館的男性只有在場的我們三人，所以不會有我們以外的男性房客來到男澡堂。」

「那麼可能是員工吧。」小峰像是不太重視這個問題般說。「也可能是哪位女性不小心進錯澡堂了。」

「原來如此，說不定是這種人喔。比方說醉醺醺的女醫師。」

鵜飼說完咧嘴一笑。「不，可是請等一下……」他突然露出像是想到某件事的表情，慢慢豎起食指，一臉嚴肅看向委託人。「這間旅館還有另一名男性房客才對——不過，是否可以稱為房客還很難說。」

「唔，你是說誰？」

「當然是下落不明的那名青年——黑江健人。」

「哈，怎麼可能！」小峰一副打從心底嘲笑的態度。「他已經死了……啊，不對，雖然沒有證據斷定已經死了，不過總之這名青年現在受傷又失蹤。這樣的他不可能大搖大擺出現在這間露天澡堂——你說對吧？」

委託人以拚命圓場的語氣徵求兩人的贊同。偵探以完全不帶情感的聲音回應。

「確實是這樣沒錯。是的，我也這麼認為。」

3

被大雪封鎖，正如字面所述成為「陸地孤島」的史魁鐸山莊，在不安、緊張與無聊之中迎來第二個夜晚。餐廳擺放大桌子舉辦一場豪華的晚餐會。主辦人是旅館老闆豬狩省吾以及老闆娘豬狩美津子。

房客們被封閉在狹小的空間，還被捲入奇妙的風波。以特別的料理招待眾人，盡量讓他們對這間旅館留下良好印象，至少要避免形象受損，千萬不要在網路留下暗藏惡意的評價——豬狩夫妻懷著這個願望精心布局……更正，特別企劃的活動，就是這天晚上的晚餐會。

圍坐在餐桌旁的人們，包括「祕密旅館的經營者」豬狩夫妻共七人。小峰三郎與霧島圓這對「有實無名的夫妻」、鵜飼杜夫與戶村流平這對「偵探搭檔」，再加上「醉醺醺醫師」藤代京香。在餐廳隔壁的廚房裡，「年輕廚師」室井蓮大顯身手精心料理，完成的佳餚由「可愛的圍裙服務員」井手麗奈端上餐桌提供給眾人。

晚餐會乍看之下以和樂的氣氛進行。

室井蓮製作的每道料理都很美味，令客人們心滿意足。其中只有「偵探搭檔」的兩人交互看著面前的料理與搭檔的臉，輕聲討論「該不會有下毒吧……」「嗯，有這個可能性……」對於看不見的暗殺者身影感到恐懼，不過看見其他客人——也包括最有可能被毒殺的小峰三郎——面對上桌的料理大快朵頤的模樣，他們也終於消除內心的不安，然後就像是放縱自己般大吃大喝，逐漸清空面前的盤子與酒杯。

對於偵探們的這副模樣，小峰雖然傻眼卻沒有特別訓斥。他自己也乾了好幾杯葡萄酒，臉頰紅通通的。

這場晚餐會即將進入尾聲的時候，鵜飼若無其事詢問豬狩省吾。

「話說老闆，今晚入住旅館的房客，看來只有小峰夫妻、我與流平，再加上藤代醫生這五人。老實說，在聖誕節將近的這段旺季，這樣的人數挺冷清的……這間旅館該不會沒有傳聞所說那麼熱門吧？」

等一下，鵜飼先生，這麼問很沒禮貌喔——流平斜眼瞪向口無遮攔的師父。

反觀旅館老闆稍微皺眉，以平淡的語氣回答。

「不，並不是不熱門……只是因為天氣這麼差，很多客人都取消訂房了。位於海角前端的這間旅館，是因為遠離人煙而受到喜愛，不過相對的，從市區來到這裡不太方便。一旦下起大雪，客人們就算想來這裡也來不了。在冬天經常會陷入這種狀況。」

「原來如此，取消訂房是吧。」鵜飼深深點頭之後直接發問。「那麼，預約訂房的名冊裡，有黑江健人這個名字嗎……？」

聽到鵜飼這個問題，藤代醫師也放下酒杯探出上半身。

「這件事確實令人在意。不過老闆娘，青年應該沒訂房吧？」

「是的，藤代小姐，當然沒有。」美津子答道。「如果他是預先訂房的客人，我早就告訴各位了。預約名單沒有黑江健人這個名字。那名青年和史魁鐸山莊沒有任何關係。」

「可是老闆娘，旅館也可以使用假名訂房吧？」

鵜飼不死心再度發問。「呃，確實可以……」美津子點了點頭。「可是，那名青年為什麼要使用假名呢？說起來，對於那樣的年輕男性來說，史魁鐸山莊並不是他一個人住進來可以放鬆身心的旅館。」

「哎，說得也是。」鵜飼率直點頭回應。「那麼，那名青年果然只是偶然被抬進這間旅館嗎？哎，實際上或許如此吧。」

「那名青年就這麼下落不明，天色也終於變暗了……」

藤代京香不安般低語。「現在他可能在冰天雪地裡凍壞了……」

瞬間，餐桌一片寂靜。總覺得在暖氣夠強的室內享受熱騰騰的晚餐非常不好意思，連流平都停下手中的叉子。

在這樣的狀況中，只有一名男性肆無忌憚喝著玻璃杯裡的啤酒。是身穿白色西裝的小峰三郎。他像是要趕走餐桌上洋溢的沉重氣氛般，發出豪邁的聲音。

「什麼嘛，我們不必感受這麼重大的責任吧？那名青年只不過是偶然被運來這間旅館。對於這樣的他，我們已經盡力而為了。藤代醫生，難道不是這樣嗎？」

「是啊，我們已經盡量找過了。」藤代醫師所說的「我們」當然沒包括小峰三郎。她以酸溜溜的語氣說下去。「不過，到現在都還沒找到。我覺得也不能就這麼扔著不管。」

「我……我可沒說要扔著不管吧？」小峰三郎以抗議般的語氣說。「這邊早就已經報警了——你說對吧，鵜飼？」

「是的。不過因為大雪，現狀不知道什麼時候可以抵達。短時間內應該無法依賴警方的搜索吧。就算這麼說，也不能在這種夜晚繼續找他——沒錯吧，老闆？」

「當然沒錯，鵜飼先生。必須避免更多人出事才行。」

豬狩省吾的話語，引得白色西裝的獨裁社長大幅點頭。

「既然這樣，現在我們沒辦法做任何事，再怎麼憂心也沒用。就好好享受美食與美酒吧。」

說完之後，小峰三郎大口喝下玻璃杯裡的啤酒，然後大口吃下盤子裡的肉。他身旁的霧島圓掛著妖豔的笑容，欣賞丈夫大快朵頤的模樣。流平至今還是無法理解這對「美女與野獸」的組合。朝著這兩人投以疑惑視線的藤代醫師開口了。

「話說小峰先生……那個，小峰三郎先生，我可以問一個問題嗎？其實我聽到『小峰』這個姓氏的時候就一直好奇一件四……」

「唔，藤代醫生，怎麼了？突然開始醉了嗎？」

「嗯，或許吧。可四機會難得，所以我要問個明白。」藤代京香以逐漸不清的口齒發問。「小峰先生，你以前四不四有哥哥？兩個死得超～～詭異的哥哥。一人在空屋的奇怪事件被分屍，另一人記得四被警察逼得自殺……」

——咦，咦？藤代醫生，妳趁著酒醉問這什麼問題啊！

第一次聽到這些情報，流平難掩驚訝。

反觀旁邊的鵜飼「唔」地皺眉，「啊啊，記得『空屋的奇怪事件』是……」他輕聲低語，像是被喚醒某段記憶。

無論如何，被藤代醫師這麼一說，當事人小峰三郎露出為難表情，像是要打斷她的發問般大幅揮動右手。

「喂喂喂，醫生，請不要在這種場合提這個不重要的話題。這是我的私事。而且以前的案件和這次的事件毫無關係吧？」

「嗯，說得也四……」酒醉的醫師至此不再多問。

小峰三郎面有難色，坐在旁邊的霧島圓故做平靜拿起葡萄酒杯。不過看她的手抖成那樣，明顯反映出內心的慌張。

微妙的沉默降臨餐桌時，鵜飼開口換了另一個話題。

「這麼說來，我想請問各位一件事。是今天傍晚發生的事。我、流平與小峰先生三人在露天澡堂泡澡的時候，感覺更衣室好像有人進來，請問是哪位？是藤代醫生嗎？」

「我為什麼要去男澡堂？不可能有這種四吧？」

「我認為未必不可能有這種事，所以才會這麼問。」鵜飼說完咧嘴一笑。「這樣啊，那麼，難道那個人是老闆？」

「不。我只會在打掃或是補充備品的時候，才會進入客人用的澡堂。而且時間也是在深夜或清晨。不會在傍晚進入更衣室。」

「那麼，我可以認定老闆娘或是井手小姐也一樣嗎？」

聽到鵜飼這句話，美津子回答「這是當然的」點點頭。

拿著托盤在一旁待命的井手麗奈也露出開朗笑容。「男性泡澡的時候，要是女性進入更衣室，彼此不是都會覺得尷尬嗎？」

「確實是這樣沒錯。那麼，當然也不會是霧島圓小姐……這樣啊，不是嗎？不過如果是男性，再來就只可能是廚師了……」

鵜飼看向廚房，身穿白色廚師服的男性就像是抓準時機般現身走向餐桌。「不是我。說起來，我甚至很少接近露天澡堂。」室井蓮說完搖了搖頭。到最後，沒有任何人舉手承認。

流平歪過腦袋，一旁的鵜飼聳肩低語。

「這樣啊，所以不是在場的任何人。那麼，應該是在這麼冷的天氣裡，想要來泡露天溫泉的日本猴吧。是的，肯定是這樣沒錯。」

4

這天就這麼進入深夜。戶村流平和昨晚一樣，在自己入住的「劍尖之間」拿一張椅子放到窗邊坐下，專注看向位於窗外另一側的別館「大王之間」。這麼做當然是為了監視小峰三郎。這原本就是小峰自己委託的任務，不過如今也是基於砂川警部的要求。

流平完全沒有道義必須遵照警部的指示，但是無論如何該做的事都一樣。流平堅守崗位持續監視，視線連一瞬間都沒有離開「大王之間」。

「可是啊，鵜飼先生……」流平就這麼筆直看向前方，朝著映在窗戶玻璃的師父身影發問。「昨晚就算了，今晚的監視沒有任何意義吧？如果寫信恐嚇的黑江健人已經不在這個世界……」

「喔，你是這麼認為的嗎？」鵜飼懶散躺在自己床上輕聲說。「所以流平你支持『黑江健人死亡論』。原來如此，你站在那一邊啊。」

「咦，鵜飼先生不是嗎？所以您是『黑江健人生存論』？」

「天曉得，現在還不能下定論。傍晚出現在露天澡堂的不明人物，那個人是黑江健人的可能性，我覺得實際上不是零。另一方面，那名青年當然也可能早就死亡吧。他究竟是墜海而死、凍死還是被野生的熊吃掉就暫且不研究。」

「不不不，最後那個選項的可能性應該是零。」

「這樣啊。總之先把熊的話題放在一旁。」鵜飼在床上起身，然後豎起食指繼續說。「只有一件事幾乎可以確定——深信『黑江健人死亡論』的不是別人，正是小峰先生自己。正因如此，所以即使有人入侵更衣室，他也能夠心平氣和覺得沒什麼好怕的。原本他應該更稍微害怕一點才對。」

「這麼說來，記得他當時差點脫口說出『他已經死了』這種話，只不過連忙改口了。」

「沒錯。而且還有今天早上那件事。黑江健人失蹤之後，小峰三郎很乾脆地准許我們幫忙尋找下落不明的他。當時你對此感到詫異，不過說起來確實奇怪。或許在那個時候，小峰先生就認定自己內心的恐懼已經連根拔除了。」

「換句話說，在今天早上的時間點，小峰先生已經證實黑江健人這名青年是恐嚇犯，而且已經死亡。是這個意思嗎？可是……為什麼？為什麼小峰先生可以斷定黑江健人已經死亡？我們在瞭望臺發現繃帶碎片，是更晚以後的事吧？何況那塊碎片本身也不足以證明青年的死……」

「沒錯。即使如此，小峰先生還是得到某種確切的證據……」

鵜飼與流平同時閉口之後，別館室內立刻變得鴉雀無聲。

鵜飼像是要打破這股結冰的空氣般開口。

「難道說，我們的委託人殺了黑江健人？這麼一來，小峰先生確信青年死亡也情有可原。因為就是他親手殺害的。」

「怎……怎麼這樣，不會吧！」

流平不禁從「大王之間」移開視線，看向床上的師父。

鵜飼立刻說「喂喂喂，不可以看其他地方」指向窗戶。

流平連忙將視線移回窗外，一邊搖頭一邊說。「不不不，這種事不可能的。因為昨天晚上，小峰先生的別館完全在我們的監視之下。」

「喂喂喂，流平，不准亂說話喔。你今天早上不是呼呼大睡被我叫醒嗎？難道你忘了？」

「說到呼呼大睡，鵜飼先生您也一樣吧？難道您忘了？」

兩人凝視著窗戶反射的彼此臉孔，全神貫注互瞪了一段時間。

最後鵜飼揮了揮手，結束這場無謂的爭執。

「哎，慢著慢著，自己人相互傷害只會徒增空虛。而且你仔細想想，說起來就算我們的監視可以協助發現入侵者，但在那間別館有人外出的時候，這種監視就毫無意義可言。因為小峰先生比任何人都熟知我們正在這扇窗戶監視。」

「這是當然吧。因為指示我們在這扇窗戶監視的不是別人，正是小峰先生自己……嗯？原來如此！」

「對，就是這麼回事。」鵜飼下床走到流平所在的窗邊，指向座落在前方的別館。「從這扇窗戶看得見『大王之間』的大門以及面向這邊的窗戶，不過建築物另一側當然是死角。知道這個事實的小峰先生，肯定可以在夫人熟睡的時候，悄悄從另一側的窗戶外出。既然這樣，他並不是無法把『障泥之間』床上的黑江健人硬是拖出去，然後從瞭望臺把他扔進海裡——不，就算這麼說，我們敬愛無比的委託人也不會做出這種天理不容的行徑，我自己連一丁點都不這麼認為。」

總之，這始終是一種可能性——鵜飼硬是加上這句結論，結束自己的主張。

關於黑江健人的「生存論」與「死亡論」，鵜飼明明宣稱還不能下定論，但是其實從口吻就明顯聽得出他覺得哪一個論點可信。不只如此，他甚至已經在腦海描繪出自己的委託人是殺人凶手的可能性。

流平個人只能祈禱師父的推理失準。

「話說鵜飼先生……」流平換了一個話題。「剛才在晚餐席上，藤代醫生聊到委託人的往事對吧？小峰先生看起來相當抗拒，到底是什麼樣的事件？」

「啊啊，在空屋發生的分屍命案吧——咦，流平你不知道嗎？」

「是的，完全不知道。很有名嗎？」

「不只是有名的程度，在二十年前被稱為『空屋的奇怪事件』引發熱議。」

「二……二十年前？既然這樣，我怎麼可能知道？」

「嗯，說得也是。那個事件也是小峰三郎這號人物攀升到現今地位的契機之一——這樣啊，原來你不知道。那麼為了消磨無聊的監視時間，我就告訴你吧。話是這麼說，但我在二十年前也還小，只知道當時報紙與電視報導的情報。」

說到這裡，鵜飼就像是在搜尋古老的記憶，注視白色天花板。

然而，在他正要開口的時候——「啊，鵜飼先生，請等一下！」

在流平的視線前方，「大王之間」的窗戶不知為何突然亮起燈光。

玄關大門隨即被推開，某人的身影奪門而出。看身體輪廓就知道，並不是令人聯想到《愛麗絲鏡中奇遇》矮胖子的那個人。現身的是高䠷美女霧島圓。她不顧一切跑向流平等人所在的「劍尖之間」。即使差點被深厚積雪絆倒依然拚命鞭策雙腳的模樣，令人覺得事態十萬火急。流平從椅子站起來大喊。

「鵜飼先生，那邊的別館好像出事了！」

5

沒多久就出現在「劍尖之間」大門前的霧島圓，只在睡衣外面加披一件睡袍，而且氣喘吁吁。流平在她開口之前發問。

「怎麼了？發生了什麼事？」

「他不見了！」霧島圓搖亂頭髮說明。「在床上或任何地方都找不到他！」

「您是說小峰社長吧。」鵜飼在後方這麼說，將流平推到身後。「小峰社長不見了。是這樣吧，夫人？」

「是的，我大概是剛才喝太多酒，總覺得胸口一悶就醒了，然後不經意往旁邊的床一看，不知為何床上沒人。我立刻開燈去找，可是在浴室、廁所與任何地方都找不到他。啊啊，時間這麼晚了，他卻一個人跑出去……」

「您知道他可能去哪裡嗎？」

「不知道，也猜不到。」

霧島圓不安搖頭。鵜飼大喊般詢問。

「喂，流平！你一直在監視窗外的別館對吧？」

「那當然。『大王之間』肯定沒有任何人外出。」

「沒有任何人外出，小峰先生卻不在別館裡——也就是說！」

『大王之間』像是想到某件事。「流平，我們走！」他英勇大喊之後從大門衝到戶外，卻在下一瞬間，像是被強烈北風吹回來般掉頭回到門後，暫時走回室內穿上厚厚的羽絨大衣。「好，這次真的要出發了，流平！」他重新大喊之後再度衝出大門。流平當然也穿上羽絨外套，追著他的背影外出。

霧島圓跟在兩人的身後一起走。

鵜飼踢開擋路的積雪，筆直走到「大王之間」。但他連看都不看就這麼過門不入，在建築物邊角轉彎。流平也在同一個邊角轉彎繞到建築物另一側。那裡有一扇看得見燈光的及腰窗戶。

「流平你看。」鵜飼說著交互指向窗戶與自己腳邊的雪地。「這是別館另一側的窗戶。窗戶外面的積雪不平整，而且男性的腳印從這裡延伸出去……肯定沒錯，小峰先生應該是瞞過我們的監視，從這扇窗戶外出，然後在雪地走向某處。」

確實如鵜飼所說，疑似是男性的鞋印在積雪上一個個延伸出去。腳印不是接近史魁鐸山莊的主屋，反倒是遠離主屋，朝著深邃的黑暗延伸。霧島圓睜大雙眼。

「這些腳印到底是要走去哪裡……？」

「不知道，總之追蹤看看吧。喂，流平，沿著腳印往前找吧。」

夫人請您留在別館等待——鵜飼慎重留下這句話之後，和流平一起向前跑。

留在雪上的腳印很深，天候維持在平穩狀態。幾乎不必擔心這些腳印會因為持續下雪而迅速被掩蓋。

「這些腳印看起來還很新，所以小峰先生離開房間還沒有經過太久。」

鵜飼像是在祈求什麼般在前進的同時說明。就流平看來，鵜飼腦海顯然浮現不祥的預感。

雪上的腳印不斷延伸，看來是前往雜木林的方向。將旅館用地與海角前端隔開的那片雜木林。兩人數度被積雪困住雙腳，好不容易抵達樹林外圍。前方有一個雜木林的缺口，看得見該處有一條白色小徑。

鵜飼指著這條小徑與延伸過去的腳印大喊。「我知道了。肯定是那座瞭望臺。這些腳印肯定是要去瞭望臺。」

確實，只要穿過這條林間小徑，就會抵達懸崖前端的瞭望臺。流平放慢行走速度。

「可是鵜飼先生，小峰先生為什麼要一個人偷偷去那種地方？」

「不知道。總之去了就知道。」鵜飼踢開積雪向前走。

今天早上——不對，現在已經換日，所以是昨天早上——那時候走過的林間小徑在面前延伸。樹木聳立在兩側，因此積雪比其他場所少，相對的，小徑陰暗而且視野不佳。不過或許該說不愧是專業的私家偵探與助手，兩人拿出筆型手電筒照亮前方，毫不猶豫衝向林間小徑，在描繪平緩起伏的這條小徑大步前進。

來自海面的風吹動樹枝發出咻咻的聲音。林間小徑別說鴉雀無聲，反倒是有點吵的程度。在這樣的狀況下，兩人即將走到瞭望臺的時候，鵜飼大概是感受到某種氣息，突然停下腳步。

流平依照慣例，鼻頭用力撞上走在前方的師父背部。

「怎……怎麼了，鵜飼先生，請不要突然停下來啦……」

這個反應也是老掉牙的慣例。鵜飼隨即說「噓，安靜」阻止流平說話，以手掌蓋住流平的筆型手電筒。流平察覺他的意圖，連忙關掉手電筒。鵜飼自己也關掉筆型手電筒的燈光，然後筆直指向前方。

「流平你看，前面看得見光線對吧？」

鵜飼說得沒錯。在他所指的方向看得見小小的白光。是誰呢？如此心想的流平定睛注視。鵜飼就這麼關掉筆型手電筒燈光，緩慢走向問題所在的白光。距離拉近到某個程度之後，鵜飼再度打開筆型手電筒朝向前方。光束照亮數公尺前方的下一瞬間——

「啊啊！」流平不禁驚叫出聲。

筆型手電筒的燈光照亮體型相異的兩人。一人是如同在蛋上加裝四肢，體型獨具特色的男性小峰三郎。他一直躺在冷到會凍僵的雪地上。另一人是體型比他瘦得多的不明人物。這個人壓在倒地的小峰身上，深色的背部朝向這裡。

「是誰！」

鵜飼犀利發問，對方以自己手上的白光照向他當成回應。是比偵探們手上的筆型手電筒更強力的ＬＥＤ手電筒。過於耀眼的光芒使得鵜飼與流平不禁轉過頭，這名可疑人物抓準一瞬間的空檔拔腿就跑。

不是跑向這裡，卻也不是前往瞭望臺。這名人物毫不猶豫衝進前方遼闊的雜木林。

「喂，站住，再不站住就要開槍了！」

明明手上沒有能開的槍，偵探卻單純虛張聲勢如此大喊。

然而這種威脅似乎對他不管用。神祕人物看起來沒害怕，轉眼之間消失在樹林裡的黑暗。

鵜飼跑向倒地的小峰，看了委託人一眼，隨即留下「流平，這個人拜託了！」這句話，一個轉身朝著神祕人物逃走的方向跑去。「喂，可惡的犯人，站住！我絕對不會放過你！」他抱持著肯定會放過什麼般的決心，主動衝進雜木林。

流平個人很想為這個不可靠的師父助陣，卻也不能扔下面前躺成大字形的委託人。憂心忡忡目送鵜飼背影離去之後，流平立刻蹲在小峰身旁，朝著動也不動的委託人開口。

「小峰社長，您還好嗎？怎麼了，發生什麼事？」

然而即使搖晃肩膀或是拍打臉頰都沒有反應。此時流平發現了。身穿羽絨薄外套的小峰右側腹，有一個像是發芽生枝的物體——

是利刃的握柄。一把刀深深插在小峰的右側腹。

傷口冒出的血液沿著他的衣服滴落。純白的雪迅速染紅。理解狀況之後，流平終究也臉色鐵青。

「是……是被刺殺吧！到底是誰……小峰社長，您知道嗎……請振作一點！」

大喊的流平大喊以筆型手電筒照向小峰臉部，發現他的表情稍微變化。看起來像是痛到表情扭曲。小峰還沒死，但肯定是奄奄一息的狀態。那麼現在該怎麼做？自己沒辦法獨力將這種身材的小峰運到旅館。要打電話連絡藤代醫師，請她過來這裡嗎？不，這也行不通，因為不知道她的手機號碼……

各種想法在流平腦海浮現之後被駁回。然而就在這個時候——

感覺身後有好幾個人正在接近。流平站起來轉身一看，黑暗之中有三個燈光在晃動。看來援軍到達了。流平喊著「在這裡，快點！」揮動筆型手電筒，正在接近的三個燈光隨即同時照向流平。

最後抵達現場的是三名男女。旅館老闆豬狩省吾與廚師室井蓮一看見倒地的小峰就「嗚……」倒抽一口氣，當場愣住。不過只有最後一人藤代京香不愧是醫生，態度非常冷靜，突然目睹這個場面也不為所動。「來吧，給我看看……」

她說著蹲在被害者身旁，檢查傷勢與脈搏。豬狩省吾錯愕看著這幅光景，以顫抖的聲音開口。

「究……究竟為什麼會變成這樣？發生了什麼事……」

「詳情之後再說，總之小峰社長被某人持刀刺殺側腹。」

流平簡短說明之後，室井蓮詫異環視周圍。

「請問……您的搭檔沒在一起嗎？我們是聽霧島小姐這麼說才追過來的……」

「啊啊，原來如此。是的，鵜飼先生確實也和我一起過來了——啊啊，對喔，我差點忘了！」流平像是事到如今才想起來般大聲說。「鵜飼先生一個人進入這座雜木林去追凶手……」

「咦，凶手？兩位有看見凶手嗎？」豬狩省吾吃驚般睜大雙眼。

「不，我們沒有近距離看清楚，不過在那一瞬間確實……」

「所以鵜飼先生一個人去追他是吧。總覺得就某方面來說非常令人擔心，這麼做沒問題嗎……」

聽他這麼說就覺得確實如此。流平突然擔心起師父，看向雜木林深處。不過那裡只有一整片伸手不見五指的黑暗。

就在這個時候——

「唔，唔唔……」倒地的小峰發出不成話語的呻吟聲。

看來正在逐漸回復意識。流平再度蹲在小峰身旁注視他的臉，然後說出目前最想問的問題。

「小峰先生，您知道嗎？發生了什麼事？是誰下的手？」

「喂，你別這樣！」藤代京香以醫生立場要求流平自制。

但在下一瞬間，大概是聽到流平的話語，小峰閉上的雙眼突然睜開。從他圓瞪的雙眼看得出意志清醒的光輝。然後他以即將燃燒殆盡的生命火焰，拚命讓自己發出顫抖的聲音。「黑……黑……」

「黑……什麼？」

流平將耳朵湊到他嘴邊，絕對不聽漏任何一句細如蚊鳴的話語。不知不覺連藤代醫師也不發一語，注視小峰嘴巴的動作。豬狩省吾與室井蓮也屏息守護這一幕。在這樣的狀況中，小峰擠盡最後的力氣說話了。

「黑江……健人……是黑江健人……」

清楚說出這個名字兩次之後，他的頭像是失去力氣般往側邊一歪。雙眼再度閉上，而且再也沒張開。藤代醫師重新確認脈搏，以ＬＥＤ手電筒的燈光檢查瞳孔。剛好在這個時候──

「哎，可惡！那個混蛋傢伙跑得真快，最後還是追丟了！」

某個熟悉的聲音從雜木林的黑暗中逐漸接近。不經意轉頭一看，鵜飼再度出現在林間小徑，頭上不知為何頂著雪。總之流平安心鬆了口氣。偵探則是依序看向聚集在這裡的眾人。

「嗨，各位也趕過來了啊，真的是幫了大忙──話說流平，小峰先生現在狀況怎麼樣？」

「這……這個嘛，鵜飼先生，那個……」

藤代京香代替語塞的流平，告知一個重大的事實。

「小峰先生剛才死亡了。就在你去追黑江健人的時候。」

第六章　二十年前的命案

1

「——寫恐嚇信的是叫做黑江健人的青年。你們已經見到那名青年了吧？」

砂川警部隔著手機這麼一問，位於遠處祕密旅館的鵜飼——正確來說是位於史魁鐸山莊豪華露天澡堂的更衣間——詫異復誦「黑江健人？」反問。在一旁豎耳聆聽的志木刑警也清楚聽到這個聲音。警部與偵探對話的時候，傳來一段像是低吼的《越過天城》背景聲，大概是小峰三郎的歌聲吧。志木覺得那邊真是悠哉。

「總之，視線千萬別從小峰三郎身上移開——晚點再連絡吧。」

砂川警部以命令部下的語氣如此叮嚀之後，結束和偵探的通話。

即使是講電話的短短時間，再度下起的雪也薄薄堆積在刑警頭頂。

場所是距離黑江健人所住公寓附近某間居酒屋的停車場。砂川警部在角落和偵探結束了這段祕密通話。烏賊川市區已經被夜幕籠罩，路上車輛的車頭燈充分發揮威力。

「看來史魁鐸山莊的狀況沒有變化。」砂川警部收起手機說。「黑江健人依然下落不明，小峰三郎目前完全沒出事。偵探們繼續擔任小峰的護衛。」

「這樣啊。可是警部，交給那對偵探搭檔沒問題嗎？」

「怎麼可能沒問題，我當然很擔心！」砂川警部以毫不猶豫的語氣回答，嘆氣說下去。「不過事情演變到這個地步，現在只能期待他們大顯身手。因為只要這場雪沒停，我們就沒辦法趕去烏賊腳海角的前端。而且比起小峰三郎，我反而更擔心黑江健人的安危。受傷的他從今天早上就下落不明，這令我非常在意。但他的父親黑江警部——不對，現在是黑江前輩——肯定遠比我著急得多，算了，總之先回店裡吧。畢竟不能讓前輩等太久。」

刑警們鑽過居酒屋的暖簾，重新踏進店內。

因為天候惡劣，寬敞的用餐區空蕩蕩的，幾乎聽不到任何像樣的聲音。在這樣的店裡，前刑警的老人在最深處的小包廂等待後輩刑警們回來。桌上已經擺滿剛才點的料理與飲料。砂川警部朝啤酒杯伸出手。

「志木，你不能喝酒精飲料，不然會沒人開車。」

「我知道的。」志木不情不願點點頭，拿起烏龍茶的玻璃杯。

黑江讓二拿起高球酒的酒杯。「那麼，大家辛苦了。」他以聽起來真的很累的聲音這麼說，和刑警們互敲杯子，喝下一口金色液體，然後向昔日的部下投以不安視線。

「砂川，我兒子房裡像是恐嚇信的那段內容，你怎麼看？我兒子在打什麼鬼主意嗎？」

「嗯，那段內容確實是恐嚇文沒錯。而且我認識的偵探正在史魁鐸山莊，我剛才打電話套他的話，得知小峰三郎實際上有收到那封恐嚇信，所以雇用了偵探當護衛。不過我有親口叮嚀偵探『視線千萬別從小峰身上移開』……」。

說到這裡，砂川警部接著簡短說明剛才以電話和偵探交談的內容。

「這樣啊。這名偵探是可以信賴的人物嗎？」前警部補不安詢問。

「當然。是可以全盤信賴的男人。」警部豎起大拇指。

瞬間，志木「噗～～」盛大噴出嘴裡的烏龍茶。化為霧狀的烏龍茶灑落桌面，為桌上的炸雞、醬菜與串燒等食物增添新滋味。

出了這麼大的糗，志木劇烈發抖。「對對對……對不起！」

——警部明顯在睜眼說瞎話，所以不小心就……！

志木磕頭道歉，黑江讓二大方搖了搖手。

「沒什麼，不必在意。我還在職的時候也經常讓砂川做出類似的反應。對我來說甚至是懷念的味道吧。」

黑江讓二說完以筷子夾起烏龍茶風味的醬菜送入口中。反觀砂川警部被揭發年輕時代的部分糗事，一副有苦難言的表情。隱約鬆一口氣的志木心想正是時候，主動提出自己至今非常想知道的話題。

「那個～～話說黑江前輩，關於砂川警部和您在二十年前搭檔負責的事件……具體來說是什麼樣的事件？方便的話，可以請您詳細說明事件原委嗎？我會很感謝的。」

「嗯，剛才那樣說明確實不夠。」

前刑警說到這裡，朝著坐在正對面的昔日部下使眼神詢問：「我可以說嗎？」等待砂川警部點頭之後再度開口。「好，那我就說吧。不，反倒希望你一定要聽我說。因為二十年前的那個事件，很可能和我兒子這次的失蹤有某種關連——不過到底該從何說起呢？」

黑江讓二以高球酒潤喉之後思索，最後像是下定決心般開口。

「記得剛才也說過，當時小峰三兄弟經營一家小小的貿易公司。那間公司叫做『小峰兄弟社』，在郊區設立小小的店鋪與辦事處。他們購買海外的罕見家具與雜貨，在自己的店鋪或是網路販售，是一間小小的進口零售商——表面上是這樣。」

「表面上？」志木皺起眉頭。「也就是說背地裡有鬼嗎？」

「沒錯，是走私。表面上看起來是進口毫無問題的商品販售，實際上他們在背地裡販售違禁的玳瑁……」

「您說大麻？」志木沒聽大前輩說完，忍不住稍微起身。「小峰三兄弟涉嫌走私大麻是吧，聽起來像是連續劇，應該說很像是東京的作風！」

但是黑江讓二在桌子正對面慌張搖動雙手。

「不不不，錯了錯了，不是大麻，是玳瑁，玳，瑁！」

「咦，泰米？啊啊，泰國米嗎——咦，可是日本因為缺米而進口泰國米，是什麼時候的事啊？」(註2)

志木歪過腦袋的時候，一旁的砂川警部掛著同情般的表情插嘴。

---

2 日文「玳瑁」和「大麻」音近，和「泰米」音同。

「喂，志木，你以為有哪個奸商會特地走私泰國米嗎？──不對，不是吃的泰國米，是叫做玳瑁的生物，一種烏龜，體型很大的海龜。甲殼的花紋非常美麗，是梳子或眼鏡鏡框等工藝品的原料。因為濫捕導致數量減少，是在九〇年代以華盛頓公約禁止進口的瀕危物種。活的玳瑁當然不用說，甲殼與加工品也完全禁止進口。『小峰兄弟社』從東南亞與夏威夷群島等地走私玳瑁甲殼與加工品到日本販售，獲取非法的暴利。」

「什麼嘛，走私海龜的甲殼是嗎？原來如此，很像是烏賊川市的作風！」

志木脫口說出這種感想，不過說起來，犯罪沒有「東京作風」或是「烏賊川市作風」的差別。無論商品是什麼，走私就是走私，犯罪就是犯罪。「所以小峰三兄弟的走私業被舉報了嗎？不，話說黑江前輩，你們為什麼知道他們背地裡在做這種生意？」

「嗯，你覺得詫異也在所難免。我們能夠察覺『小峰兄弟社』的真面目，單純只是偶然。契機就是那件分屍命案，不過為了說明這個事件，除了小峰三兄弟，還得說明另一名叫做丹尼爾的奇怪美國人。哎，雖說是美國人，但他是夏威夷出生的日裔血統。」

「丹尼爾？這個人是誰？」

志木皺眉覺得這個名字有點可疑。接下來黑江讓二說出口的，正是聽起來相當可疑的職業。

「叫做丹尼爾的這個男人，是來自夏威夷的私家偵探。」

2

『烏賊川市槍烏賊町的無人住家發現離奇屍體。請立刻趕往現場——』

某個上班日的清晨，我收到這個第一手消息。啊啊，肯定沒錯。雖然是二十年前的事，卻像是昨天發生的事那麼記憶猶新。當時是沒有下雪但相當寒冷的季節。對了對了，記得前一晚看得見獅子座還是雙子座的流星群，所以是很多天文迷熬夜隔天早上發生的事。

只不過，當時的我是任職於烏賊川警局刑事課的現職警部補。是對於案件嫌犯會追到天涯海角，對於夜空星星卻絲毫沒興趣的工作人。這樣的我在剛醒來的被窩裡，單手拿著手機聽到這個消息——啊，為求謹慎說明一下，這裡說的手機可不是智慧型手機，當然是多功能手機，不對，用不著刻意叫做多功能手機，當時就是那種折疊型的款式。總之，那是連PHS也依然相當普及的時代。

總之，收到案發消息的我撥開棉被跳起來，對於妻子準備的早餐看都不看一眼——我瞬間是這麼想的，不過碗裡熱騰騰的味噌湯散發非常美味的香氣，所以我只盡快喝掉那碗湯，然後立刻整理好服裝儀容，在擔心的妻子目送之下走出家門。

稍微離題一下，你現在腦中想像的是不是身穿烹飪服的老女人？是不是疲於做家事的中年歐巴桑？話說在前面，大錯特錯，是你先入為主擅自認定。當時的我確實已經跨越五十歲的門檻，是僅止於警部補的中年刑警。但我妻子才三十幾歲，是比我小一輪以上的年輕嬌妻。而且她肚子裡懷著一個將來會誕生的寶寶。

是的，這個寶寶就是我的獨生子健人。只不過當時還不知道這個數個月後出生的寶寶是男是女——哎，總之這種事一點都不重要，回到正題說明事件吧。

我開車趕往槍烏賊町的案發現場。你也知道，槍烏賊町是距離市區很近的住宅區。留下昭和時代氣息的古老住宅、進入平成時代新建的時尚住宅、中等規模的華廈與公寓。在這些建築物渾然一體的這個區域，案發的空屋就像是街上的異物。老舊的外門與快要崩塌的水泥磚外牆。棄置的庭院只有雜草與落葉，樹木的枝葉恣意生長，深處是木造平房的古老民宅。

我打開玄關的拉門進入建築物，在裡面等待的是我的部下。當時到處吹噓自己是「扛起烏賊川警局下一世代的男人」、「新生代搜查員的希望」、「犯罪搜查的天之驕子」的那個人——咦，你問那個人是誰？當然是他喔。你看，不就坐在你旁邊嗎？對，就是砂川。年輕的你大概不知道，當時砂川對自己的評價高到不行！那種態度令人火大又火大！真的是一個討人厭的小夥子。實際上，包括我在內的刑事課所有人，都把他當成火盆裡燃燒不完全的炭火般不敢靠近——怎麼樣，砂川，我說得沒錯吧？喂，喂喂喂，你可別裝傻啊，轉頭看旁邊也沒用。居然想吹口哨敷衍帶過，想得美！

對於砂川來說，這當然只是年輕時犯下的錯誤吧。或許如今是他想要封印的黑歷史，但是在烏賊川警局裡，這是如同地下水脈般不斷口耳相傳的明確事實。實際上，當時砂川一看到我抵達現場就這麼說。

「嗨，黑哥，你這麼晚來啊，我還以為你迷路囉。」

總之，他大都是這種調調。補充一下，「黑哥」是我當時在刑事課的綽號。大概是昭和時代警匪連續劇的影響，當時我們局裡流行這種稱謂。比方是「山哥」、「長兄」或「猩爺」之類的——咦，你問砂川當時的綽號？這個嘛，叫做什麼呢？說起來，我實在不記得他叫做什麼名字。明明來往這麼久，真是不可思議。哎，這種事一點都不重要，你改天自己問砂川本人吧。

總之我對於部下沒大沒小的這種態度不予置評，立刻發問。

「離奇死亡的屍體在哪裡？」

砂川隨即像是在叫迷路的貓咪般對我揮掌。

「啊啊，屍體的話在這裡喲。」

「…………」他自己說不定以為是用正常語氣說「在這裡喔」帶我過去，不過至少就我聽來只像是「在這裡喲」。

受不了，最近的年輕人真是——我將這句禁忌的話語吞回肚子裡，勉為其難跟在他的身後。

他就這麼帶我前往建築物深處的浴室。因為是空屋，所以當然是沒在使用的空間才對。不過貼滿磁磚的浴室依然充滿某種像是動物的腥味，放眼望去是色彩鮮豔到傷眼的光景。

不算寬敞的淋浴區地面與牆壁被鮮血弄髒。看向浴缸，裡面是被肢解的人類屍塊。兩條手臂與兩條腿，以及軀體與頭顱。屍體被切成六塊隨意扔在浴缸底部。

看過各個部位就知道，這是成年男性的屍體。

「嗚……」我不禁呻吟。

在我長年的刑警人生當中，也是第一次看見如此淒慘的離奇屍體。老實說，我很詫異經驗不深的砂川居然能夠面不改色。連我都差點把剛才喝的味噌湯吐到現場的磁磚上。我受到的震撼就是這麼強烈。

我摀著嘴，不是吐出味噌湯，而是只慎重發出呻吟聲。

「唔唔，手法真是殘酷……真的是肢解後的屍塊……」

「是啊。沾血的鋸子也在那裡喲。」

朝著砂川所指的方向看去，一把大鋸子確實混在屍塊裡，從浴缸一角露出凶暴的形體。鋸齒之間沾滿染血的肉屑。看來這把鋸子肯定被用來鋸斷屍體。砂川繼續說下去。

「不過黑哥，實際用來殺害的凶器好像是這個。」

他說完改為指向淋浴區的排水口附近。倒在該處的是充滿重量感的鎚子。

「鋸子加上鎚子，簡直是木工耶，呵呵。」

部下發出不檢點的笑聲。我將他這句惡劣的玩笑話當成耳邊風，重新檢視屍體的頭顱。原來如此，近看就發現後腦杓附近有深深凹陷的傷痕。看來被害者是被某人以鎚子毆打後腦杓致死，然後被鋸子肢解成六塊。

這麼一來，接下來的問題就是這名被害者的身分。我走出浴室，暫時回到更衣間，環視四周開口。

「這名男性的衣服呢？被害者好像是被脫光肢解的，但生前肯定有穿衣服吧？不過浴室與更衣間好像沒留下任何東西。」

「是的，被害者的衣服還沒找到。恐怕是被凶手拿走了，這樣才難以辨識被害者的身分。」

「嗯，或許吧。假設是這樣，被害者的身分應該很難查。從各個屍塊來看，只知道大約是三十歲的高大男性……」

就在這個時候，砂川說出非常令我意外的話。「其實黑哥，我啊，總覺得這名被害者的長相，我好像看過捏。」——他這麼說。

不，肯定沒錯。當時的砂川確實是這種口吻。在我這個上司面前，用這種莫名懶散的語氣說話。如果要用更忠實的方式重現，「我啊～～總覺得～～這名被害者的長相～～我好像看過捏～～」——就是這樣。至少在我眼裡看起來是這樣，在我耳裡聽起來是這樣。不，我完全不接受反駁！

不過，總之算了，回到正題吧。我說話總是容易離題，真糟糕。這一切也都是砂川以前沒禮貌的語氣害的。

後來，聽完部下這段話，我當然開口問他。

「你說你看過？知道是哪裡的誰嗎？」

「是的，這顆頭顱的壞人臉，我覺得很像是叫做小峰太郎的男性。」

先不提是不是壞人臉，實際上這顆頭顱的長相隱約給人冷酷的印象。或許生前反倒是又酷又帥那種類型。

「你說小峰太郎？他是什麼樣的人物？」

「在近郊的綜合大樓經營『小峰兄弟社』，販賣進口貨的男性。是三兄弟的長子。」

砂川說到這裡壓低音量，對我的耳朵灌輸耐人尋味的情報。

「聽說他們最近莫名吃得開喔。原本是在烏賊川市某些圈子無人不知的地痞三兄弟，大概是最近生意做得好，他們開始出入高級酒吧或是俱樂部——總之這方面不重要，不過他們經常失控過度，在好幾間店惹是生非。」

「嗯，看來是風評不佳的傢伙。不過你為什麼對這三兄弟這麼清楚？」

我詫異詢問，他回答「我在派出所值勤的時候，曾經仲裁他們引發的糾紛。當時他們還不像現在這麼吃得開。」

既然砂川熟識，那他的指摘應該值得信任。

「不過，也不能只因為頭顱長相很像，就斷定是小峰太郎本人吧。只能在今後逐漸查清楚了。」如此回應的我暫時保留死者身分，然後換個話題。「話說回來，第一個發現屍體的是誰？」

「啊，我請他在另一個房間等——在這裡喲。」

他說完再度向我這個上司招手示意。把這間冷清的空屋當成自己家快步行走。我默默默追在他的身後。

3

在砂川的帶領之下，我們抵達深處的和室。打開紙拉門一看，約六坪大的榻榻米房間有一名男性。身穿黑色西裝的他仰躺在榻榻米上擺出大字形，像是死人般閉著眼睛躺平。

「…………」錯愕的我頓時說不出話，眨了眨眼睛，然後詢問部下。「這個男的是怎麼回事?新的離奇屍體登場嗎?」

「不，他沒死。這名男性正是這次事件的第一發現者。打一一〇報警的也是他喲。」然後砂川走向西裝男性。「喂，你快起來!Wake up 然後 Stand up!」他以日西合併的亂七八糟語言下令。

接著男性終於睜開雙眼，環視四周，然後像是發條人偶般迅速起身。「HI，兩位早安。」他以奇妙的音調道早安。看來他是在榻榻米上躺成大字形睡覺。

看他站起來就知道，是比我高一個頭，體格特別高大的男性。因為胸膛厚實，襯衫的鈕子像是隨時會被撐到彈飛。年齡大概是四十多歲。肌膚曬得黝黑，五官深邃，方正的下顎留著些許鬍渣。剪短的頭髮不是烏黑而是偏褐色，基本上是稱為英俊也不為過的容貌。

我的第一印象是「長得像西方人的日本人」，實際上卻相反，他是「容貌很像日本人的美國人」。這樣的他誇張地張開雙手，同樣以奇妙音調的日語開口。

「WAO，你就是日本的刑警吧，很高興見到你。」

他快速說完露出相當感激的表情。伸過來示意握手的右手大得像是棒球手套。沒錯，這個男的就是丹尼爾。我也是在這時候聽他親口說，他是來自夏威夷的私家偵探——咦，問我當時的想法？他當然是給我「重要嫌犯出現了」的印象。任何人都會這麼想吧？不過初次見面的問候很重要。我也出示警察手冊自報姓名。

「我是烏賊川警局刑事課的黑川讓二，階級是警部。那個，你知道警部是什麼意思嗎……」

「我當然知道。就是英語的『inspector』對吧？我住在夏威夷的父親是道地的日本人，所以我也熟諳日語。請安心儘管問我任何問題吧。」

幸好丹尼爾的日語水準很高。連「道地」或「熟諳」這種不必刻意使用的詞都熟練運用在對話。只要注意不要用錯敬語，溝通上應該不成問題。我立刻發問。

「你這位來自美國的私家偵探，為什麼會在烏賊川市的空屋發現離奇死亡的屍體？可以詳細說明這段過程嗎——賭優盎搭斯丹得（Do you understand）？」

「咦，你說什麼？賭優……盎搭斯丹……咦，咦？最後那句是在說什麼？」

「啊，沒事沒事，你不必在意。」看來勉強說的菜英文反而害他混亂了。我搔了搔腦袋。「總之請你說明發現屍體的過程。」

「我知道了。請把耳朵掏乾淨，仔細聽我說喔。」

不知道是誰教的，丹尼爾說出完全沒必要的開場白之後開始說明。

「我從夏威夷來到日本，是要尋找一位叫做『瑪利亞・史都華』的日裔女性。瑪利亞是住在歐胡島的二十歲女大學生，白天在當地大學上課，晚上在觀光客的熱門餐廳打工的認真女大學生。不過這樣的她大約一個月前完全連絡不上，所以我這個偵探接到尋人委託。委託人是住在夏威夷的瑪利亞家屬。」

「嗯，總歸來說就是尋找失蹤人口。那麼你是追著瑪利亞・史都華小姐的腳步來到這座烏賊川市？」

「ＹＥＳ。依照我的調查，瑪利亞在打工的餐廳認識一名日本男性，這名日本男性來自烏賊川市。祖先是日本人的瑪利亞，原本就對日本懷抱憧憬，所以瑪利亞立刻和這名日本男性變得如膠似漆。」

「這樣啊。最近很少聽到『如膠似漆』這句成語，但是先不管這個，總之你來到烏賊川市尋找瑪利亞。然後呢？」

「然後，中間的過程很繁瑣所以跳過，我直接說明今天早上的事吧。」

真是的，我差不多也開始嫌麻煩了，所以只擷取重點說明吧。丹尼爾的供詞總歸來說——

發現屍體的前一天，丹尼爾尋找的女性瑪利亞・史都華打電話到他住的飯店。失蹤中的瑪利亞是怎麼查出他住哪裡，這一點不得而知。當時丹尼爾不在，所以兩人沒能直接交談。不過瑪利亞透過櫃檯傳話給他，訊息內容是『明天早上在槍烏賊町的空屋等你』，還附上詳細的地址。

收到這則訊息的丹尼爾，對於早上七點這麼早的時間覺得有點可疑，直覺認為說不定是某種陷阱。但是偵探這一行本來就伴隨著危險。下定決心的丹尼爾在隔天早上的指定時間獨自來到這間空屋。剛開始他在庭院等待瑪利亞，但是過了約定的七點，瑪利亞還是沒出現。空屋一直都是鴉雀無聲。

「空屋看起來很和平。完全沒發生殺手突然現身，拿著機關槍發射槍林彈雨的這種事。」

說明當時狀況的丹尼爾，

說到這裡做出美國人特有的聳肩動作。話說回來，搞不懂這個人到底是在哪裡學到「槍林彈雨」這種形容詞。總之我只說「這裡是日本，不是你母國那樣的槍枝社會」，催促他說下去。

在空屋庭院枯等的丹尼爾，心想對方可能爽約，不經意伸手去拉玄關的拉門。門沒上鎖，他輕鬆拉開門，隨即察覺異狀。走廊累積的灰塵上，留著好幾個全新的腳印。丹尼爾就這麼沒脫鞋進入門後，在這些腳印的引導之下穿過走廊入內，最後抵達問題所在的浴室。

「——OH，MY，GOD！」

他像是重現當時的驚慌，在我面前誇張抱頭大喊。

看見浴室的屍塊，他一開始以為是瑪利亞·史都華小姐遇害。但是近看就知道屍體是男性。繼續仔細一看，他發現被砍下的頭顱長得和某名男性很像。

「當時你認為像誰？」

我問完，丹尼爾這麼回答。「叫做小峰的男性。太郎·小峰。」

「咦，你說『太郎·小峰』……就是小峰太郎吧！」我瞬間看向站在身旁的砂川，並且露出激動情緒詢問偵探。「呃，喂，你認識小峰太郎？為什麼會認識他？懷賭優諾（Why do you know），小峰？」

「是的，我認識小峰太郎，不過……咦，你說什麼？懷賭，優諾……咦？最後那句我聽不太懂……」

「不，算了，你不必在意。」我對於自己菜到不行的英語發音感到丟臉，重新以日語詢問。「你為什麼認識小峰太郎？」

「剛才說到和瑪利亞如膠似漆的日本男性就是小峰太郎。小峰太郎以金錢與甜言蜜語誘惑情竇初開的二十歲女大學生瑪利亞，要瑪利亞幫忙他的工作。」

「這樣啊。不過要瑪利亞幫忙工作？到底是什麼工作？」

「我進行祕密調查，得知是走私玳瑁的工作。肯定沒錯。」

聽到偵探這句令人意外的話語，

「什麼，走私泰米？咦，把泰國米從夏威夷運來日本？」

完全會錯意這麼問的不是別人，正是砂川。他剛才擺架子吐槽你的誤解，不過你放心，砂川自己在二十年前也同樣這麼誤解。
偵探當然大幅揮動雙手，更正他的誤解。
「NONO，不是泰米，是玳瑁。禁止進口的大海龜。小峰太郎該不會是要利用瑪利亞，把玳瑁的甲殼運到日本吧？我是這麼猜測的。」
「原來如此。」我點了點頭。「所以小峰太郎讓夏威夷的女大學生擔任走私的運送員。」
「就是這麼回事。但是不確定瑪利亞是否知道自己在幫忙走私。」
「這樣啊，不過這個可能性很高。」我雙手抱胸點頭。「所以，你有見到那個叫做瑪利亞的女孩嗎？雖然我不用問也大致猜得到就是了……」
「瑪利亞到最後沒出現。我為求謹慎找遍建築物內部，卻徒勞無功。所以我放棄尋找瑪利亞，打電話報警。」
就這樣，丹尼爾將自己從發現屍體到緊急報警的過程說明完畢。
聽完說明的砂川說「果然是這樣。被分屍的男性鐵定是小峰太郎。」他開心地雙手一拍，朝著站在身旁的我打耳語。「黑哥，殺害小峰太郎的凶手啊，說不定是那個叫做瑪利亞的那名女大學生喲。」
我像是要安撫心急的部下，慎重搖了搖頭。
「不，可是我問你，手無縛雞之力的女性，能夠像那樣切割屍體嗎……」
「美國女性或許做得到喔。因為那邊的女性體格很好，臂力肯定也比日本女性來得強喲。」

砂川說出這種偏見的時候，丹尼爾將一張照片遞到他面前。然後向疑惑皺眉的我們這麼說。

「那個～～請不要誤解喔。瑪利亞不是那個跑腿仔所說，健壯又迷人的女性。她和我一樣是夏威夷出生的日裔美國人，外表和普通的日本女性差不多。」

「喂，你說誰是『跑腿仔』啊？居然說『跑腿仔』……有夠沒禮貌！」

砂川一邊大喊，一邊搶過丹尼爾遞過來的照片。丹尼爾裝傻說「ＯＨ～～我的日語說錯了嗎？」我不禁苦笑回應「不，你日語說得相當正確」並看向那張照片。

照片上是身穿無袖背心加短褲的苗條女性。她露出開朗笑容，朝鏡頭比著勝利手勢。曬黑的肌膚給人健康的印象，隱約有種少年般的氣息。短髮是亮麗的黑色。修長的手腳看得出西洋人的特徵，卻絕對不高也不壯，是普通日本人的體格。上臂甚至可能比路邊的女大學生還要細。

照片拍到她背後是英語招牌與椰子樹，所以充分營造出海外的感覺，不過如果將背景替換為長滿雜草的河岸，看起來只會像是在烏賊川土生土長的女孩吧。

稱為少女也不奇怪的這名嬌柔女性，以鋸子肢解成年男性的屍體。我實在無法在內心描繪這幅光景。

但是無論如何，這次的分屍殺人案件，和這名女大學生失蹤案件有關的機率非常高。如此判斷的我抬頭注視丹尼爾的英俊臉孔。

「今後可能還會請你協助。為求謹慎，可以把你下榻的飯店與飯店的電話號碼告訴我嗎？啊優歐賴（Are you allright）？」

「飯店的電話號碼是吧，當然可以，不過……咦？啊優，歐賴……咦，咦？最後那句是在說什麼？我聽不太懂……」

「混帳，為什麼啊！為什麼只有我特地用英語說的句子完全聽不懂？我說得這麼爛嗎？我的英文就這麼菜嗎？」如今這只是一種侮辱。如此心想的我頻頻跺腳。「喂，你絕對是故意的吧！明明聽得懂卻故意裝作聽不懂吧？肯定是這樣，對吧，丹尼爾先生！」

火冒三丈的我幾乎隨時會撲過去抓他的衣領。然而偵探說「這個嘛，你是在說什麼事？我完全聽不懂～～」然後照例做出聳肩動作。

反觀砂川在後方架住我。「好了好了，黑哥，冷靜冷靜……」他拚命安撫失控的我。不過其實他的語氣充滿愉悅難耐的感覺。他肯定在我背後咧嘴露出潔白的牙齒笑到不行──不，肯定是這樣沒錯，我完全不接受反駁喔，砂川！

4

來自夏威夷的神祕私家偵探盡到第一發現者的義務，然後獨自離開現場。他就這麼直接回到飯店嗎？還是踏上新的路途尋找失蹤中的瑪利亞？我們無從得知。無論如何，丹尼爾離開之後，我們在空屋腳踏實地調查了好一段時間。

在調查的過程中，搜查員的某個報告令我在意。就是偵探也提到的腳印問題。積滿灰塵的走廊上，雜亂留下好幾種不同的腳印。大部分是約二十七公分長的男性腳印。像是運動鞋的鞋印看起來在大門與浴室之間來回數次。這很可能是凶手留下的鞋印，也可能混雜了生前被害者的鞋印。此外還發現二十九公分長的超大鞋印，這是丹尼爾發現屍體時留下的。

到這裡起碼都能理解。匪夷所思的是除此之外，還發現了只有二十三公分長的運動鞋鞋印。大多是成年男性的鞋印裡混入這個小小的鞋印，這個事實令人覺得非常奇妙。

——簡直像是有一個國中生程度的孩子出入這個淒慘的犯罪現場。

但是我歪過腦袋覺得不可能有這種事。另一方面，砂川照例又提出那個論點。是的，就是「瑪利亞凶手論」。

「看吧，黑哥，果然是這樣沒錯捏！這個小小的鞋印是那個女大學生瑪利亞的鞋印。瑪利亞曾經待在這個犯行現場喲。」

確實如他所說，二十三公分這個長度，很可能是女大學生的鞋子尺寸。「但是還不能斷定。」我慎重搖頭。「說不定是附近熱愛冒險的男國中生，最近來過這間空屋『探險』，在當時留下這些鞋印。」

「呃，熱愛冒險的國中生嗎……」

砂川一副「怎麼可能有這種傢伙啊！」的語氣。我當然也不是真心相信附近有這種國中生，只不過是對於他提出的「瑪利亞凶手論」抱持懷疑態度。

就像這樣討論鞋印問題的時候——「哎呀？」

位於建築物裡的我們，聽到不知道從哪裡傳來的某種噪音。

「這個刺耳的聲音是什麼？」

「啊啊，這個嗎？」砂川說著指向聲音傳來的方向。「是道路施工。不遠處的路口發現道路凹陷，所以最近一直在進行緊急工程喲。」

「這樣啊——唔，你說的『一直』真的是『一直』嗎？從早到晚一直施工？」

「呃～～這就不確定了？」砂川眨了眨眼，似乎終於理解我為何這麼問，迅速轉身。「黑哥，我們去看看吧？」

「說得也是。或許是我猜測的那樣。」

我們就這樣一起衝出空屋，穿過外門環視四周，發現距離約十公尺的路口擺著「施工中」的告示。小型工程車與廂型車停在該處，身穿工作服的強壯男性們揮動手上的鏟子或十字鎬。發出刺耳噪音的是打穿柏油路面的鋼鐵鑽頭。

十字路口前方是負責整理交通的中年警衛。他揮動紅光交管棒，引導路上的車輛與行人通行。我向他出示警察手冊。

「我是烏賊川警局的人，想請問幾件事。這個路口的道路工程，昨天晚上也有在施工嗎？」

「嗯，有喔。」中年警衛立刻回答。「一直施工到快要天亮。中斷一陣子之後現在繼續施工。是的，我昨天也站在這裡——刑警先生，請問怎麼了嗎？那間空屋好像出了什麼事，該不會是發生凶殺案吧？哈哈哈！」

中年警衛哈哈大笑揮動交管棒，指向空屋方向。雖然他完全說中，但我完全沒說明，就這麼詢問警衛。

「你站在這裡往前看，肯定會看見那間空屋的外門。所以我想請問一下，你昨晚有沒有看見可疑人物進出那扇外門？」

「可疑人物？啊啊，有看見喔。」

男性警衛若無其事點頭回答，反倒是我嚇了一跳。

「什麼，你有看見？幾點？是什麼樣的人？」

「我想想，當時記得是深夜零點又過了十五分鐘左右。一輛小貨車開過來停在那扇門前。覆蓋車篷的車斗朝向我這裡。是的，我當然覺得怪怪的，因為我知道那間屋子是空屋。後來我有點感興趣，暫時轉移注意力看著那輛小貨車。從駕駛座下車的是高大壯碩的男性，好像穿著工作服。哎，畢竟和這裡有點距離又是深夜，我終究看不見長相，不過確定是男性沒錯。」

「這樣啊。所以這名男性下車之後怎麼了？」

「這件事說來奇妙，那名男性繞到車斗這邊，把上面的箱子一個個搬到門後。明明已經深夜了……又是空屋……」

「唔，搬好幾個箱子到門後？」感覺可疑的我走向警衛發問。「是……是什麼樣的箱子？形狀大小呢？」

「這個嘛，我不知道是紙箱還是木箱，形狀有大有小也有細長的……都不太一樣。我當然不知道裡面是什麼，不過看起來很重。最大的那個箱子，總覺得東西都快要壓破底部掉出來了……」

「什……什麼？等一下，可以回憶得清楚一點嗎？從那輛小貨車搬到門後的箱子總共幾個？我想知道正確的數量。」

「這個嘛，就算您這麼問，但我又不是一邊看一邊數……」

這也在所難免。此時我換個發問方式，讓他比較好回答。

「那麼，那些箱子大致有十個以上嗎？」

「不，終究不到十個吧。」

「那麼是五個以下？」

「不不不，肯定比五個多。」

「是六個！」按捺不住激動情緒的我，像是要揪住他領子般詢問。「搬進去的箱子剛好六個，你說對吧！」

我驟變的態度似乎令中年警衛覺得恐怖。

「哇，慢著，請等一下，刑警先生！」

警衛僵著表情後退，砂川見狀再度從背後架住我之後大喊。「黑……黑哥，別這麼激動！請冷靜！」

不過，我可沒辦法冷靜。這名警衛說的證詞很重要，剛才看見的犯行現場，可能會和我們想像的截然不同。

「知……知道了，砂川。沒事，我冷靜了。」我說完重振精神，重新詢問面前的警衛。「所以，超過五個不到十個的那些箱子，工作服男性搬進去之後呢？」

「他把最後一個箱子搬進去之後，暫時沒有從門後走出來。是的，這段期間，小貨車就這麼停在門前。我覺得怪怪的所以一直看，但是沒有任何動靜。後來我也懶得繼續觀察門口，繼續專心指揮交通。後來大概經過三十分鐘左右，工作服男性終於從門後走出來，當時他雙手同樣抱著箱子，不過裡面應該是空的，因為他輕鬆就把箱子扔上車斗。」

「那麼，空箱子的數量果然也是……」

「是的，超過五個不到十個。但我不知道是不是剛好六個。總之那名男性在空屋與小貨車之間來回好幾次，把所有箱子放回車斗，般完之後再度坐上小貨車的駕駛座。小貨車沒多久就發動，直接起步消失在夜晚的黑暗之中。結果我就這麼滿頭霧水，再度專心做自己的工作。」

中年警衛說完昨晚的狀況之後重新問我。

「那個，刑警先生，那間空屋發生的事件，具體來說是什麼樣的事件……咦？分屍命案……有人發現男性屍體在浴缸裡被肢解成六塊……咦？也就是說，難道我在深夜看見的那幅光景是……那些箱子裡面是……」

中年警衛輕聲說到這裡語塞。右手的紅光交管棒頻頻抖動，像是在反應他內心的慌張。

5

安靜無聲的居酒屋一角。大概是說得有點累了，黑江讓二輕輕嘆口氣，拿起玻璃杯喝一口高球酒潤喉，然後以稍微變紅的臉孔看向坐在面前的志木刑警。

「怎麼樣？你對於剛才的說明有什麼疑問嗎？」

「這個嘛……要說疑問的話只有一個。」志木豎起一根手指，終於說出從剛才就想問得不得了的問題。「二十年前的砂川警部，態度為什麼那麼惡劣？為什麼沒被降階或是開除？而且經過二十年之後，他居然成為這麼擺架子……更正，這麼傑出的警部，到底是為什麼……？」

「喂，志木，你說誰是『擺架子的警部』？」身旁的當事人警部，真的是以擺架子的語氣問。

但是志木毫不畏懼向自己的上司頂嘴。「咦，警部，您居然把以前的自己當成不存在，像這樣對我說三道四耶。真不愧是警部捏，了不起喲。」

「不准用那種語氣，你在消遣我嗎？」砂川警部因為憤怒與害羞而漲紅臉孔，像是求救般看向昔日的上司。「那個～～黑江先生，也請您不要這樣好嗎？把以前的我加油添醋說得像是囂張討人厭的小夥子……」

「沒有加油添醋。我只不過是按照自己的記憶，忠實陳述事實——話說志木刑警，你想問我的只有這個嗎？沒有別的？」

「呃，其他想問的嗎……」

砂川警部昔日的發言與舉止過於出乎意料，老實說，志木腦海很難浮現別的話題。但他思考片刻之後，終於說出第二個問題。

「出現在往事裡的美國人丹尼爾，他到底是什麼人？真的是來自夏威夷的私家偵探嗎？真的是真的嗎？該不會實際上是在烏賊川市土生土長，說得一口流利日語的假美國人，又是鵜飼杜夫的遠房親戚吧？」

「沒那回事——而且你說的鵜飼杜夫是誰？啊啊，什麼嘛，是現在在史魁鐸山莊的那名偵探嗎？原來如此，是你們認識的人。但是沒問題，你們不必擔心。後來調查得知，丹尼爾千真萬確是從美國夏威夷州前來的專業私家偵探。在夏威夷出生長大，父親是日本人，母親是美國人。他來到日本尋找失蹤女大學生瑪利亞・史都華也是事實。我向居住在夏威夷的瑪利亞家人，也就是丹尼爾的委託人確認過了，所以肯定沒錯。」

「這樣啊。那麼在小貨車車斗載六個箱子到空屋的不明男性，真實身分其實是丹尼爾偵探……我不必像這樣胡思亂想吧？」

「喔，你也在思考這個可能性嗎？」

桌子正對面的昔日名刑警開心般瞇細雙眼點頭。「要是丹尼爾站在一群日本人中間，確實是可以形容為人高馬大的好體格。換上工作服的他，深夜開著小貨車來到空屋前面，將六個可疑的箱子——內容物應該不用多說——搬進建築物，然後在隔天早上若無其事再度來到空屋，假裝自己是第一發現者並且報警。我們好歹也想過這種可能性。畢竟懷疑第一發現者是辦案的基本原則，而且在當時的我們眼中，丹尼爾是『可疑程度百分百的要注意人物』。『偵探』可能也是欺騙世間的幌子，真實身分是來自美國的『殺手』之類——砂川，記得你像這樣懷疑過他吧？」

「這個嘛，是這樣嗎……」砂川警部一臉尷尬地拿起啤酒杯喝酒。

「沒錯吧，就是這樣……」黑江讓二輕聲說完也喝了一口高球酒。

然後，前刑警再度回頭述說二十年前的事件——

6

從道路工程的警衛口中得到意外的情報之後，我暫時回到空屋現場，向砂川說出簡單易懂的推理。「那些問題箱子的內容物很明顯。被害者是在其他場所遇害，凶手將屍體肢解成六塊，裝進六個箱子，偷偷搬運到這間空屋。換句話說，實際的犯行現場不是這間空屋。」

「看來確實是這樣捏。可是黑哥，凶手為什麼要這樣大費周章？」

「大概是要將這間空屋偽裝成犯行現場吧。反過來說，凶手應該不希望被人知道真正的犯行現場。」

「原來如此。」砂川彈響手指說。「那麼警部，只要找出實際的犯行現場，或許就能連帶確定凶手是誰喲。」

「沒錯。不過在這之前必須查明被害者的身分。砂川，你說那名被害者很像是小峰太郎，叫做丹尼爾的偵探也同樣這麼說過。不過光是很像並不能斷定就是他本人吧？」

「咦~~您還在懷疑嗎？肯定是小峰太郎沒錯喲。要是認為我說謊，要不要現在直接去『小峰兄弟社』一趟？如果那具被肢解的屍體是小峰太郎，現在他的兩個弟弟肯定會納悶老哥為什麼不在喲。」

「你說的確實沒錯——好，事不宜遲，去那間『小峰兄弟社』看看吧。」

就這樣，我與砂川坐進偵防車，從空屋現場出發。砂川開車前往的場所是烏賊川市近郊，住宅、店舖與辦公大樓混雜林立的某個地區。座落在其中的兩層樓方形建築物，就是我們的目的地「小峰兄弟社」。

一樓是店舖，門口掛著「營業中」的牌子。二樓大概是辦事處之類的，百葉窗是關上的。

隔著入口的玻璃門往裡面看，也看得見顧客的身影。看來姑且有在做正派的生意。我與砂川相互使眼神，慢慢打開門。裡面完全是時尚的西式氣氛，確實很像是進口商店。古董家具與擺飾、男用包包與雨傘，還有錢包之類的小型精品，井然有序陳列在狹小的店內。砂川從這些商品拿起一個感興趣的精品給我看。「——哇，黑哥請看，這個雪茄盒，您買給夫人肯定會讓她開心喔。」

「我老婆不吸菸，何況她現在有孕在身！」我忍不住大聲這麼說，將臉湊到部下耳邊。「砂川，你到底在演什麼短劇？」

「呃，不需要演短劇嗎……」

「你為什麼覺得需要？我完全搞不懂。」

我傻眼搖頭之後，砂川說「這樣啊」將商品放回架上，然後在架子後方指向店內深處。「您看，站在那裡的就是小峰三郎。」

原來如此，那裡站著看起來是三兄弟老么的男性。年紀大概不到三十五歲，散發的氣息充滿奸詐小人的感覺。像是用來隱藏這股氣息的三件式西裝，反而給人矛盾又逗趣的印象。

「──不過，好像沒看見太郎與次郎。」

「看來不在捏。」

我與砂川躲在架子後方說悄悄話。不知情的三郎正在接待一名滿臉鬍鬚像是外國人的紳士，看來是在熱情推薦刮鬍刀。

喔，大概是職業所需，看來小峰三郎這名男性的英語說得還不錯──我瞬間這麼心想，但是仔細聆聽就發現，兩人好像是以外國腔的日語在溝通。

「OH！這把刮鬍刀真的很棒，可是有點貴。再算我便宜一點啦，店員……」

「NONONO，已經很划算了。這是義大利製的頂級刮鬍刀喔！」

外國紳士就算了，三郎的日語也有點外國腔，感覺莫名其妙。不只如此，大鬍子紳士的結巴語氣，應該說他那奇特的日語音調，我覺得好像在哪裡聽過，但總之我們的目標是三郎。就這樣暫時旁觀兩人的互動之後，外國紳士突然開口。

「ＯＨ！仔細想想，我很少刮鬍子，所以才會像這樣任憑鬍子生長，說起來完全不需要刮鬍刀。」

他事到如今才說出這個最基本的理由，把商品塞回三郎手中，然後不知為何說出「對不起～～行個禮～～」這個莫名幼稚的繞口令，悠然揮動單手。三郎像是麵包超人的臉更加膨脹露出憤慨表情，但是大鬍子紳士似乎不以為意，悠然從他的面前離開。

我與砂川像是取而代之般從架子後方冒出來。我走到三郎面前。

「先生，我想請問一些事……啊，不，刮鬍刀就免了。我鬍子沒那麼濃密。」我委婉拒絕他推薦的「義大利製」商品，主動出示警察手冊報上身分。「我是烏賊川警局的黑江。」

「我是同屬烏賊川警局的砂川——你是小峰三郎吧？」

「什……什麼嘛，原來是刑警先生。」

三郎大吃一驚，交互看著我們。「嗯，沒錯，我是小峰三郎，怎麼了嗎？最近我沒做任何壞事喔，嘿嘿！」

果然是洋溢奸詐小人氣息的小混混笑法，而且這種脫線的口吻簡直像是在炫耀自己曾經無惡不作。

砂川輕輕揮手。「啊啊，這我知道。今天想問的是你哥哥的事。小峰太郎先生在嗎？我好像沒看見他在店裡……」

「啊啊，要找太郎哥的話，今天還沒看見他喔。應該說今天太郎哥與次郎哥都沒來店裡。我從剛才就反覆打電話也沒接。不過反正他們遲早會來露臉吧——所以刑警先生，怎麼了？太郎哥又做了什麼壞事嗎？」

聽到他這麼問，我與砂川瞬間以眼神溝通。我以視線指示「給他看吧」，砂川露出「沒辦法了」的表情，慢慢從西裝口袋取出照片，簡單說明來意。「其實今天早上，某間空屋發現被肢解的屍體……不好意思，希望您幫個忙……」

「咦……咦咦？被，被肢解的屍體……為，為什麼要給我看這種東西？」

「沒有啦，總之，你會害怕的話，我們不會勉強。」

「我我，我沒說我會……害害，害怕吧……不，刑警先生，我沒這麼說吧……是的，我要看，就是要看。請給我看吧，請讓我協助辦案吧！」

「這樣啊。既然你這麼說了，請看。」砂川隨手出示照片。「這是被害者的長相，你知道這是誰嗎……？」

「呀啊！」

三郎發出女生般的尖叫移開視線，看來他膽子沒有自己說的那麼大。但是也不能一直不正視這個血淋淋的事實。最後三郎下定決心直視照片。他目不轉睛看著照片上的頭顱，最後以顫抖的嘴脣斷言。

「肯……肯定沒錯，這是太郎哥……可是，為什麼？是誰這麼殘忍？」

三郎像是尋求答案般看向我們。然而搜查行動才剛開始，我與砂川很遺憾地沒能給他答案，只能保持沉默。無論如何，依照三郎這名親屬的證詞，確定事件的被害者就是小峰太郎。

不用說，後來的科學搜查當然也確認同樣的事實。

7

不久之後，我與砂川再度坐進偵防車，由小峰三郎指路，行駛在烏賊川的沿岸道路。目的地是小峰太郎住的公寓。行駛中的車上氣氛沉重。砂川默默專心開車，坐在副駕駛座的我詢問後座的三郎。

「話說回來，你有小峰次郎先生的照片嗎？」

「要照片的話，我有用手機拍。」

三郎上半身向前探。「可是刑警先生，您看照片要做什麼？該不會在懷疑次郎哥吧？難道說，您猜想次郎哥殺了太郎哥之後潛逃……」

「不不不不不！」被說中內心的我以無數的「不」回應。「我沒這麼想。反倒是猜想次郎先生可能也出了什麼事，只是在擔心這一點──你也這麼認為吧？」

我努力編出這個謊言消除三郎的疑惑，看來他也接受了這個說法。三郎取出自己的手機，在小小的液晶畫面顯示一張照片朝向這裡。

「看，就是這張。這是我們三兄弟在今年正月拍的。」

手機畫面確實顯示相互搭肩的三名男性——不，等一下，「相互搭肩」這個形容和現實不符。正確來說，太郎與次郎確實相互搭肩，卻只有三郎看起來完全沒搭肩。

總歸來說就是只有老么三郎明顯矮了一截。相對的，太郎與次郎幾乎一樣高。即使除去站在一旁的超矮三郎，從照片也看得出兩個哥哥很高。我忍不住確認。

「喂喂喂，你們真的是兄弟嗎？看起來實在不像……」

「是兄弟喔，刑警先生，您真是沒禮貌！」後座響起三郎氣沖沖的聲音。「但是我們的母親都不同人，所以確實長得不太像。」

「這……這樣啊……」老實說已經不只是「長得不太像」的等級，他們三兄弟甚至不免令人感受到基因的奧妙。然而重點不在於他們像不像。

依照道路工程警衛的證詞，將箱子搬進空屋的人物是「高大壯碩的男性」。而且從照片看來，小峰次郎這名男性肯定很高。加上肩膀很寬，胸膛也厚實，所以也可能被形容為「壯碩」。

我內心對於次郎的懷疑，就像是盛夏的積雨雲那樣不斷膨脹。不過粗心大意當然是大忌。我克制著急的心情，詢問三郎另一個問題。

「話說你單身嗎？太郎先生與次郎先生又如何？」

「是的，我單身。次郎哥也是。」

「喔，那麼太郎先生結婚了？」

「不，太郎哥肯定也單身，不過最近不知道從哪裡帶回一名年輕女性照顧他。我也不知道那名女性的詳細身分──咦，名字嗎？太郎哥叫她『瑪利亞』。雖然不知道是外國人還是混血兒，不過長得挺可愛的。記得太郎哥相當得意洋洋地帶著她到處跑。」

「嗯，瑪利亞是吧。」我故作平靜點頭。那名偵探雖然引人起疑，不過看來至少確實逐漸查出搜索對象的下落。「叫做瑪利亞的這名女性，就在我們現在要去的太郎先生住處嗎？」

「天曉得，應該在吧。畢竟她應該也沒有其他地方能去。」

進行這樣的對話時，車子終於抵達目的地。是社區形式的四層樓鋼筋水泥建築物。太郎住在二樓的其中一間。我們三人下車之後，一起走上公寓樓梯。

走到房間前面停下腳步之後，三郎立刻按門鈴。

但是沒人應門。太郎當然不在，但是瑪利亞連現身的徵兆都沒有。朝著大門的門把伸手一轉，看來有上鎖。

「有方法進去嗎？」

「有。請交給我吧。」

三郎說完取出一把鑰匙。因應鑰匙可能遺失，所以在公司辦事處放了一把備用鑰匙。三郎使用這把鑰匙打開太郎住處的門。

我與砂川徹得三郎同意之後，立刻進入室內。兩房兩廳附廚房的格局寬敞又舒適。從家具與家電也看得出優雅又奢侈的生活風格。

不過，果然沒有房客的身影。每個房間都靜悄悄的，完全沒看見可以聯想到犯罪的異狀。只有收在衣櫃的紅色連身裙與洗臉臺放置的牙刷，令人感覺確實有女性住在這裡。

「黑哥，浴室看起來也乾乾淨淨的捏。」

砂川以遺憾的口吻報告。他對這間住處抱持的期待顯而易見。到最後，我們毫無收穫就離開太郎的住處。

下一個目的地是小峰次郎家。照例由砂川握住方向盤，依照三郎的指示駕駛。不過在我們快要抵達次郎家的時候——

「咦？」駕駛座的砂川看向後照鏡，發出疑惑的聲音。「總覺得怪怪的捏，後面那輛車……」

「唔，砂川，怎麼了？」

「那輛藍色車子，我們剛才去太郎先生公寓的時候，好像也跟在後面……」

「你說什麼？」我在副駕駛座轉身看向後方。原來如此，隔著後擋風玻璃確實看得見行駛在後方的藍色自用車。是街上常見的那種國產車。老實說，這輛車就我看來沒那麼可疑。「應該是同色的同款車子剛好開在我們後面吧？」

「呃，但願如此……」砂川不安般看著後照鏡。

就在這個時候，三郎突然在後座出聲指示。「啊，刑警先生，在這個十字路口右

十字路口右轉。

轉！」砂川連忙打方向盤，車子發出劇烈的輪胎摩擦聲，以近乎直角的角度在面前的十字路口右轉。

真是的，開車這麼粗魯，你這個刑警不及格喔——我如此心想的下一瞬間，後方響起比我們車子更刺耳的不和諧音。我吃驚看向後方，那輛藍色國產車果然像是在模仿我們的粗魯駕駛般劇烈甩尾，在同一個十字路口右轉。砂川見狀像是得到確信般大喊。

「看吧，果然沒錯！那輛車在跟蹤我們喲！」

「唔唔，確實……」我只能低聲回應。「不過，像是兩小時影劇的這種庸俗劇情，真的有可能上演嗎……」

「不就已經在現實上演了嗎？」砂川握緊方向盤，以緊張表情看我。「黑哥，怎麼辦？要開警笛甩掉嗎？」

「原來如此，警笛啊……」這個方法確實可行——我再度轉身注視後方藍色汽車的駕駛座，然後面向前方，指示身旁的部下。「不，就這麼前往目的地吧，當作沒察覺任何事。」

「喔喔，要看對方如何出招是吧，收到。」

砂川愉快回應之後，繼續以正常方式駕駛。神祕的國產車維持若即若離的微妙距離，一直跟在我們後方。經過這場洋溢緊張感的你追我跑，目的地的小峰次郎家終於出現在偵防車前方。

雖說是次郎家，卻是一間兩層樓的公寓。比起太郎住的四層樓公寓，外觀稍微遜色。偵防車減速停在這間建築物旁邊。跟在後方的藍色國產車隨即像是瞬間遲疑般緊急減速，接下來卻再度加速經過偵防車旁邊，就這麼若無其事奔向遠方。

「到頭來，那輛車是怎麼回事……」

「天曉得。總之去次郎住處看看吧。」

我們在三郎的帶領之下走上外牆的鐵製樓梯，再走到走廊盡頭就是我們要找的住所。「刑警先生，就是這一間。」三郎說著在鐵製的家門前停下腳步，立刻按下門鈴，但是這裡也同樣無人應門。試著輕拉門把，門動也不動，看來有上鎖。

三郎看著我們的動作，像是後知後覺般開口抗議。

「請等一下啦，刑警先生，您想擅自進去嗎？我會很困擾的。」

「困擾？為什麼？剛才不就讓我們進入太郎先生家了嗎？」

「太郎哥家那時候畢竟是狀況所需，所以我負起全責讓您進去。不過到了次郎哥家就另當別論。因為還不知道次郎哥是否和事件有關吧？說不定連一點關係都沒有。要是我擅自讓刑警先生進入屋內，之後可能會挨次郎哥的罵。」

「是嗎？不過，你就算挨哥哥的罵，我也完全不在意就是了……」

「就說會造成我的困擾了！」

「知道了知道了。不過這時候拜託通融一下。反正你有帶備用鑰匙吧？」

「是沒錯啦，我姑且帶來了。」三郎從口袋取出另一把鑰匙，高舉到我面前。「該怎麼辦呢……」他吊人胃口般這麼說。

我不耐煩地提出折衷方案。「不然你幫我們進去看，這樣你哥也不會抱怨吧，因為是自己人！」

「咦，我嗎？可……可是刑警先生，我要進去看什麼？」

「不知道。總之先確認小峰次郎先生有沒有在裡面，然後……對了，幫我看看浴室。感覺這個事件和浴室有緣，所以務必拜託了。」

「不，可是就算這麼拜託我……」

「要是你的另一位哥哥在這扇門後出了什麼事，那該怎麼辦？現在十足有這種可能性啊！」

「知……知道了，知道了啦！我進去看吧——好！」三郎似乎終於下定決心，自行插入鑰匙打開家門。「次郎哥，打擾了。」他像是宣布般這麼說，踏入室內。「哈囉～～次郎哥～～你不在嗎～～？」

三郎一邊喊一邊環視房內，但是沒人回應。就算這麼說，要斷定次郎不在家也太早了。次郎屏息躲在室內某處，另一方面，自家人三郎也故意當作沒看見——暗自上演這種鬧劇的可能性也不是零。

我思考這種事的時候，身旁忽然響起「哎呀？」的驚叫聲。

「唔，砂川，怎麼了？」在我詢問部下的下一瞬間——

「哇啊啊！」這次是室內傳出三郎近似哀號的叫聲。

我與砂川迅速轉頭相視，爭先恐後衝進玄關。

「你怎麼了?」

「喂,發現什麼了嗎?」

我們一邊喊,一邊走向聲音傳來的方向。或許該說果不其然,抵達的地點是衛浴區,和浴室相鄰的盥洗間兼更衣間。三郎錯愕佇立在該處。

我立刻問他。「剛才的哀號是怎麼回事?」

「刑……刑警先生……那個……那個……」

三郎沒以話語繼續說明,改以顫抖的手指指向脫衣間角落設置的老舊洗衣機。洗衣機上蓋像是故意般完全打開。

「什麼?洗衣機怎麼了嗎?」砂川納悶看向洗衣槽,隨即發出「唔」的呻吟,臉色大變。

隨後我也同樣往裡面看。洗衣槽底部是隨意扔進去的待洗衣物。然而不是單純的髒衣服,是工作服。而且灰色布料各處滲入紅黑色色素。是染血弄髒的工作服。

「黑哥,這件工作服,怎麼看都是……」

「嗯,看來是這麼回事……」

我們相視點頭,將視線移向更衣間深處的拉門。砂川提心吊膽以手指勾住門把拉開門。下一瞬間映入我們視野的……不是染成鮮紅的浴室,是全部以白色統一的漂亮浴室。期待看見淒慘犯行現場的我們感到失望。

我抱著掃興的心情踏入淋浴區。浴室裡的地面、牆壁與浴池都擦得亮晶晶,散發美麗的光澤。不過俗話說「過猶不及」。過於乾淨的浴室令我覺得可疑。我蹲在浴缸旁邊，仔細調查淋浴區的地面，結果……「——賓果！」

我注意到淋浴區角落的排水孔。拿起覆蓋孔洞的金屬濾網，發現邊緣有淺淺的紅色色素。以指尖一抹，戴著白手套的手指立刻染紅。

我將指尖朝向部下。「砂川你看，這是血液。看來不久之前有血液流進這個排水孔。」

「也就是說，該不會……」

砂川腦中應該也立刻浮現某個聯想吧。我們睜大眼睛觀察浴室，隨即發現除了排水孔，各處也有紅色的痕跡。淋浴區附設的鏡子邊緣、洗澡用椅的背側、容易累積髒汙的地面四角等等。乍看之下毫無異狀，無比清潔的這間浴室，卻是某人拚命粉飾出來的光景。實際上，血腥又殘忍的犯罪氣味沒能完全拭去，殘留在這個狹小的空間。

「黑哥，在這裡發生過的事情已經很明顯了。」

「啊啊，看來沒錯。」我也只能點頭。發現肢解屍塊的那間空屋浴室乍看像是犯行現場，實際上並非如此。屍體是被切成六塊裝進箱子，從某處運進空屋。將這個推測加上眼前的狀況一起思索，只會得出一個結論。「嗯，凶手是在這間浴室肢解被害者的屍體……」

「是的，行凶場所恐怕也是這間公寓住家的某處……」

我與砂川抱持確信相互點頭。在盥洗間看著我們的三郎，獨自詫異歪過腦袋。

「怎……怎麼了，刑警先生？在浴室發現了什麼東西嗎？」

在不知情的三郎眼中，我們的言行看起來莫名其妙。但是我沒有詳細說明，先帶著三郎遠離浴室，然後回想起砂川剛才的驚叫聲。

「這麼說來，你剛才在門外好像發現了什麼東西，到底是……？」

「啊，對喔，我差點忘了——可以請您過來一下嗎？」

砂川帶著我暫時離開更衣間。大概是不想被晾在一旁，三郎也跟在我們身後。砂川走出玄關，從室外走廊的扶手探出上半身。

「請看，就是那個！」

他指向公寓旁邊的專用停車場。那裡停著一輛小貨車，而且是車斗以車篷覆蓋的小貨車。一看見那輛車的外觀，我也靈光乍現了。

我立刻詢問三郎。

「喂，我問你，停在那邊的小貨車是誰的？」

「小貨車？啊啊，那是次郎哥的車。嚴格來說是公司的車，不過次郎哥平常就開著那輛車到處跑——刑警先生，請問小貨車怎麼了嗎？」

包括工作服與小貨車，三郎似乎完全沒想到其中隱含什麼意義。

不過這也在所難免。因為三郎沒聽過道路工程警衛說明的那段目擊經過。另一方面，對於知道這段目擊經過的我們來說，絕對不能忽略這兩個大發現。

我們立刻衝下樓，跑向問題所在的停車場。

走近一看，小貨車的車篷還清楚印上「小峰兄弟社」的標誌。不過公司標誌與車牌號碼都可以臨時篡改或隱藏。次郎穿上那個洗衣槽裡的灰色工作服，開著這輛小貨車到那間空屋。我的腦海輕易就能浮現這種光景。

「喂，砂川，去車斗。打開後面車篷看一下裡面。」

「收到。」砂川提起精神點點頭，迅速移動到小貨車後方，然後伸出右手準備一口氣撥開面前垂下的車篷帆布。然而在這之前──

他的手即將碰到車篷的時候，車篷帆布不知為何從車斗內側被撥開。

下一瞬間，從陰暗車斗探出頭的是──似曾相識的外國大鬍子紳士。

意外的人物從意外的場所登場，砂川似乎打從心底嚇了一跳，發出「哇，哇啊啊啊！」的丟臉叫聲後退，就這麼順勢向後倒，他後面的我也被波及摔倒，連我後面的三郎也一起摔個四腳朝天，成為料想不到的淒慘意外。

不過，在車斗俯視這幅光景的外國大鬍子紳士只說出「對不起～～行個禮～～」這句毫無誠意的話語道歉。

砂川當然火上心頭，面有慍色迅速起身。

「混帳，這傢伙是怎樣？居然突然從奇怪的地方出現！」

同樣站起來的三郎頻頻打量男性，主要是看著他的鬍鬚。

「你……你是剛才來我店裡的奇怪客人……」

「不對，並不只是奇怪的客人。」最後起身的我拍掉西裝上的塵土。「普通客人應該不會刻意跟蹤偵防車吧。」

砂川與三郎「唔～～」地轉頭相視。

我無視於他們兩人，走向小貨車車斗，硬是把站在車斗的高大男性拖下來，然後一把抓住男性下顎的長鬍鬚用力扯掉。接著出現的是只留著少許鬍渣的一張精悍臉孔，外表是開朗又可疑的夏威夷人。

「啊啊，這個人是！」砂川驚聲大喊。另一方面，三郎露出「這傢伙是誰？」的表情。我正面注視這名男性的臉孔輕哼一聲。

「哼，果然和我想的一樣──丹尼爾，你在打什麼鬼主意？」

「HI，又見面了，inspector 黑江先生。」偵探丹尼爾輕輕舉起單手，笑著進行重逢的問候，然後毫不愧疚說下去。「我並沒有做出什麼壞事喔。不只如此，我還發現了有趣的東西。」

「喔，比起從小貨車車斗出現的夏威夷人，你說還有更有趣的東西？」

「HAHAHA，您說笑了──來，請看這裡～～」

丹尼爾說著親手撥開車斗後方覆蓋的帆布。陰暗的車斗見光。

瞬間，我的視線捕捉到堆在車斗的物體。我與砂川同時發出「啊」的聲音，立刻跳上車斗。

放在該處的是箱子。大小形狀各不相同的紙箱。總共六個。砂川立刻打開一個細長的紙箱一看，裡面是空的。不過仔細調查就發現紙箱表面與內部隱約留著疑似是血跡的紅色斑點。六個紙箱曾經裝進什麼東西？答案呼之欲出。

「黑哥，這怎麼看都是……」

「嗯，說得也是。」我點點頭，跳下車斗，再度面向可疑的偵探，以質詢般的語氣開口。「原來如此，你發現了這些東西。不過你到底在打什麼鬼主意？又是偷偷跟蹤我們，又是搶先過來調查……到底有什麼目的？偵探丹尼爾，回答我！」

8

「『有什麼目的？OH，這種事還用說嗎？我的目的是瑪利亞・史都華，要把瑪利亞找出來送回家人身邊。除此之外沒有其他目的。瑪利亞和小峰太郎如膠似漆。既然小峰太郎被殺，搜查過程一定會出現瑪利亞的名字，這是非常理所當然的事。所以我在想，只要跟蹤你們兩位刑警，肯定找得到瑪利亞在哪裡。』──總之丹尼爾是這麼說明的。該說他很聰明還是狡猾嗎？哎，他這個人真是奇怪的偵探。」

黑江讓二說到這裡瞇細雙眼。志木覺得這是在懷念從前的眼神。

「原來如此，是這個目的嗎？所以丹尼爾在停車場發現印著『小峰兄弟社』標誌的小貨車，擅自進入車斗，在裡面發現六個紙箱。黑江前輩，我完全明白了。」志木刑警姑且點了點頭。不過，述說二十年前往事的前刑警，為什麼要比手畫腳忠實重現這名偵探說的外國腔日語？這是志木唯一完全無法理解的問題──這位前輩明明可以說得更正常一點吧！

但是無論如何，似乎掌握到昔日這個事件的概要了。志木看向因為喝太多又說太多所以好像有點累的大前輩發問確認。

「總歸來說，殺害小峰太郎的凶手是次郎。犯行現場不是空屋的浴室，是次郎自家的浴室。次郎在那裡殺害太郎，將屍體肢解成六塊裝箱，用小貨車運到空屋。然後他回到自家，把小貨車停在停車場，沾血的工作服則是扔進洗衣機。以上就是次郎的一連串行動吧？」

「沒錯。至少當時就我們看來是這麼回事──砂川，你說對吧？」

「嗯，確實如此。」砂川警部露出微妙表情點頭。「只不過，我隱約覺得犯罪的證據，應該說凶手的痕跡好像齊全過頭了……」

「嗯，我也有這個印象。感覺我們去哪裡都會得到新的證詞，發現新的事證，原本以為難解的分屍凶殺案，解開真相的過程意外順利。」

「是的，不禁心想就像是某人在事件的背後操控……話是這麼說，不過在那種狀況，懷疑次郎也是理所當然。」

「哎，也對。」前警部補點了點頭，雙眼像是看向遠方。

「所以次郎後來怎麼樣了？」志木催促大前輩說下去。「只是在次郎家找到疑似是凶手犯案的痕跡，卻沒有找到他本人吧？」

「是的。事件曝光的那天早上之後，完全不知道次郎去了哪裡。我們當然拚命尋找他的下落。」

「次郎死了。記得砂川警部剛才這麼說過吧？次郎的死使得事件落幕——黑江前輩，我說的沒錯嗎？」

「嗯，沒錯。次郎確實死了。可能是逃亡的時候遭遇意外，認命之後決定自我了斷的可能性或許比較高，總之他的死亡是事實。這段原委也要現在在這裡說嗎？老實說，我已經說到累了。因為忠實重現丹尼爾的奇怪日語比平常費力兩倍。」

——那您正常說話就好吧！正是因為追求不必要的真實性才會變成這樣喔！

志木在內心朝著大前輩犀利吐槽。但是無論如何，看來很難在這裡從他疲憊的口中問出更多往事。

「沒辦法了——警部，怎麼辦？差不多該散會了嗎？」

「嗯，說得也是。好像待太久了。」砂川警部說著看向店內的時鐘，在下一瞬間吃驚般睜大雙眼。「喂喂喂，早就超過深夜十二點了耶？到底說了幾個小時啊，笨蛋！」

「剛才主要都是您以前的上司在說話喔！」

「就是說啊，砂川！你罵『笨蛋』是什麼意思？」

桌子對面的警部大前輩露出憤慨的表情。砂川警部知道自己失言，表情瞬間凍結。

然而就在險惡氣氛開始在兩人之間流動的這時候——

警部手機的來電鈴聲響起。

「呼，得救了。」砂川警部像是絕處逢生般取出愛用的智慧型手機，立刻抵在耳際。

「喂，你好……啊啊，什麼嘛，鵜飼偵探，是你啊。」

來電的似乎是正在史魁鐸山莊的鵜飼杜夫。不過這麼晚了必須緊急以電話告知的事情到底是什麼？覺得不對勁的志木豎起耳朵靜待後續進展。警部以帶著緊張的聲音發問。

「怎麼了，發生了什麼事嗎？在這麼晚的時候……咦，什……什麼？」

警部的聲音突然變尖。在吃驚的志木身旁，警部以顫抖聲音告知不幸的事實。

「你……你說三郎……小峰三郎被殺了？」

咦——志木驚叫之後目瞪口呆。黑江讓二也一臉錯愕稍微起身。

砂川警部露出一副緊抓著手機不放的表情，問了好幾個問題。

「何時死的？為何死了？凶手抓到了嗎？這樣啊，被逃走了啊，真是可惜……咦，但你知道凶手的名字？有留下死前訊息？原來如此，這樣啊……所以三郎留下什麼遺言？」

鵜飼杜夫好像回答警部的問題，說出某人的名字。但是連豎耳聆聽的志木也聽不清楚。即使如此，看警部的表情瞬間凍結，足以推測是出乎意料的名字。警部像是大喊般開口。

「好，我知道了。我立刻過去那裡！」

以激動狀態結束通話的警部立刻起身。「出發吧，志木。烏賊腳海角的史魁鐸山莊發生殺人事件，小峰三郎被尖刀刺殺身亡。」

「這……這樣嗎？可是辦不到啦，警部。現在不可能立刻前往烏賊腳海角。不只如此，我們肯定連這間居酒屋都走不出去——因為您看。」

志木說完指向玻璃窗外。因為雪一直下到深夜，居酒屋停車場成為一整片如同水墨畫的黑白世界。志木他們的車也埋在雪裡，積雪甚至高過輪胎。道路的狀況可想而知。

「哎，可惡！」砂川警部忿恨扔下這句咒罵，再度坐在椅子上。

昔日的上司詢問這樣的他。

「砂川，遇害的三郎留下死前訊息是吧？」

「咦？啊，不不不，並沒有這種東西……」

「不准隱瞞！三郎臨死之前說了凶手的名字，沒錯吧！」

「呃，唔，是的……」被昔日上司這麼逼問，砂川警部似乎認命覺得無法繼續違抗。終於下定決心的警部，從正前方注視前上司的臉，然後說出剛才聽鵜飼偵探說的話語。「黑江先生，小峰三郎臨死之前被問到『是誰下的手？』，然後他確實說出這句遺言——『黑江健人』。」

聽到這個名字，志木不禁啞口無言。被害者留下的話語是「黑江健人」。所以黑江讓二的獨生子是殺害小峰三郎的凶手嗎？聽到這個毛骨悚然的消息，這位前刑警到底會露出什麼表情？如此心想的志木，戰戰兢兢以餘光觀察黑江讓二的反應，結果——

說來意外，他在笑。皺紋明顯的臉孔反倒露出像是喜極而泣的笑容。嘴角輕聲說出身為父親的真心話。

「這樣啊，所以健人還活著吧……這樣啊，那太好了……」

第七章　地底探險

1

「……小峰社長，您知道嗎？發生了什麼事？是誰下的手？」

通往瞭望臺的雪道上，響起隱含急迫感的聲音。然後躺在雪地上的男性睜著眼睛，拚命顫抖嘴脣。「……黑江……健人……是黑江健人……嗚呼。」

「社，社……社長～～！」

鵜飼杜夫抱住面前的男性，故意發聲哀號。躺在雪地上的男性——戶村流平隨即坐起身穿黃色羽絨外套的上半身，不滿嘁嘴。

「不不不，鵜飼先生，請等一下。昨晚的我可沒有大喊『社長～～』這種話。我當然不可能做出這種奇怪的舉動吧？」

「沒有啦，我只是即興加個料而已。」鵜飼毫不內疚這麼說。「你也沒資格說別人吧？剛才臺詞說到最後的『嗚呼』是怎麼回事？小峰三郎先生在即將斷氣的時候親口說了『嗚呼』嗎？這是事實嗎？」

「不，終究沒有自己說『嗚呼』。不過小峰先生像是用盡力氣般放鬆全身，就這麼一命嗚呼了。這是很逼真的演技吧？」

「這個嘛，給我的印象別說是『很逼真的演技』，簡直只是『昭和時代短劇裡跑龍套被殺的爛演技』。哎，不提這個，總之沒錯吧？小峰先生聽到你的問題，確實清楚回答『黑江健人』沒錯吧？」

「是的，肯定沒錯。」流平無奈般搖了搖頭，在雪地上完全起身。「我明明從昨晚就說明好幾次吧？那我為什麼非得特地飾演被害者？這麼做沒意義吧？」

「有意義喔。昨晚，小峰先生在即將斷氣的時候留下死前訊息。不過他說出這句話的時候，我正在雜木林裡追捕逃走的凶手，結果沒能直接親耳聽到委託人的最後訊息。身為偵探當然會要求忠實重現這個場面，你不這麼認為嗎？」

在西裝外面加披羽絨大衣的私家偵探，張開雙手正色說明。

「既然這樣，請您做事更認真一點吧。」流平以手掌拍掉羽絨外套沾上的雪，暗自嘆氣——啊啊，背部好冷！為什麼大清早就被迫陪他演這場鬧劇？今天明明是平安夜啊！

昨晚，小峰三郎被尖刀刺殺，迎來悲劇般的末日。突如其來的命案使得史魁鐸山莊的人們大受打擊慌張不已。然而即使一片混亂，旅館老闆豬狩省吾的態度依然冷靜沉著，俐落地向員工們進行正確的指示。

廚師室井蓮將擔架搬到現場，另一方面，老闆娘豬狩美津子與客房服務員井手麗奈整理出臨時的遺體安置所。準備的安置所是十間別館之一「紋甲之間」。

豬狩省吾與室井蓮立刻依照醫生藤代京香的指示，慎重將遺體放上擔架。另一方面，鵜飼與流平這對偵探搭檔好歹是旅館的住宿客，基於立場完全沒被要求協助這一連串的工作。兩人不得已只能向抬起沉重擔架的豬狩省吾與室井蓮說著「請加油！」「就快到了！」這種加油的話語——扮演這種微妙的應援團。

不知道是否多虧他們兩人的聲援，小峰三郎的遺體在最後順利運進別館房內。不久之後來到這間別館的人，是被害者有實無名的妻子霧島圓。

大概是看見丈夫化為冰冷的屍體大受打擊，輕聲尖叫的她撲向已死的丈夫號啕大哭。即使是身為醫生的藤代京香，也差點被這幅光景引得忍不住潸然淚下。雖然小峰三郎這名男性各方面的風評不佳，不過看來只有這名妻子真心愛著他。不懂男女情感的流平至少也清楚明白這一點。

反觀鵜飼露出平常少見的嚴肅表情縮在一旁。

這也在所難免。受雇擔任護衛的他，到最後沒能完成這個任務。被害者的妻子以暗藏怒氣的眼神看向這樣的他，然後以責備的語氣問。「我丈夫為什麼被殺了？偵探先生，是誰下的手？請告訴我吧，偵探先生！」

聽到她這麼說的偵探本人慌了。

「啊，夫……夫人……！噓，噓～～！」

鵜飼慢半拍食指抵在嘴脣，要求她別再說下去。不過當然為時已晚。

霧島圓所說的「偵探先生」這四個字，簡直像是傳話遊戲般，在場中眾人之間傳開。

「偵探先生？」「他是偵探？」「不是小峰先生的朋友？」「是偵探嗎？」「看起來不像。」「那麼比較年輕的那個人是偵探助手？」「看起來更不像。」「可是偵探為什麼來到這裡？」「不知道。」「不曉得。」「是啊，完全搞不懂……」

眾人充滿好奇與疑惑的視線，一齊集中在這對偵探搭檔。流平不由得感到渾身不自在。一旁的鵜飼露出死心般的表情輕聲嘆氣，向前踏出一步，將手放在自己的胸口。

「嗯，沒錯，我是偵探，所以怎麼了嗎？」

就這樣，鵜飼與流平終於在眾人面前公開他們隱藏至今的真實身分。委託人小峰三郎已經不在人世，他的妻子霧島圓似乎沒要繼續保守這個祕密。因此已經沒有任何要素能阻礙偵探們表明身分。

鵜飼簡潔說明自己是住在烏賊川市的私家偵探，被小峰三郎雇用擔任護衛，然後取出自己的手機，主要對霧島圓與豬狩夫妻進行重大的確認。

「無論如何，這肯定是殺人事件。關於這件命案，我想向我認識的砂川警部報告這個事實——各位當然沒問題吧？」

眾人之間沒出現反對意見。就這樣，偵探操作自己的手機，向市區的砂川警部告知「小峰三郎死亡」的消息，同時也據實轉達被害者留下的死前訊息。

就這麼經過不安的一夜，終於迎來二十四日，聖誕節前一天的早晨。

在依然飄著小雪的天氣裡，鵜飼像是要洗刷昨晚的汙名，意氣風發來到命案現場，然後對偵探助手下達一個不講理的命令。

『流平，你在那個位置躺一下。』——他這麼說。

流平勉為其難躺在雪地，上演了一齣像是短劇的鬧劇。

「鵜飼先生，怎麼樣？稍微掌握到昨晚的情境了嗎？」

「不，差強人意。你沒有小峰先生那種目中無人的獨特感覺。」

「請不要連這種細節都要求。而且就算是小峰先生，也不會在臨死之前依然目中無人。他是在擠盡最後力氣的狀況下，斷斷續續留下死前訊息。」流平如此補充說明之後，忽然換個話題。「話說回來，我有件事想問鵜飼先生。」

「唔，『有件事想問』？啊啊，空屋的奇怪事件嗎？這麼說來，因為昨晚有事件在面前發生，所以過去的事件一直保留到現在沒說。」

「不是啦，但是這件事我也確實想問……那麼好吧，請先說明這件事。二十年前發生的空屋事件是什麼？」

在流平催促之下，鵜飼終於開始述說過去的事件。如果是熟知原委的搜查相關人員，或許會用上一整晚說明來龍去脈。但以鵜飼的狀況，他當時還是少年，只從報紙與新聞略知一二，所以短短數分鐘就說完了。

即使如此，對於流平來說，這個事件的概要依然值得吃驚。小峰三郎有兩名哥哥，大哥太郎被二哥次郎親手殺害之後分屍。原來如此，確實是一樁血腥凶殺案，難怪在當時的烏賊川市人盡皆知。

鵜飼詢問錯愕的流平。「不過流平，除了這件事，你還想問我什麼嗎？」

「嗯，沒錯。是昨晚的事。」流平說出想問的第二件事。「昨晚，鵜飼先生您為什麼會追丟凶手？」

「不是我追丟，是凶手消失不見了。」

鵜飼轉身離開雪地的現場，進入雜木林。不過他這段話聽在流平耳裡只像是亂編的藉口。流平繼續據理發問。

「仔細想想，在那個狀況一下子就放凶手逃走很奇怪。因為是在雪中追捕吧？所以逃走的凶手腳印肯定零星殘留在雪地上。鵜飼先生，您應該只要沿著腳印去追就好，這不是很簡單嗎？無論是在雜木林裡面還是外面，周圍都是雪，所以凶手的腳印不可能中斷。為什麼您輕易就追丟了？」——您到底是多笨啊？有好好看著前方嗎？還是因為太冷失去幹勁？

內心湧現好幾句粗暴到不方便說出口的懷疑話語。然而不知道流平心境的鵜飼看起來完全不以為意。他走在小雪紛飛的樹林裡，說出流平不知道的追捕片段。

「昨晚，我確實在這片雜木林追捕逃走的凶手。正確來說是追著凶手的腳印。因為如你所說，這麼做比較輕鬆。不過凶手也不是笨蛋。後來我前方遠處的黑暗裡傳來咚滋咚滋的奇妙聲音，接著還有撲沙撲沙的聲音。」

「唔，『咚滋咚滋』還有『撲沙撲沙』是嗎——那是什麼聲音？」

「那還用說嗎？『咚滋咚滋』是兇手在樹林裡撞樹的聲音，然後樹枝上的積雪就會『撲沙撲沙』落地吧？掉落的積雪覆蓋了兇手的腳印——看，就像這樣。」

話剛說完，鵜飼就跑向豎立在前方不知道是楓樹還是橡樹的大樹，咚滋一聲撞向粗壯的樹幹。「等……等一下，鵜飼先生，請不要這樣啦！」流平吃驚睜大雙眼慌張大喊，但是太遲了。樹幹的振動傳到樹枝，樹枝上的積雪成為雪塊落下。遲了一小段時間之後發出撲沙撲沙的聲音著地。雪塊立刻蓋住該處的偵探腳印，而且最後一塊漂亮命中鵜飼頭頂。「——啊，好痛！」

鵜飼發出短促的哀號聲，接著發出「嗚～～」的呻吟聲仰躺倒地，在雪地呈現漂亮的大字形。流平腦海浮現「自作自受」這句成語，不過站在偵探助手的立場，他終究不敢說出口，而是改為雙手抱胸深深點頭。

「原來如此～～兇手就像這樣消除自己的腳印逃走是吧～～」

「啊，啊啊，就……就是這麼回事……」鵜飼搖搖晃晃站起來，搖頭甩掉沾在頭髮的雪，然後露出逞強般的笑容。「哼，可惡的兇手，那個男的運氣真好。看來只有他的頭頂沒被任何雪塊砸過。真的很驚人。他擁有驚人的好狗運。」

「是這樣嗎……」——在這種時候會被雪塊砸中的你，才應該說「擁有驚人的壞狗運」吧？

流平嘆氣注視師父可悲的模樣。鵜飼重新振作般說下去。

「總之因為這樣，所以我屢次追丟兇手的腳印。一旦追丟就確認周圍雪地的狀況，再度發現凶手的腳印，繼續追蹤。再度追丟的話就再度找出腳印追蹤。像這樣重複好幾次之後……」

「重複好幾次之後……變得如何？」

「說來真的很奇妙，凶手的腳印在某個場所完全斷絕了。」

「腳印斷絕了？只是被樹枝掉落的積雪覆蓋隱藏起來吧？」

「我一開始也這麼認為。但如果是這樣，只要在遠一點的位置找，肯定可以再度找到凶手的腳印，因為樹枝掉落的積雪並沒有覆蓋周邊的所有腳印。」

「哎，我想也是。」

「然而不可思議的是，無論我再怎麼找，凶手的腳印也完全斷絕，到處都找不到。簡直像是正在逃走的凶手像是鳥一樣拍著翅膀，從雪地飛上樹梢。」

「唔，既然這樣，凶手應該真的在樹上吧？凶手撞向大樹之後爬上去，騙過隨後追過來的您。應該也有這種可能性吧？」

「不過，很難想像是這種狀況。我在追丟的那附近找過，沒有任何一棵樹可以輕易爬上去。為求謹慎，我拿手電筒照亮樹木上方確認，不過當然沒發現人影。在這個季節，每棵樹的葉子都掉光光，要是樹枝上有人，絕對逃不過我的眼睛。說起來，爬樹也沒有你說得那麼簡單吧？逃走中的殺人凶手無處可逃，情急之下爬到樹上……哈哈哈，太荒唐了，又不是猴子或山豬……」

「呃，先不提猴子，山豬應該不會爬樹吧？」不，這種事在這時候一點都不重要。

流平雙手抱胸低語。「原來如此，確實是不可思議的現象。」

「沒錯吧？我實在搞不懂是怎麼回事。」

「可是鵜飼先生，您肯定清楚知道凶手腳印斷絕的最後地點吧？那麼只要重點調查那個場所，應該就能查出蛛絲馬跡吧？」

「對，我也這麼認為。前提是要清楚知道這個最後地點。」

「唔……也就是說？」

「沒有啦，就是，那個……」偵探莫名變得結巴，一邊抓頭一邊說明。「總歸來說，當時我在雪地走來走去尋找凶手腳印，我的腳印當然也全部留在雪地上……我找了那裡找了這裡，又找了那裡……走著走著，我周圍滿滿都是腳印，連我自己都沒辦法辨別哪些腳印是我的，哪些腳印是凶手的……就是這麼回事。」

「還敢說『就是這麼回事』！那不就沒用了嗎？真是的！」——受不了，這個人比我想像的還要兩光！

「喂喂喂，我可不能當成沒聽到啊。流平，你說誰是兩光偵探？」

「沒沒沒……沒人說您是兩兩兩……兩光偵探吧！」

——鵜飼杜夫真是恐怖！看來他的耳朵確實聽得到徒弟內心的聲音！

流平臉色稍微蒼白，連忙回到正題。「總之我知道狀況了。不過就算這樣，您也記得大概在哪裡追丟凶手吧？」

「當然。我有大致掌握到位置。應該在這個方向，肯定幾乎應該沒錯。」

鵜飼籠統說完指向前方，再度繼續在雪地行走。

「真的沒問題嗎～～？」──這是到最後會在雪地迷路的模式吧？即使內心透露強烈的不安，流平也只能跟在師父的身後。

2

環視雜木林盡是嚴冬枯萎的樹木與層層堆積的白雪。單調的景色擾亂方向感。即使如此，走在前方的鵜飼腳步依然毫不迷惘，無視於深深的積雪大步前進。然而終究是兩光偵……更正，是粗心冒失的偵探在做的事。他的腳步很快就變得沉重，視線開始無依無靠左顧右盼，嘴裡發出「哎，可惡！」或是「嘖，混蛋！」這種亂發脾氣的呢喃。流平以關心的語氣向師父開口。

「那個～～鵜飼先生，如果迷路的話，還是說清楚比較好……」

「沒……沒有迷路！我……怎麼可能迷路？流平，你聽好，所謂的『迷路』，是在目的地很明確的時候才叫做『迷路』，現在的我沒有確實斷言哪裡是目的地，所以『迷路』這個概念本身根本不成立……不是這樣嗎？你說說看啊？」

「不，我沒什麼好說的吧？您果然只是帶著我走一步算一步吧？真是的……」傻眼至極的流平轉身背對鵜飼，沿著剛才兩人行走留下的腳印往回走。「先回去一趟吧。要是繼續這樣亂走，感覺會在八甲田山之類的地方遇難。」

「怎麼可能啊？話說你的知識還真舊。《八甲田山》是昭和時代的電影大作，三國連太郎也有登場……」

「哎，登場人物確實有三國連太郎就是了，但他不是主角──唔哇！」

「唔，流平，怎麼了？」鵜飼擔心般跑過來問。「怎麼突然大喊？三國連太郎怎麼了嗎？」

「不是啦，真是的！」

鵜飼先生，可以暫時別提昭和時代知名男演員的名字嗎？「和他無關，這裡的地面好像突然凹陷了。」

這裡是在雜木林之中比較開闊的空間。一旁豎立的大樹是樹葉掉光的銀杏樹。根部的地面有一個奇妙的凹陷。流平戰戰兢兢抽出自己埋在雪堆的一條腿，看向空洞內部，卻看不清楚地面的正確模樣。

此時鵜飼立刻提案。

「流平，把雪挖開來看看。或許可以發現什麼線索。」

「呃……」鵜飼先生，您絲毫沒想過自己親手挖吧！

流平暗自輕聲抱怨，但他也對腳邊這個洞的真相感興趣。他就這麼按照指示，以戴著手套的雙手撥開地面積雪。從積雪底部出現的是發黑的土壤與樹葉。地面有一條大裂縫，像是人類嘴脣的形狀。大約是偏瘦的成年男性勉強鑽得進去的大小。這樣的一個洞朝著地面開口。探頭往裡面看，會發現細長的洞穴斜向往地底延伸。

流平冒出不祥的預感，從洞裡抬起頭。

「那個～～鵜飼先生，地面有一道像是裂痕的洞……」

「進去看看。」

「不不不不！」流平像是被強力彈簧彈起來般站起來。「為什麼變成這樣？」

「沒為什麼。這個洞怎麼看都很可疑吧？」

「沒……沒什麼好可疑的。肯定是某種動物的巢穴吧。像是狗獾之類的……」

「如果是狗獾，就真的沒有害怕的理由吧？」

「可能不是狗獾，是棕熊。或者是黑熊之類的……」

「烏賊川市哪有這種猛獸……不，等一下。說不定有喔。可能性不是零……」鵜飼輕聲說出這件恐怖的事，然後轉為朝自己徒弟露出甜美的笑容。「不過，俗話也說過『不入虎穴焉得虎子』。總之你進去看看吧。沒事，放心吧，那個洞不是虎穴也不是熊穴。」

「…………」流平已經沒有選擇的餘地。徒弟絕對要服從師父的命令。「真的沒問題嗎？我可不想遭遇『進去的時候很簡單，真要出來的時候完全出不來』這種超老套的橋段……」

「這種事要進去之後才知道吧？沒問題啦，不用擔心。萬一你遇到什麼狀況，我會立刻幫忙。至今也都是這樣吧？」

「…………」是這樣嗎？雖然完全沒有這種記憶，不過流平知道繼續抵抗只是浪費時間。「知道了，知道了啦。我進去洞裡看看狀況吧。沒什麼，反正裡面一定是空蕩蕩的，不會有任何東西。」

流平像是說服自己般斷言，然後從雙腳讓身體滑進地面的裂縫。斜向延伸的洞穴好像很深。流平的身體就像是無止盡被吸進去般逐漸進入洞裡，最後他整個人連臉部都完全收進洞穴——喂喂喂，等一下等一下！總覺得這是不是很像「活生生埋葬在地底的人」？

大概是不應該思考這種不吉利的事情吧。突然感到恐懼的流平，像是掙扎般在洞裡拚命動著雙腿，接著一條腿整個在洞穴側邊打滑。

「啊，哇，哇啊啊啊啊啊——！」

流平發出長長的哀號聲，在斜向的洞穴裡一口氣往下滑。

然後在下一瞬間突然覺得被拋到黑暗之中，緊接著發出「咚」的巨響摔個四腳朝天。「嗚呀！」發出丟臉聲音的流平回神一看，發現自己一個人淒慘倒在冰冷的地面。

「痛死我了……」

流平按著臀部環視周圍，但是伸手不見五指。畢竟是地底所以理所當然。流平連忙摸索口袋取出筆型手電筒，照亮自己周圍。這裡是可以直立的空間，卻絕對不是人造的地下室。是灰色岩石與褐色泥土外露的自然洞穴。看來是天然的洞窟。這個洞窟成為漆黑的隧道。延伸通往某處。

「喂～～流平，你沒事嗎？」

鵜飼從地面呼叫的聲音，聽起來相當遙遠。

流平將臉湊到自己剛才滑落的斜向洞穴，朝著應該在地面的鵜飼大喊「沒事，不用擔心！」報平安。

然而不知道是怎麼解釋徒弟的這句話，鵜飼突然擅自宣布「好，流平你等我，我現在就去救你！」不過洞穴另一頭立刻發出某種打滑的聲音。流平腦海浮現不祥的預感。接著正如預料，「啊，哇，哇啊啊啊啊啊——！」這個似曾相識的哀號聲再度響起，下一瞬間從狹窄洞穴迅速冒出來的果然是鵜飼。啊，危險——還來不及出聲警告，流平就被滑落的偵探壓扁，再度趴在地面。這都是轉眼之間發生的事。

「痛死我了……」「好痛痛痛……」

兩人分的丟臉聲音在洞窟內迴盪。然後流平與鵜飼各自拿筆型手電筒照著彼此的臉部高聲互罵。

「真是的，鵜飼先生，您在做什麼啊？」

「問我做什麼？不就是進來拯救掉進洞裡的你嗎？」

「這哪裡叫做『進來拯救』？我只覺得是『進來給我一個痛快』！」

「少囉唆，只是湊巧變成這樣。說起來都要怪你掉進洞穴。」

「…………」不不不，是你命令我的。是你要我「進去洞穴看看」，所以才變成這個樣子吧？鵜飼先生，您忘記了嗎？

流平錯愕說不出話。鵜飼無視於他，說著「話說回來……」終於以筆型手電筒照亮自己的周圍。「這裡是什麼地方？熊的老窩嗎？」
「不……不會吧，這怎麼可能呢？只……只是洞窟喔，是大自然的神祕。」
「嗯，不過這個神祕好像還可以往前走——你看，這邊隱約有風吹過來。這個洞窟的前方肯定通往外面。」
「好……好像是這樣。」流平面無表情點點頭，然後將頭伸進自己剛才摔進來的洞穴。「可是面前就有這個洞穴通到外面……」
流平說完之後想要盡快爬回地面。鵜飼雙手抓住這樣的他，硬是將他拖回洞窟內部。「喂，流平，你想逃嗎？」
「這……這哪叫逃，反正沒有別的路能走吧！」
「這邊不就有路嗎？」
鵜飼說著拿起筆型手電筒，以不可靠的燈光照亮不知道通往何處的洞窟前方，然後將臉湊到不情不願的徒弟耳邊，以不容分說的口吻低語。
「走過去看看吧。放心，沒事的。這個洞窟不會是熊的老窩……」

3

就這樣，流平被迫和鵜飼一起在神祕洞窟探險。不知道是幸或不幸，一走就發現洞窟內部比想像中寬敞。多虧這樣，兩人得以維持從容心態邁向神祕洞窟的探險之旅。

事到如今，在鵜飼的冒險心滿足之前，只能陪他進行這場地底探險了。垂頭喪氣的流平勉為其難移動腳步。

反觀鵜飼的心情似乎相當高昂。雖然不方便公開歌名與歌詞，但是他哼著往年作曲家嘉門達夫的一首名曲，大步朝著黑暗前進。「懶得理他了……」流平發自內心這麼覺得。

這個洞窟成為平緩的下坡繼續延伸。但是完全不知道這條下坡是朝著東西南北哪個方向。

「這個洞窟到底通往哪裡啊？」

「這個嘛，我不知道。但我只知道一件事。」鵜飼說到這裡停下腳步，以筆型手電筒照亮腳邊地面。「來，你看這裡。」

「唔，什麼東西？」流平將臉湊向光束照亮的地面。「啊。這是！」

灰色岩地積了薄薄的一層砂土。表面像是蓋章般留著鞋印。從大小來看應該是成年男性。

流平立刻進行確認。「這該不會是鵜飼先生您的腳印吧？」

「為什麼？不可能是我的腳印吧！」

「可是，我剛剛才聽完您昨晚出糗的事蹟，想說應該是這樣……」

「不，我說你啊，我再怎麼樣也不會這麼快就犯下類似的過錯。這些腳印不是我現在不小心留下的。所以是誰的腳印？當然是昨晚奇妙消失的那名男性吧。」

「那名男性黑江健人是吧！」

「…………」鶉飼不知為何把流平的問題當成耳邊風，然後繼續說下去。「現在回想起來，地面的那條裂縫，裂縫旁邊的那棵銀杏大樹，我總覺得有印象。昨晚我最後追丟凶手的地點，附近好像就豎立著像是那樣的大樹——嗯，肯定沒錯。我現在想起來了。」

「這樣啊……」——還真是在稱心如意的時候想起來！流平稍微透露挖苦的心態點了點頭。「那麼，逃跑的凶手就是因而突然在雪地消失吧。他不是飛上空中，而是鑽入地下……」

「沒錯。那名男性大概從一開始就知道那棵銀杏樹旁邊有入口通往這座洞窟。在雜木林裡竄逃的他，最後來到那棵銀杏大樹，用力撞向樹幹，劇烈晃動樹枝之後立刻滑進洞裡，然後用雪塞住入口。隨後從樹枝掉落的雪也將周邊的雪弄亂，這麼一來就看不出洞口了，我也因而沒發現那個洞，在最後放棄追蹤——總之過程應該是這樣吧。」

「原來如此。黑江健人躲進這個洞窟，成功躲避您的追捕。換句話說，這些腳印是黑江健人的——是這麼回事吧？」

「唔……不，這可不一定哦？」

鶉飼含糊帶過，反過來詢問流平。「我昨晚追捕的那名凶手，你好像深信是黑江健人，不過真的是這樣嗎？」

「呃，您問『真的是這樣嗎？』，當然是這樣吧？因為小峰先生臨死之前清楚這麼說了。」
「是嗎？小峰先生並沒有告訴我們『黑江健人是凶手』，只留下『黑江健人』這個名字。沒錯吧？」
「沒錯，但是無論如何都一樣。在那種狀況，校風先生不可能說出凶手以外的名字。凶手就是黑江健人，想不到其他的可能性。還是說鵜飼先生，您認為還有另一個人和黑江健人同名同姓？」
「同名同姓？不不不，應該不可能有這種巧合吧。因為『黑江健人』並不是那麼常見的名字。」
「就是說吧？所以那名青年果然是凶手。」
「不過啊，流平，這個『黑江健人』不是早就死了嗎？在那座海角前端的瞭望臺被某人親手──說不定是我們的委託人親手──推落懸崖葬身太平洋，只在瞭望臺扶手留下一塊繃帶碎片。這樣的他為什麼可以再度復活，前來刺殺小峰先生？」
「這，這個……老實說我不清楚。」流平含糊搖頭。「以為已經死亡的黑江健人或許其實活著。如果他真的已經死亡，那麼小峰先生就是被另一個人殺害的。臨死之前的小峰先生，不小心把這個人誤認為黑江健人。或許是這麼回事。」
「嗯，確實是這兩種可能性。我也這麼認為。黑江健人可能活著，也可能已經死亡。肯定是這兩者之一。」
鵜飼露出煞有其事的表情，說出像是廢話的結論。然後他手上筆型手電筒的燈光，從可疑的腳印移向洞窟深處。「總之再往前走一段吧。說不定可以在這裡再度見到昨晚逃走的凶手——」

神祕的洞窟持續延伸。究竟是什麼樣的自然現象，造成海角地下出現這種天然的隧道？沒人知道相關的機制。不過依照觀察，應該不是鐘乳石洞之類的，是在兩塊堅硬岩石之間形成類似龜裂的細長空間。不時出現粗獷的巨岩，或者是岩地變得傾斜。兩人又是爬上去又是跳下來，不斷克服難關前進。不知道過了多久，走在前方的鵜飼再度忽然停下腳步。

流平朝著他的背後發問。「鵜飼先生，怎麼了？這次是什麼事？」

鵜飼將燈光朝向前方一角。「那是什麼……床嗎？」

「床？」突兀的話語使得流平錯愕，在師父肩後看向前方。「不不不，鵜飼先生，您在說什麼啊？在這種地底洞窟怎麼可能有床……呃，唔哇，真的耶！有一張床！」

流平做出一百分滿分的反應，推開鵜飼走向前，以自己的筆型手電筒照亮這個場所。

在白色燈光中浮現的，是大約半坪大的灰色平坦岩石。上面整齊鋪著好幾條被子。這怎麼看都只像是把平坦的岩石當成床來使用。不只如此，被子旁邊不知為何有好幾個空罐。其中一罐隨意插著一根金屬製的湯匙。

鵜飼檢視空罐的標籤。「唔～～」他發出低沉的聲音。「油漬沙丁魚、紅燒鯨魚肉、水煮蘆筍、醬燒海瓜子——簡直是大餐吧！」

「是嗎？該怎麼說，感覺像是單身男性的寒酸餐桌？」

如果配上啤酒或是燒酒，或許會成為晚上小酌時的光景。如此心想的流平環視周圍，但終究沒看見啤酒或氣泡酒之類的罐子。不過有一個殘留透明液體的寶特瓶倒在地面。看向標籤，上面印著「烏賊川的天然水」這個標誌。這是當地居民也幾乎不買的冷門商品，不過在面臨生死抉擇的狀況並不是不能喝。

流平引導鵜飼看向那個瓶子，述說自己的見解。

「某人在這個場所度過了還算長的一段時間。看起來像是這樣對吧？」

「嗯，這麼推測應該沒錯。」

「肯定是黑江健人。頭部受傷的他，偷偷從別館床上離開消失之後，其實藏身在這個洞窟。他果然活著。」

「嗯，我也開始這麼覺得了。不過假設是這樣，他是怎麼弄到這些東西的？這些肯定都是原本存放在史魁鐸山莊的東西。但黑江健人不是旅館員工也不是常客，這樣的他應該很難悄悄偷走旅館備品。這麼一來，應該要懷疑有共犯吧？」

「某人代替黑江健人調度必要的物資。是這麼回事吧？」

「總之，躲在這裡的人物未必是黑江健人。雖然不知道是誰，不過旅館相關人員之中肯定有人幫忙偷東西。」

如果這是真相，那麼這個人是誰？總不可能是掌管旅館的豬狩夫妻吧。所以是廚師室井蓮或是客房服務員井手麗奈嗎？這間旅館的常客藤代京香當然也有充分的可能性。另一方面，被害者有實無名的妻子霧島圓，怎麼想都不太可能站在凶手那邊——流平像這樣進行思考的時候，鵜飼無視於他，蹲在石床旁邊。

「哎呀，這是什麼？」鵜飼說完以指尖拿起掉在地上的某個東西。「嗯，是藥丸的包裝盒，但已經拆封用過了。我看看，上面寫的是……『URERUMEN』……是安眠藥吧。」

「喔，好厲害，不愧是鵜飼先生！您對藥物也很熟悉耶。」

流平不禁對於師父的博學多聞發出感嘆的聲音。但是當事人鵜飼果斷搖頭揭開謎底。

「不是我熟悉藥物。『URERUMEN』倒過來寫是『NEMURERU』——也就是日文的『睡得著』對吧？換句話說就是這種藥物。」

「啊，原來如此。不愧是鵜飼先生！」總歸來說無關於知識的有無，這是巧妙的腦筋急轉彎。「不過，為什麼這裡會有安眠藥？」

「準備食物與被子的某人一起拿來的吧。這麼做並不奇怪。因為回復體力的最好方法就是睡眠。對於受傷的青年來說算是必備良藥。」

原來如此——流平點頭回應，鵜飼在他面前迅速起身，像是乘勝追擊般說。

「好，那麼差不多該繼續走了。總覺得空氣稍微變得冰冷。看來我們正確實接近洞窟出口……」

正如鵜飼的指摘，洞窟內部流動的空氣，隨著兩人前進而逐漸帶著寒氣。然而再怎麼走也遲遲看不見出口。

即使如此，鵜飼還是沒有氣餒，持續踏出腳步前進。當初不情不願陪同師父這趟怪異冒險的流平，事到如今也已經做好心理準備，決定在看見這個洞窟的盡頭之前絕對不回頭。

陰暗的隧道不是只有一條路，而是如同巨大迷宮，途中有好幾條岔路。就算這樣，兩人也不曾猶豫要走哪條路。即使道路分成兩條，只要往冷風吹來的方向走，那就肯定是出口沒錯。

妨礙兩人前進的，反倒是對黑江健人這名神祕人物的恐懼。那名青年該不會躲在黑漆漆地面的岩石暗處，而且突然手持凶器襲擊吧？這樣的不安與恐懼刺激兩人的戒心，腳步自然變得沉重。

話是這麼說，不過實際上從岩石暗處出現的，盡是黑色的鼠群、飛翔的蝙蝠，或者是蜥蜴與蛇之類的小動物。然而鵜飼每次遭遇這些小動物，依然都會逐一發出「喔哇」或是「呀啊」這種簡單好懂的哀號。

假設凶手躲在洞窟某處，只要聽到這麼響亮的慘叫聲，肯定會心想「哎呀，看來有人來了……」立刻躲起來或是逃走。無論殺害小峰的凶手是黑江健人還是誰，在這種狀況下沒有特地現身也可說是理所當然。

就像這樣在黑暗的隧道前進了好一段時間——

空氣終於變得更寒冷，前方吹來的風也逐漸變強。原本那麼深沉的黑暗，看起來好像也開始微微泛白，彷彿是太陽東升前的天空逐漸變白變亮的感覺。預料到接下來會有新的進展，流平迅速穿過兩塊岩石形成的彎道。下一瞬間，眼前的視野突然擴展開來。

已經適應黑暗的雙眼，被耀眼的光輝強烈照射。同時，剛才完全比不上的冰冷強風迎面而來。流平以手掌遮住光線，慌張瞇細雙眼。

「這……這裡是哪裡……？」

「是烏賊腳海角的前端。我們正在烏賊腳盡頭的位置。」

「海角的前端？」流平輕聲這麼說，硬是睜大還沒習慣亮度的雙眼。

眼前所見的是鐵灰色的海。當然是太平洋。兩人穿過陰暗的洞窟，來到可以眺望太平洋的烏賊腳海角前端。正確來說，流平他們站在朝著海面突出約一坪大的岩面上。

「咦，不過既然是海角前端，也就是說……」

「沒錯，你看。」鵜飼說完突然以食指指向上方。

流平也跟著看向正上方。映入視野的是冰冷的褐色人造物。平板狀的物體像是覆蓋頭頂般展開，以好幾根木製的柱子支撐。其中一根立在流平他們所在的一坪大空間旁邊。流平對於這些柱子的顏色與質感有印象。

「這個……難道是那座瞭望臺……？」

「對，不用難道，就是瞭望臺。我們現在在瞭望臺的正下方。」

鵜飼仰望上方這麼回答，然後突然改為指向正下方的大海開口。

「來，流平，看看這面懸崖峭壁的下方！萬一從這裡摔下去，我們真的只能葬身海底，說不定連屍體都沒人找得到！」

鵜飼說出這段話的同時，流平連忙進行數公尺的「瞬間移動」，再度躲進洞窟深處。看著他這種反應，鵜飼皺起眉頭。

「唔，流平，怎麼了？為什麼在那種地方瑟瑟發抖……？」

「還……還問我怎麼了，不可以這樣啦，鵜飼先生！可以不要說得那麼觸霉頭嗎？就算沒這麼說，您的體質本來就容易從高處摔下去。以前也實際發生過這種意外吧！」

「啊啊，是說之前和你一起從山崖墜海的那件事嗎？」鵜飼苦笑搔了搔腦袋。「哎呀哎呀，當時我確實也吃了不少苦頭。都是你害的。」

「是您害的啦！」

「唔，是嗎？事情過太久，我已經忘了──哎，總之不用這麼害怕吧？這反倒是最壯觀的美景吧？」

鵜飼抓著一旁豎立的木柱，右手放在額頭，悠哉眺望眼底遼闊的太平洋風景。就在這個時候──

在老天爺巧妙的安排之下，原本那麼厚重低垂的烏雲一角突然裂開，雲層縫隙露出期待已久的藍天。上午的陽光從該處照射大地，至今一直是鐵灰色的海面，眨眼之間被塗改成燦爛的藍色。目睹這幅瞬息萬變的景色，鵜飼口中發出充滿希望的歡呼聲。

「喂，流平你看！是好久沒露臉的太陽——看來在我們進行地底探險的時候，雪已經完全停了！」

4

就這樣，兩人的地底探險抵達終點。再來只要回到地面就好。

此時鵜飼說出「要不要從這根柱子爬上去？這樣一下子就能回到瞭望臺喔」這個匪夷所思的提案，不過流平當然毫不猶豫駁回。

「鵜飼先生，您說這什麼話！好了，別亂來，沿著原路往回走吧，這是最確實的方法！」

流平在師父背後以雙手推啊推，讓他再度回到洞窟內部。總之避免了從懸崖峭壁摔落太平洋的最壞結果。流平總之暫且放下心中的大石頭。

反觀鵜飼雖然露出不滿表情，也還是再度打開自己的筆型手電筒，在陰暗的隧道踏出腳步往回走。「哎，雖然一路上很無聊，但也沒辦法了。遠足要在回家之後才算結束，地底探險要在回到地面之後才算結束……」

「對對對，一點都沒錯！」流平像是激勵般這麼說，跟在師父身後。

來到這裡時覺得永無止盡的地下洞窟，往回走的時候已經是走過的路。即使體力有點吃不消，精神上的負擔也減輕許多。只要維持這個步調，應該可以順利回到一開始的起點，也就是那棵銀杏樹根部的裂縫。

——就在流平這麼想的下一瞬間！

不知道是哪裡搞錯，走在前方的鵜飼從原路偏離，走向隧道的另一條路。流平連忙在後方叫住他。

「等……等一下！鵜飼先生，您要去哪裡？」

「唔，問我去哪裡……不是要回去原本的場所嗎？」

「是的。」

「那不就是這邊嗎？」

「不對不對……」真是的，鵜飼先生又在發揮兩光個性了！流平暗自在內心咂嘴。「您走錯了，不是這一條，是那一條。我們剛才肯定是從那條路走過來的！」

「怎麼可能，我們肯定是從這條路過來的。而且你啊，我剛才應該也說過，不過為求謹慎我就再說一次……」鵜飼說完進逼到流平面前，然後以筆型手電筒照亮自己的臉，凶狠瞪大雙眼。「——流平，你說誰兩光啊？給我管好你的嘴！」

「您……您為什麼聽得到我的心裡話？」——而且為什麼只限這兩個字？

這已經不是能以「心有靈犀」或是「野性直覺」說明的高階現象。完全被看透心裡話的流平，甚至對於面前的師父感到恐懼，不禁沉默不語。

鵜飼對這樣的徒弟擺出強勢態度。「總之別問這麼多，跟我來！」

鵜飼說完轉過身去，然後心情突然變得莫名愉快，哼著植木等的名曲《閉嘴跟我來》踏出腳步。鵜飼毫不猶豫沿著自己相信的道路——但也是流平絕對不相信的道路——大步前進。流平只能嘆口氣默默跟他走。

「…………」哎，算了。反正你遲早會察覺走錯路而掉頭！

流平抱持這份自信跟在鵜飼身後不久，道路明顯變難走，岩石隧道愈走愈窄。怎麼想都沒在剛才看過的景色出現在兩人眼前。

狹窄的隧道裡響起流平開心的聲音。

「看吧～～看吧！鵜飼先生，怎麼樣啊？我說得果然沒錯吧？剛才絕對沒有走過這種路吧～～是我贏了吧～～」

「哎，真是的，你好吵。不准像是在猜拳大賽獲勝的小學生那樣誇耀勝利！」

鵜飼不甘心地扔下這句話，但還是沒有停止前進。「反正都走到這裡了，就親眼見證這條狹窄隧道的前方有什麼東西吧。說不定又會找到凶手的某些痕跡。」

「不用再找那種東西沒關係了啦。畢竟一個不小心的話，我們說不定真的會撞見黑江健人……」

「這樣的話也正合我意。到時候我們聯手逮捕他就好。」

鵜飼擺出強勢態度。不過就在這個時候，突然有幾隻蝙蝠拍著黑色翅膀，一齊從岩石後方起飛。鵜飼立刻發出「嗚呀！」的脫線哀號。流平也覺得心臟用力收縮了一下。

「真是的，既然這麼害怕，我們還是快點回到地面啦～～」

然而在流平如此要求的時候，視線前方的鵜飼不知為何像是僵住般站著不動。

流平錯愕歪過腦袋。「咦，鵜飼先生，怎麼了？被蝙蝠嚇到軟腳嗎？」

「不對，不是這樣。」鵜飼以正經聲音回答。「流平，你看那個……」

「唔，什麼東西？」

流平看向師父以筆型手電筒指示的方向。該處是蝙蝠群剛才從暗處起飛的岩石旁邊。是一塊偏灰色的平坦岩地。不同顏色的某種物體平鋪占據約一坪大的範圍。質感看起來和岩石或泥土不一樣，看來是偏白色的布製品，或者是被子。如此心想仔細一看，會發現那塊白布好像隆起成為人體的形狀。流平連忙躲到師父背後。

「鵜，鵜飼先生……有，有人睡在那裡……可，可能是黑江健人……」

「流平，你冷靜。」鵜飼說完朝著問題所在的白布走近一步。「看清楚，這應該是白色床單。不過絕對不是新的，甚至非常破舊。怎麼看都不像是最近這幾天才放在這裡。」

聽鵜飼這麼說就發現確實沒錯。蟲咬過的痕跡以及蝙蝠的糞便。原本肯定是白色的床單因而完全髒汙劣化。不是最近這幾天，而是好幾週或是好幾個月，也可能是好幾年。總之肯定是經年累月放在這裡的物品。

那麼，躺在這條床單下方的人到底是誰？說起來，這個世界上真的有人能裹著這條沾滿糞便的床單安眠嗎？不，這個世界上恐怕沒有這種人。換句話說——

「鵜，鵜飼先生，躺在這條床單下面的人，該不會……」

「嗯，流平，拿掉這條床單看看。」

鵜飼以堅定語氣下令。

流平下定決心，走向隆起成為人體形狀的床單，然後抓住床單一角，以母親叫醒賴床兒子的要領，一鼓作氣用力拉開。

下一瞬間，流平發出「嗚！」的呻吟，然後不由得向後退，像是腿軟般一屁股跌坐在地。「鵜，鵜飼先生……這，這是什麼……？」

「居然問我是什麼……」鵜飼以冷靜聲音回答。「就是你想像的那樣。這是屍體。身高看起來很高，所以八成是男性的屍體吧。」

「您，您說男性……到底是誰？」

「就算你問我是誰，我也很為難。」鵜飼指著沉眠在床單下方的屍體，深感遺憾般搖了搖頭。「因為，這完全是化為白骨的屍體吧？我再怎麼高明，也沒辦法只看骸骨就正確說出死者身分——」

第八章　棒球咖啡廳與ＫＴＶ

1

清醒的時候，志木刑警不知道自己在哪裡，頓時慌了一下。不是自己家，也不是烏賊川警局的休息室，是鋪著榻榻米的陌生房間——這是哪裡？

志木以睡昏的腦袋搜尋記憶。記得昨晚在居酒屋一角，聆聽前刑警親口詳細說明二十年前的奇怪事件。當時史魁鐸山莊的偵探突然打電話過來，緊急通知小峰三郎遇害身亡。但是回過神來發現戶外再度下大雪，開車過來的三人被困在居酒屋。

——後來怎麼了？啊啊，對了對了！

「這麼一來，我今晚就不可能開車了吧！」這麼說的志木徵得同桌上司與前輩的同意，遲一步才正式「參戰」開喝。從軟性飲料改喝酒精飲料之後，他迅速從啤酒、氣泡酒、高球酒以及壓軸的日本酒痛快喝了一輪。

攝取許多酒精的志木回神一看，兩位長者不知何時已經完全被擊沉。「平常擺架子嘮叨又搞不懂在想什麼的大叔」與「無論如何終究僅止於警部補升不上去的奇怪老爺子」就這麼一起趴在桌上進入夢鄉。「嘖，這兩個前輩真沒用！」

志木以相當大的音量說出平常不敢說的粗暴話語。即使如此，砂川警部與黑川讓二依然只發出安詳的熟睡聲。幸好這間店是二十四小時營業，他們在這裡待到天亮不成問題。此時志木獨自離開四人桌的座位，移動到店內用餐區深處的日式包廂躺下，就這麼躺在榻榻米上度過一晚。

「也就是說，這裡是居酒屋的日式包廂嗎……」

志木輕聲說完終於起身，轉頭張望，發現在不遠處的四人桌座位，沒用的前輩們——啊，不對，更正更正，是「信賴不已的幹練上司」與「所有人都崇拜的活傳說前刑警」——這兩人正在一起吃晨間定食。看來這間店從昨晚就一直幾乎是他們包場的狀態。

志木走到兩人身旁，說著「兩位早安」進行早上的問候，只點一杯咖啡就坐在警部身旁。看向窗外，雪雖然還在下，不過好像變小了。昨天連一輛車都看不見的道路，現在也看得見加裝雪鏈的車子慢吞吞地前進。

「希望雪就這麼別再下了。」

「是啊。」砂川警部攪拌著碗裡的生蛋拌飯。「只要雪停了，我們今天或許就能趕往烏賊腳海角。」

「嗯，看來這也充分可以期待喔——砂川，你看那裡。」

黑江讓二說著以手上的筷子指向牆壁。該處是壁掛式的電視。穿西裝看起來正經八百的播報員正在報導本次創記錄的大雪。

『……所以，不知為何只襲擊烏賊川市區的本次大雪，最嚴重的時期看來已經結束，除雪工作也在進行當中。不過受到積雪的影響，烏賊川市各處都有孤立的聚落，應該還要整頓一段時間。雪不是下在東京真是太好了——那麼接下來是熊貓寶寶的新聞。』

播報員缺乏同理心的這段發言，立刻使得店內氣氛變得緊繃。

「說這什麼話，竟然瞧不起烏賊川市！」

「去叫那傢伙道歉！開除他，開除！」

「熊貓什麼的一點都不重要吧！」

看著電視畫面的三人異口同聲抗議。烏賊川市的各個家庭，恐怕也同樣正在破口大罵。不提這個——

「總歸來說，天氣逐漸轉好了。」警部像是重整心情般說。「我們或許可以意外地更快抵達史魁鐸山莊。但是在這之前，在街上調查得到的情報，我想要好好查清楚。」

「所以警部，具體來說要做什麼……？」

「我剛才正在和黑江先生討論這件事……」

「嗯，其實我覺得或許可以去健人打工的地方看看。我兒子在站前鬧區的一間咖啡廳打工，去哪裡應該可以見到健人的打工同事與店長，或許打聽得到我兒子最近的狀況。」

「原來如此。所以那間咖啡廳叫做什麼？」

志木問完，前刑警的男性立刻回答。

「純咖啡廳『DUG OUT』——記得是這個店名。」

2

這種店名的純咖啡廳真的存在嗎?雖然半信半疑,但總之也只能去看看了。三人達成協議之後結帳離開居酒屋,相隔十幾個小時再度坐進偵防車。柏油路面殘留冰砂般的積雪。志木沿著刻在路面的輪胎痕跡,慎重開車前往市區。

後來抵達的站前地區比平常還要冷清,和鬧區的形象相距甚遠。車子停在收費停車場之後,三人走在積雪的人行道。不久,帶頭的大前輩停下腳步,指向前方。「喔喔,這裡,就是這裡!」

他所指的方向高高掛著使用了職棒十二球團標誌(應該沒授權)的『DUG OUT』招牌。順帶一提,「DUG OUT」是教練在棒球場上觀察戰況,許多選手等待上場的那個熟悉空間。正如其名,純咖啡廳『DUG OUT』是比路面低了一截,屬於半地下構造的奇妙店舖。沿著要長不長的階梯下樓打開店門,掛在門上的鈴鐺發出「噹瑯噹瑯……」這個無精打采的聲音。

實際上,店內是空蕩蕩的開門停業狀態。吧檯座位有一名年輕女性在滑手機,不過她穿著圍裙,所以應該是店員。她一聽到鈴聲就連忙放下手機,迅速從椅子站起來,以獨特的腔調說著「歡迎光臨~~」迎接新來的客人。「三位是吧,請挑選喜歡的位子坐～～」

女性店員說完建議坐寬敞的四人桌座位。三人把她的話當成耳邊風，斜眼瞥向「歡慶空位大放送」的用餐區，毫不猶豫並肩坐在L型的吧檯座位。

吧檯後方是一名下巴蓄鬍的中年男性。他在襯衫外面穿上美國大聯盟天使隊的球迷版紅色球衣，看來是這間店的店長。突然出現的新面孔客人三人組，令他露出有點為難的表情。

女性店員將三人分的水與溼毛巾排放在吧檯為三人點餐。一看見遞過來的價目表，砂川警部就驚訝般瞪大雙眼，發出低沉的聲音。

「唔～～這是什麼……『中央特調』及『太平洋特調』……我看看，『兩組各六種風味，合計十二種不同類型的咖啡供您品嚐』嗎……喂，小姐，請問一下。」警部像是向女性店員求救般發問。「央組與洋組有什麼不同？」

「『央』比較受歡迎而且圓融，『洋』是內行人喜愛的重口味。不過『洋』最近也很受歡迎喔～～」

「你說的是職棒吧？這不就是現在洋聯與央聯的差異嗎？」

「不是啦～～我說的是咖啡啦～～因為我們這裡是咖啡廳——對吧店長？」

蓄鬍的店長隨即在吧檯後方點頭。

「沒錯，當然是在說職棒。」

「客人，我就說吧！」女性店員說完滿臉笑容。

「可惡，完全是雞同鴨講……」大概是預料到前途多災多難，砂川警部早早就板起臉。「算了。那麼就點三杯太平洋特調裡面最貴的吧。」

他像是對什麼東西死心般，自暴自棄地點餐。不久之後，散發芳醇香氣的咖啡端到三人面前。問過之後得知是在這間店的品項之中最貴最濃烈的咖啡。正式名稱叫做「鷹特調咖啡」。

哎，就知道是這樣——志木在內心低語，將杯子裡滿滿的漆黑液體淺嚐一口。只要一杯就能喝到火燒心的超濃滋味，似乎讓胃部嚇了一跳。接著志木重新環視店內。

正如先前從店名的想像，『ＤＵＧ　ＯＵＴ』是以棒球為主題的店。用餐區展示各球團的球衣與精品，牆面貼滿往年知名選手的海報或是體育報紙的全版報導。就在這個時候——

志木首度察覺了。用餐區一角的餐桌座位，有一名推測三十多歲的男性獨自坐在那裡。看來除了他們還有其他客人。

男性似乎對這邊的狀況毫不在意，無聊般看著手機。大概是因為下雪無法自由行動，所以在這間店打發時間吧。看起來總覺得也像是在休息區等待上場的替補球員。

不過志木沒有進一步在意，轉回來面向吧檯後方的店長。看時機差不多之後，砂川警部主動表明立場。

「店長，其實我們是這個身分。」

慢慢出示警察手冊之後，店長下巴的鬍鬚立刻起反應抖了一下，穿圍裙的女性店員也「哇」地摀住嘴。警部低聲說下去。

「其實我想打聽一些事，方便發問嗎？」

「中央……中央最貴的嗎？那就是巨人……」

「不，我要問的不是棒球，當然也不是咖啡。」警部打斷店長不必要的回答，說出正題。「我想打聽的是叫做黑江健人的大學生。」

「黑……黑江確實是我店裡的工讀生。他鬧出什麼問題嗎？假設是這樣，也和我與這間店完全無關。」店長沒隱藏自己急於保身的態度。「而且他這幾天都請假沒來上班。」

「啊啊，肯定是這樣吧。」警部露出早就知道的表情點頭。「順便問一下，黑江請假的時候有詳細說明要去哪裡做什麼嗎？」

「這麼說來，他曾經提到『要和大學朋友去旅行滑雪』之類的——哎，畢竟是聖誕節，他說的大學朋友也肯定是女友吧。」

「原來如此，和女朋友去滑雪啊——再問一下，實際上有這樣的女友嗎？黑江正在和哪位女性交往嗎？」

這麼說來，黑江健人的公寓住處，有一些跡象透露他和一名女性很親近。這名女性到底是誰？現在在哪裡做什麼？不只是黑江健人下落不明，這名女性的真實身分也依然成謎。志木好奇等待店長回答。

但是店長遺憾般搖了搖頭。

「不，我不知道具體來說是哪裡的誰。只不過是曾經在黑江閒聊的內容裡，感覺得到他在和一名女性交往。我不清楚是什麼樣的女性——圓，妳呢？有聽說過什麼嗎？」

話鋒突然一轉，叫做圓的女性店員露出回神表情。她雖然張嘴想說些什麼，卻沒說任何話就再度閉上嘴巴。志木忍不住在一旁發問。

「唔，妳知道什麼嗎？關於黑江的女友……」

「呃，不不不，並沒有……這位女性，我也不太清楚……嗯。」

圓回答時的舉止，依然令志木覺得有點可疑。但是砂川警部看起來不太在意，繼續詢問店長。

「那麼，黑江放假前的狀況怎麼樣？有哪裡和平常不同嗎？」

「這個嘛，當時他精神有點渙散，像是心不在焉的感覺，或許因為這樣，所以失誤也變多了——哎，既然和女友的聖誕旅行將近，難免靜不下心吧。我當時是這麼解釋的。」

「原來如此……」警部微微點頭之後，像是想不到要問什麼，朝著身旁的前刑警使眼神。

接著，至今保持沉默的黑江讓二像是等待已久般開口。

「健人他……更正，叫做黑江的這名青年，有沒有提過『小峰三郎』這名男性的名字？關於小峰三郎這個人，黑江青年有說過什麼嗎？」

「小峰三郎？不，我沒聽過——圓，妳呢？」

「不，我也完全沒聽過～～」

圓用力搖著長髮回答。店長也只是摸著下巴鬍子歪過腦袋。

實際上，兩人對於小峰三郎這個名字應該毫無印象。

後來砂川警部與黑江讓二也向兩人問了幾個問題，卻沒有顯著的收穫。等到問題問完，杯子裡的鷹特調咖啡也好不容易全喝下肚之後，上司與大前輩相互以眼神示意。

「那麼，我們告辭了……」「感謝您的協助……」兩人說著一起離席。

志木拚命留下這樣的兩人。「啊，請等一下！」

「唔，志木，怎麼了？要再喝一杯咖啡嗎？那就點海灣之星特調吧。不然胃會不舒服喔。」

「不是啦，警部。我不是要點咖啡……」志木搖了搖手，重新面向圓之後再度詢問。「小姐，妳果然知道什麼吧？關於黑江健人正在交往的女性……」

「呃，嗯，是的……不對，那個……」圓猶豫到最後，終於像是下定決心般抬頭回答。「關於和黑江先生親密來往的女性，我不知道任何情報。不過……」

「不過……什麼事？」

「其實，我看過和他親密互動的男性。」

「男性？親密互動？」黑江讓二感到意外般大喊，重新面向圓。「妳說親密互動的男性？這是怎麼回事？」

「我在街上偶然看見他們和樂融融肩並肩走在一起，感覺很親密～～」

圓以耐人尋味的語氣如此主張。黑江讓二眉心出現皺紋。

「那個人真的是健人……是黑江健人嗎？還是長得很像的別人？」

「不，肯定沒錯喔～～因為我有清楚看見他的臉～～」

「那麼，他的對象真的是男性嗎？還是外表中性的女性？」

「咦～～我覺得沒那回事喔～～因為窄版的黑色西裝很適合那個人。是一名年輕男性。個子比黑江先生矮一點，頭髮以男性標準來說有點長又柔順，並肩走在街上看起來像是感情很好的兄弟～～」

在圓的眼裡看來或許如此，但黑江健人當然沒有這種兄弟。他是獨生子。此時志木再度發問。

「妳有看見那名男性的臉嗎？是什麼樣的人？」

「很可惜，我沒能近距離看他的臉。因為即將擦身而過的瞬間，我感覺和黑江先生四目相對，所以連忙移開視線。不過那個人很帥喔～～」

「但妳沒看見他的臉吧？」

「是憑感覺啦，感覺！」圓開朗笑著斷言。「他是秀氣的型男。肯定沒錯！」

「…………」真的光憑感覺就能判定是型男嗎？

這句證詞的可信度要打個大問號。不過圓的表情很認真。她雙手扠腰，大方挺胸。

此時志木同時詢問圓與店長。

「和黑江先生親密互動的這名男性來過這間店嗎？」

「不，就我所知，一次都沒來過～～」

「我甚至不知道有這樣的一名男性。」

兩人一齊搖頭。志木到這裡也問完了。兩名刑警與一名前刑警相視點頭，這次是三人一齊離席。砂川警部走到收銀檯結帳，此時圓以天使般的聲音告知魔鬼般的金額。

「含稅總共是三千三百圓～～」

「呃，啥，什麼？所以咖啡一杯一千圓？」

「是的。因為鷹隊的球員身價都很高～～」

「可惡，早知道應該點『二〇年代的鯉魚特調』！」

警部不甘心地說完之後以現金結帳。「謝謝惠顧～～」圓鞠躬以溫吞聲音說。志木與警部像是被她的聲音催促，轉身離開收銀檯。兩人的面前是穿上外套的黑江讓二背影。他不知為何雙手抱胸，筆直注視牆面。

志木覺得疑惑，轉頭和警部相視，然後朝著大前輩的背影發問。

「請問……您在看什麼？」

「嗯？啊啊，在看這個，這個。」

黑江讓二說完指向牆面張貼的報紙。「多摩川體育新聞」，以「多摩體」這個簡稱聞名的關東在地體育報紙的全版報導。上面盛大報導讀賣巨人隊拿下聯盟冠軍的消息。

話是這麼說，卻不是最近的報導。泛黃的紙張感覺得到歲月流逝，印刷字體也比最近的報紙小得多。不，比這種事更重要的是，只要看向整面牆上的照片，時代的久遠程度可說是一目瞭然。不是現代的彩色照片，是以前的黑白照片。而且在人群中央滿臉笑容高舉雙手被抬起來的人不是原辰德教練，也不是終身榮譽教練長嶋茂雄（當然也不可能是高橋由伸教練或是崛內恒夫教練）。被眾人抬起來的居然是那位藤田元司教練。如今已經作古的當年名將，在這張照片穿著青春洋溢的球衣開心飛上半空中。

——這是哪一年的冠軍報導？

如此心想看向日期欄，上面印著「平成元年（1989年）」。

志木交互看向這篇全版報導與大前輩的臉。

「哇，前輩是巨人隊的球迷嗎？」

「嗯？啊啊，嗯，算是吧。我滿喜歡這個球隊。」

「喔～～這樣啊～～」志木不禁咧嘴一笑。「可是巨人隊哪裡好？是啦，他們原本是傳統的名門球隊，但是最近都仗著財力從其他球隊挖角厲害的選手，等到選手一沒用就扔出去。近年明明在央聯的成績也不算出色，開口閉口卻都囂張說什麼『球界盟主』或『巨人榮耀』之類的話語，而且對上鷹隊完全打不贏。沒有啦，我並不是在說『巨人隊不好』，只是想問『巨人隊哪裡好』……」

「我是巨人隊的球迷哪裡不好嗎？」

「不，就說了，我完全沒說『不好』這兩個字吧～～」

志木說完在大前輩面前露出壞心眼的笑。對於其他球隊的球迷來說，無論在哪個時代，消遣巨人迷都是一項愉快的娛樂。就在這個時候——

「哎呀，客人您也對這篇報導感興趣耶～～」

背後傳來女性的聲音。轉頭一看，圓從收銀檯後方走過來站在志木等人身旁。她這句話令志木覺得莫名奇怪。

「唔，妳說我們『也』感興趣是什麼意思？除了我們，還有其他人也注意到這篇新聞報導嗎？」

「嗯，是的。」

「所以是誰？啊，是那位留鬍子的店長嗎？」

「不是。」圓搖搖頭，說出意外的名字。「是黑江先生！」

「咦，黑江？」志木不禁皺眉。「黑江健人對這篇新聞報導感興趣？」

「是的，黑江先生經常看這篇報導喔。他肯定是巨人隊的球迷，不然就是藤田教練的粉絲吧。或者是桑田真澄的信徒……」

圓指向照片一角，背號十八號桑田真澄投手的年輕身影。他身旁還拍到背號二十號的洋將身影。志木不禁苦笑。

「不對不對，居然說『信徒』，妳啊……」真要說的話應該是「信奉者」。如今成為棒球球評的桑田真澄都會說一些獨特的棒球理論，雖然很多人批判，另一方面也有人深信不疑。但是不提這個──「前輩，實際上呢？黑江健人是巨人隊的球迷嗎？」

「啊啊，我兒子確實和我一樣是巨人隊球迷。只不過在他那個世代，別說藤田教練，連桑田真澄的現役時代也沒跟到……這樣啊，健人會看這篇報導嗎……」

如此呢喃的前刑警側臉，露出感觸良多的表情。

2

砂川警部、志木刑警與黑江讓二，三人在店門口向圓道別，然後離開『DUG OUT』。總之先前往車子停放的收費停車場。雪雖然變小卻還是一直在下。三人就這麼默默地慎重走在積雪容易打滑的人行道。

此時後面突然傳來聲音。「——你們等一下！」叫住他們的是語氣奇妙起伏的男性聲音。三人停下腳步。

砂川警部就這麼看著前方，輕聲詢問部下。「喂，志木，看來是『拿吉他的候鳥』正在叫我們。」

「您說的是小林旭嗎？」志木也依然看著前方。「警部，怎麼辦？」

「沒辦法了。也不能當成沒聽到吧？」

警部嘆氣低語，慢慢轉到身後。志木與黑江讓二也向右轉身看向對方男性。是身穿黑色粗呢大衣的高大男性，沒有拿吉他。年齡大概是三十五歲左右。像是在豆腐畫上五官的方形臉孔，剪短的頭髮。說來神奇，志木對他的臉有印象。

「咦?你該不會是坐在『DUG OUT』的替補球員……」

「混蛋，你說誰是『替補球員』啊？」

方形臉孔扭曲到像是平行四邊形的男性強烈抗議。這股魄力令志木畏縮。另一方面，砂川警部像是不再納悶般點頭。

「啊啊，你是剛才咖啡廳裡的那位吧——所以找我們有什麼事？」

「你們在剛才的咖啡廳聊到黑江健人這傢伙吧？我就算不想聽也聽到了。你們在找這傢伙嗎？」

砂川警部瞬間轉頭和志木相視，然後再度看向男性。「說我們正在『找』就不太對，但我們確實在調查黑江健人這個人。」

「你難道認識黑江健人嗎？」發問的是黑江讓二。

三人一起走向這名三十多歲的男性。男性虛張聲勢般挺起胸膛。

「是啊，我認識。雖然這麼說，卻不是很熟。基於某些奇妙的緣分，我有機會和那傢伙深入聊過一次——想知道我們聊了什麼嗎？」

「啊？」砂川警部懷疑地皺起眉頭。「沒什麼想不想知道的，我完全猜不到你們聊過什麼。是有趣的話題嗎？」

「天曉得，你說呢？」男性吊胃口般說完當場向右轉，裝模作樣地將雙手插進口袋，看向暗灰色的天空。「沒關係的，我沒差……如果你們不想知道，我就這麼揮手道別吧……」

「等……等一下！」黑江讓二忍不住插嘴，在後方拚命叫住男性。「你就說來聽聽吧——不，請務必說給我們聽，拜託了。」

「沒錯沒錯，就是要這樣才對！」男性轉過身來，開心般打響手指。

——雖然一點都沒差，不過這名男性的口吻與舉止都是誇張又過時。不對，重點在於這傢伙是不是誤會了什麼重要的事？

在懷抱這種擔憂的志木面前，男性說出珍藏已久的臺詞。

「好～～我知道了。既然這麼要求，就說給你們聽吧——哎呀呀，不過啊，雖然可以說給你們聽，但我當然不會平白無故就說喔！」

「…………」這傢伙是笨蛋嗎？想敲詐警察？

志木啞口無言，一旁的砂川警部咧嘴一笑，右手不慌不忙伸進胸前口袋。

「怎麼啦，要錢嗎？你想要錢嗎？——好，那麼，用這個怎麼樣！」

他說完出示在男性面前的當然不是錢包，是警察手冊。方形臉的三十多歲男性立刻吃驚眨了眨眼睛，目不轉睛看著面前的手冊「咕嚕」嚥了口口水。然後他大概是終於察覺自己誤會了，他在下一瞬間說出「可惡，是條子嗎！」做出同樣有點過時的反應，匆忙轉過身去準備一溜煙逃走。

然而砂川警部像是不讓他得逞般往前跑，伸出右手要抓住逃走的粗呢大衣背部——更正，反倒是「咚」的一聲用力推下去。

「哇！」三十多歲男性哀號一聲，踏了兩三步，接著像是「不要命試著衝本壘的三壘跑者」——噗唰唰唰！發出激烈的聲音全力向前撲。男性撞開冰雪，在人行道滑行數公尺之後，像是精疲力盡般停止。這都是一瞬間發生的事。

「…………」不知道是認命還是凍僵，男性就這麼一直趴著完全不動。

警部從容走到他身旁，朝著倒地男性的後腦杓擔心發問。

「喂，你沒事嗎？沒事的話，就請你在附近找個地方說明你知道的事情吧——最好找個可以弄乾衣服的地方。」

「可惡，突然往我背後用力推是怎樣！一般來說不是應該伸手抓住嗎？你卻突然推我一把，這是怎樣……」

男性像是牛在流口水般源源不絕說出不悅的話語，在人行道前進。沾在大衣的冰雪已經用雙手拍過，卻不是這麼輕易去除的東西。像是豆腐的方形臉孔，如今看起來像是熱騰騰的湯豆腐般冒著白色蒸氣。

然而遭受批判的砂川警部只回答「哎，抱歉啦」搔了搔腦袋。

「可惡，『抱歉啦』是怎樣，你真的是刑警先生嗎？我一直以為……」

「你說你一直以為我是誰？」

「呃～～我以為，你和他是雙人組的私家偵探吧？」男性說著指向砂川警部與黑江警部補，再改為指向志木刑警。「然後，這個年輕人是委託人。就我看來是這樣。」

——可惡，你說誰是委託人啊！別看我這樣，我可是現職刑警喔！

憤慨的志木向男性說明自己事實上也是刑警，黑江讓二則是前刑警。

「所以，你叫什麼名字？」

「唔，我嗎？」

——當然是你啊！沒別人了吧！

在不耐煩的志木面前，男性豎起拇指朝向自己。

「我叫做大澤弘樹，是在這附近一間ＫＴＶ工作的普通男性。我們現在要去的店就是我工作的地方。」

「這樣啊。」志木輕聲說。「在包廂比較方便談事情。」

就這樣，兩名刑警、前刑警加上大澤弘樹共四個人，在雪道行走數分鐘。抵達的這間ＫＴＶ是鬧區角落一棟綜合大樓二樓的店鋪。以ＬＥＤ點綴的招牌上面寫著『ＮＯ　ｍｉｃ　ＮＯ　ｌｉｆｅ』。看來這是店名。

大澤進入店內和職場同事打招呼，帶三人進入包廂。他將溼掉的粗呢大衣掛在衣架上，隨即拿起麥克風。

他變身為都市的獵人，大唱ＮＥＴＷＯＲＫ的名曲《Ｇｅｔ　Ｗｉｌｄ》。唱完之後他將麥克風遞給砂川警部。「好啦，再來輪到刑警先生了。」

「嗯，那我久違點一首《你是否能為別人而死》……」

「不可以啦，警部！」

上司在這個狀況卻想唱一首杉良太郎的名曲，志木連忙喝止，從旁邊搶過麥克風，然後朝向大前輩。「警部排後面——來吧來吧，黑江前輩，請先唱首歌！」

「我不唱！」這次輪到黑江讓二喝止志木。「天底下有哪個笨蛋會在這種狀況開朗唱歌啊！」

「啊，這麼說來也對——那個，我們是來這裡做什麼的？」

「喂喂喂，刑警先生，你沒問題嗎？」對此，大澤弘樹也只能露出傻眼表情。「是為了聽我說明吧？你們是為此才來到這裡的。」

「對對對，就是這樣。我差點忘了。」

我們不是來聽超難聽的《Ｇｅｔ Ｗｉｌｄ》，是來聽黑江健人的相關情報。志木將麥克風放在桌上，在ㄇ字形的沙發一角重新看向大澤弘樹。坐在志木身旁的警部終於回到正題發問。

「所以你知道黑江健人的什麼事？你剛才說和他聊過，是聊什麼話題？又是什麼時候的事？」

「好了好了，刑警先生，別這麼著急，時間很充裕的。首先，我為什麼會認識黑江健人這個人——你應該有興趣吧？」

「認識的契機是吧。唔～我好像有興趣，又好像沒什麼興趣……」

「哎，砂川，你等一下。」黑江讓二打斷警部的發言，以正經聲音說。「總之先讓他以自己喜歡的方式說吧。」

聽到昔日上司這麼提案，警部回應「嗯，既然您這麼說了……」勉為其難地點頭，然後重新面向大澤弘樹。「那麼，就聽聽你怎麼說吧。」

「好～那我說給你們聽吧。」

說到這裡，大澤弘樹慢慢拿起麥克風，在錯愕的三人面前——完全不知道為什麼需要這麼做就是了——刻意打開麥克風的開關。「啊～～啊～～啊～～」他確認聲音狀況之後，朝著麥克風開講。「呃～～我認識這名男性，是距離現在……」

4

「我認識這名男性，是距離現在兩個多月前的事。十月接近尾聲，開始感覺到寒涼秋意，行道樹的樹葉也開始褪色的那個時期。」

「完全不需要季節的描寫吧？快給我說重點就好。」

砂川警部早早就開始不耐煩，志木刑警說著「別急別急……」安撫他。黑江讓二雙手抱胸，以嚴肅表情聆聽說明。大澤弘樹再度將麥克風拿到嘴邊。

「那天是上完夜班的一天。我在家裡睡到快傍晚，所以上街的時候天色已經完全暗了。我不經意進入某間居酒屋。對，就我一個人。話說在前面，我可不是沒朋友喔。我有好幾個酒友，不過當天恰巧只有我一人，如此而已——混蛋，我起碼有朋友啦！

哎，算了。總之我在那間店的吧檯座位獨自喝起酒。毛豆、冷豆腐、馬鈴薯沙拉與生醃烏賊。我單手拿著啤酒杯，享受這套夜晚的全餐——唔，有什麼疑點嗎？應該沒有吧？

那我繼續說了。後來我喝光好幾杯啤酒，變得醉醺醺的時候，我開始注意到背後的雙人組。

咦，問我在意這兩人的什麼事？就是啊，兩人壓低的說話聲從背後傳來，隱約聽到的隻字片語令我在意。

首先傳入我耳朵的是『屍塊』這個嚇人的詞。不過如果只有這個詞，我只會覺得他們在聊最近看的偵探小說。對，我剛開始也是這麼覺得。不過接下來聽到的是『空屋』這個詞——唔，這兩個傢伙到底在聊什麼？聊空屋裡的屍塊嗎？

我這麼想的下一瞬間，他們說出決定性的關鍵字，就是『小峰』。他們好像在聊『小峰某某』這個人的話題——喂喂喂，這兩人到底是什麼樣的傢伙？

我已經無法壓抑自己對於身後雙人組的好奇心。我假裝成『喝得爛醉的沒用三十歲男性』在椅子上懶散轉身，慎重偷看他們兩人。我的演技很完美，所以兩人肯定不覺得我的舉止很奇怪。

像這樣確認之後，我得知兩人坐在居酒屋角落的餐桌座位。兩人都很年輕，大概二十多歲。一人穿著黑底橘紋的棒球外套，下半身是藍色牛仔褲。另一人是穿著筆挺窄版黑色西裝的男性。但我再怎麼把上半身扭過去，也只看得見兩人的測臉。由於燈光昏暗，所以也看不清楚表情，不過我唯獨清楚聽到西裝男性以『黑江』稱呼棒球外套男性。另一方面，棒球外套男性只以『你這傢伙』或是『喂』稱呼西裝男性，好像沒叫過名字。

咦，兩人的關係？這個嘛，我不太清楚，大概是『正在求職的棒球迷大學生』以及

『給他建議的上班族』吧？不，等一下，求職的學生應該不會用『你這傢伙』稱呼上班族，既然這樣，兩人八成都是大學生吧。一人是『對於求職興趣缺缺的棒球迷大學生』，另一人是『認真求職中的大學生』。哎，始終只是看起來有這種感覺罷了。實際上不可能是正在採訪校友。畢竟對話是那種內容。

對，問題在於兩人對話的內容，尤其是『小峰某某』這個名字。我對這個名字有強烈的印象，這是我想忘都忘不了的名字，在當時的報紙看過很多次。說到『小峰』就是距離現在二十年前的——」

「是分屍命案的被害者。是小峰太郎。對吧！」

砂川警部像是耐不住性子般，強行搶走大澤弘樹的臺詞。

瞬間，大澤露出目瞪口呆的表情。「啊，嗯，一點都沒錯……你很清楚耶？」他輕聲說完，像是理解般點頭兩三次。「對喔對喔，你們也是烏賊川警局的刑警，當然至少知道這件事。因為這是當時在這座城市引發熱議的重大案件。」

看來大澤弘樹這名男性的敏銳度很差。坐在面前的中年刑警以及邁向老年的前刑警，其實是當時負責調查這個重大案件的當事人，但是他腦中各處似乎都想像不到這一點。另一方面，當事人砂川警部與黑江讓二也刻意不提這件過往的事實。志木當然也只能保持沉默。結果大澤就這麼沒被糾正誤解，繼續說明了一陣子。

大澤重新將手上的麥克風移到自己嘴邊。

「我立刻就想和那個叫做黑江的傢伙聊聊。因為兩人組之中的黑江掌握了話題的主導權，西裝男性一直只擔任聽眾。他們給我這樣的印象。不過話是這麼說，我也不能在兩人聊到一半的時候突然插話參與話題，所以我耐心等待機會。

後來兩人一起離席，快步走向門口附近的收銀檯。糟了！焦急的我把杯裡剩下的啤酒，以及盤裡剩下的涼豆腐、毛豆、馬鈴薯沙拉，還有什麼……總之把剩下的食物一口氣塞進肚子裡，立刻追在他們的身後離席。

兩人剛好結完帳要走到店外。我也用現金迅速結帳，立刻走到店外。正要回家的上班族與酒鬼還有聯誼的大學生們在外面熙熙攘攘好不熱鬧。在這樣的環境中，兩人在居酒屋門邊的路上談論某件事。此時我再度發揮自豪的演技，假裝是『喝太多結果在路邊動不了的人』，觀察他們的行動。

西裝男性背對這裡。另一方面，棒球外套男性斜斜戴著在店內沒戴的棒球帽。最後西裝男性像是說再見般輕輕舉起單手離開，就這麼消失在擁擠的人群中。

只有被稱為『黑江』的他留在原地。機會來了。我原本想立刻走過去搭話，但我正要這麼做的時候，那傢伙轉過身去踏出腳步。棒球外套的背影逐漸混入行人們之中。我連忙在後方追他。

不過黑江這傢伙行動莫名敏捷，穿梭在迎面而來的行人縫隙之間迅速前進。反觀我動不動就和路上的上班族互撞肩膀，完全沒辦法前進，我與那傢伙的距離也因而持續拉開。著急的我朝著前方終於變得若隱若現的棒球外套背影大喊。『喂～～那邊叫做黑江的先生！就是你，黑江先生！』大概是這樣。

然後，大概是在喧囂的街上也能清楚辨識自己的名字吧，棒球外套的背影停下腳步，戴著棒球帽的頭慢慢轉過來看我。我單手舉高，向他強調我的存在。不過大概把我當成單純的『三十歲可疑男性』吧，下一瞬間，他再度轉過身去像是要逃走——要是在這裡追丟，我恐怕再也沒機會見到他！

這麼想的我已經不管三七二十一了。『喂，等一下！』我一邊大喊，一邊全力往前跑，不管是踩到行人的腳還是撞到肩膀都完全不在乎。走在前方的他發現我之後連忙加速離開，不過這次是奔跑的我占優勢。我和他的距離迅速縮短。三公尺，兩公尺，一公尺……在彼此距離接近到極限的下一瞬間，我拚命伸出右手，朝著對方逃走的棒球外套背部『咚』的一聲用力推下去。」

「既然這樣，你根本沒資格向我抱怨吧！」

不滿般插嘴的當然是砂川警部。大澤弘樹面有難色。

「不不不，刑警先生你是在雪地上推我的背吧？我是在柏油路面推黑江那個傢伙……」

「這樣更惡劣！」

「唔，哎，或許吧……」

大澤說完再度回到自己的話題。「總之被我往前推的他發出『哇啊！』好大一聲慘叫，翻了一個筋斗倒下，我就這麼終於追上他，然後朝著害怕的他努力擠出笑容。這是為了避免害得對方過度緊張。我看著他從棒球帽帽簷底下露出的臉發問。『你這傢伙，剛才在居酒屋聊到殺人事件的話題吧？二十年前在空屋發生的分屍命案──』我這麼問。

對方的表情隨即大變。他回答『沒錯』迅速在路面起身，拍掉棒球外套上的塵土並且反問。『你知道二十年前的事件嗎？』那傢伙這時候的表情非常嚴肅。

『嗯，我很清楚。大概比你還清楚。』我這麼回答的瞬間，他的雙眼發出異常的光輝，然後主動央求我。『既然這樣，把你知道的告訴我吧。』在我目瞪口呆的時候，那傢伙把手放在胸口進行自我介紹。『我叫做黑江……黑江健人』這樣。」

像這樣說完初識經過的大澤弘樹，就這麼單手拿著麥克風繼續說下去。

「我與黑江健人就這麼完成命中註定的邂逅，前往第二間店喝酒。是位於地下像是祕密基地的昏暗酒館。我們在店裡喝著高球酒交談。聊了各種話題之後，我得知這個叫做黑江的傢伙，他父親深入參與二十年前這個事件的搜查過程，不過這位父親對於二十年前事件的結局好像留下些許遺憾，兒子也因而非常關心這個事件。難怪剛才在那間居酒屋也說到『空屋』與『屍塊』這種詞。我因而完全理解了──既然父親是搜查相關人員，兒子當然也很熟悉事件內容才對。」

「是我。」至今保持沉默的黑江讓二輕聲說。「『父親』就是我。」

「啊？」大澤發出脫線的聲音，將手上的麥克風朝向面前的老人。「咦，你剛才說了什麼？」

「黑江健人是我的兒子。我的名字是黑江讓二，健人的父親。」

「咦？」大概是震撼過於強烈，麥克風從小澤手中掉落。然後他露出錯愕的表情。

「也就是說，你參與了二十年前的搜查過程……？」

「沒錯。當時的我是活躍於第一線的現任刑警——順帶一提，這位砂川也是搜查陣容的一員。當時還是初出茅廬的菜鳥刑警。」

「什，什麼嘛，原來如此——既然這樣，沒有存在感的這位刑警先生也是？」

「不，志木刑警無關。當時他肯定還是個孩子。」

聽到大前輩這段話，志木總覺得冒出一種只有自己被排擠的疏離感。同時，他事到如今才冒出一個疑問並且說出口。「不過，請等一下。說到二十年前是孩子，這邊的他也一樣吧？」志木說完重新詢問大澤。「你現在幾歲？」

「我嗎？三十四歲。」

「也就是說，你在事件發生的那時候才十四歲？還只是國中生吧？這樣的你對於當時的事件知道多少？你爸媽不是搜查相關人員之類的吧？」

「嗯，那當然。我父親是平凡的上班族，母親是家庭主婦。當時我住在公寓，是非常平凡的國中生。不過啊……」

「不過……什麼事？」

「我比任何人都清楚那個事件——問我為什麼？因為我那天晚上就在現場喔。沒錯，在那間空屋。我在那裡近距離看見凶手。對，以我的眼睛看得一清二楚。是穿著工作服的高大男性。肯定沒錯。」

「你……你說什麼？」

「你……你是說真的嗎？」

警部與前警部補，參與當時搜查行動的兩人同時稍微起身，露出驚訝表情看著彼此，然後黑江讓二戰戰兢兢詢問大澤。

「所……所以，你目擊的過程，有告訴當時的搜查員嗎……？」

「沒有。因為沒人來問。」

大澤真的像是鬧彆扭的國中生般鼓起臉頰，說出二十年前的不滿。

「我明明很希望刑警先生來找我，這麼一來我會非常樂意協助搜查，可是我再怎麼等都沒人來。等著等著，那個事件就判定嫌犯已經死亡，草草結案了。記得我看到當時的報紙之後非常失望。」

「這樣啊……那麼，這二十年來，你有把這段目擊過程告訴任何人嗎……？」

「不，一次都沒有。告訴你兒子的那次是第一次。所以我像是把握大好機會般開心說個痛快。因為這二十年來，我非常想告訴別人卻不知道可以告訴誰，這樣的狀況一直持續到現在。」

「你說了哪些事？你用什麼方式對健人說了什麼？」

「你想知道嗎？嘿嘿，你想知道吧！」

就像是發洩二十年來的怨氣，大澤露出充滿優越感的笑容，依序看向兩名現役刑警以及一名前刑警，心滿意足般大幅點頭一次。「好～～我知道了。好吧，當時我對黑江健人說的內容，我就在這裡原封不動再說一次吧——啊～～啊，其實我在二十年前就希望有人聽我說。哎，算了。」

說到這裡，大澤弘樹再度拿起麥克風。但是下一瞬間，黑江讓二露出凶巴巴的表情，從他手中搶過麥克風，然後用力摔到桌上。

「給我正常說！別用麥克風，正，常，說！」

「知，知知，知道了啦，刑警先生……不對，是前刑警先生才對……那我就正常說吧。」

露出驚嚇表情的大澤弘樹，像是要讓自己鎮靜般深呼吸一次，然後重新在刑警們面前重現二十年前的目擊過程。

「……記得那是號稱數年一次的獅子座流星群之夜。不，應該不是獅子座，是雙子座吧……」

5

大澤弘樹說明的二十年前事件，砂川警部與志木刑警睜大雙眼，前刑警黑江讓二屏息聆聽。他說明的內容實在驚人。

等待大澤說到一個段落之後，熟知當時狀況的砂川警部開口了。他像是整理大澤的漫長說明般這麼說。

「簡單來說，當時是國中生的大澤少年假借觀測流星雨的名義，用望遠鏡偷窺附近居民的住家，期待看見窗邊有剛洗完澡的年輕女性。然後，如同邪惡願望化身的望遠鏡，捕捉到某間空屋以及停在空屋門口的小貨車。從駕駛座下車的是身穿工作服的男性。男性將小貨車車斗堆放的六個紙箱搬進空屋。看到這幅光景，大澤少年嗅到事件的味道，然後終於離開自家陽臺，一個人跑向問題所在的空屋——是這樣沒錯吧？」

「嗯，沒錯。」大澤點了點頭，緊接著說「不對，不是這樣！不是啦，刑警先生！」他臉色大變搖了搖頭。「我真的一心只想看流星雨！用望遠鏡偷窺空屋真的是巧合。說什麼剛洗完澡的女性……我，我可沒期待這種事……應，應該吧……」

——咦，既然音調突然變低，所以是說中了嗎？

如此心想的志木咧嘴一笑。砂川警部也露出別有含意的笑容。

「哎，沒關係的。我們也不打算事到如今追究二十年前國中生的好色行徑——那就回到『大澤田一少年的事件簿』這個話題吧。大澤少年抵達空屋沒多久，身穿工作服的高大男性就抱著紙箱走出空屋大門。男性在小貨車與空屋之間反覆來回，依序搬運合計六個的紙箱，將內容物清空的箱子放回小貨車車斗。大澤少年躲在庭院樹木暗處，近距離注視這幅光景。最後男性坐進小貨車的駕駛座開車離開，融入夜晚的黑暗之中——是這樣沒錯吧？」

「就說不是了！我沒做什麼好色行徑啦！」

「別再計較這件事了！」不耐煩如此大喊的是黑江讓二。他注視大澤的臉，接續警部的話語說下去。「大澤少年戰戰兢兢溜進空屋，在浴室發現屍體——也就是被肢解成六塊的屍體。所以，大澤少年發現屍體之後做了什麼事？你肯定沒有當場打一一〇報警。因為實際報警的是隔天早上前往那間空屋的丹尼爾。」

「丹尼爾？丹尼爾是誰？怎麼突然出現一個像是洋將的幫手？」

「不是職棒選手，是偵探。來自夏威夷的私家偵探。」

黑江讓二嫌煩般揮手，把差點離題的話題拉回來。

「總之，我也大致猜得到大澤少年的行動。發現屍體的大澤少年應該是害怕到沒有餘力打一一〇吧。他獨自回家之後蓋著棉被發抖入睡，然後若無其事迎接第二天的早晨。對於爸媽當然什麼都沒說，也沒有主動去找警察說明。結果大澤少年在空屋目擊奇怪事件的記憶，就這麼只封鎖在自己的心中。」

「是……是因為警察沒來問吧？這……這是你們的錯！」

「嗯，這確實是我們的錯。居然有你這樣的目擊者，我們當時甚至連想都沒想過。對不起。」

前刑警率直對於三十年前稱不上疏失的這個疏失道歉，然後重新詢問這名如今沒有少年面容的三十多歲男性。「然後，問題在於那名工作服男性。你說他個子很高，有看見長相嗎？是什麼樣的男性？」

「這個嘛，聽你這麼問，我也不知道該怎麼回答。畢竟當時周圍陰暗，我又蹲在庭院樹木暗處，沒辦法看清楚對方的長相。」
「這樣啊。」前刑警遺憾般點了點頭。「然後，你把目擊事件的過程全部告訴我兒子了。健人當時是什麼反應？」
「你兒子的表情很認真喔。就像是每字每句都不聽漏，仔細聽我說明，看見他這副模樣，我總覺得很奇怪，所以問他『你為什麼這麼想聽二十年前的這個事件』這個問題。」
「嗯。那我兒子怎麼說？」
「他聳肩之後這麼回答。『呃，你問這什麼問題？說起來，想說明二十年前事件的是你吧？是你從背後推我，硬是叫住我——』仔細想想就覺得他說得沒錯。不由得語塞的我只能『欸嘿』害羞一笑，吐舌頭做個鬼臉。」
——不對，應該可以做別的反應吧？為什麼要做這種「啾咪」的表情？
志木在內心用力吐槽。不知情的大澤繼續說明。
「看到我俏皮的一面之後，他大概也稍微打開心房吧，終於對我說他父親參與過二十年前那個事件的搜查行動，也因而完全釐清我的疑惑。」
「這樣啊。我確實也經常在健人面前提到二十年前的事件。也提到我自己完全無法接受那個事件的結果，所以不難想像健人應該是深感興趣聆聽你的說明——不過問題是在這之後。聽完你的目擊過程之後，健人他怎麼了？他說了什麼嗎？」
「這麼說來，在我說完之後，他熱心問了一些問題。大部分果然是在問那名工作服男性的容貌——啊，對了對了，回答他的那時候，我忽然回想起一件事。」

「喔，到底是什麼事？」

「我近距離看見的高大男性——哎，我覺得十之八九就是殺人凶手沒錯——那傢伙走路的時候莫名搖搖晃晃。在陽臺用望遠鏡觀察的時候不覺得很奇怪，不過在那麼近的距離看見就覺得腳步很不穩。」

「什麼，走起路來搖搖晃晃……小峰次郎會這樣嗎？」

「咦，小峰次郎？這次又是誰？這傢伙也是偵探嗎？還是職棒選手？」

「都不是。是當時被視為分屍命案頭號嫌犯的男性。因為小峰次郎死亡，事件才會以不了了之的形式落幕。」

「啊啊，這麼說來，當時報紙的報導也刊登過這個名字——對了對了，記得他是被害者的弟弟？」

「對。」前刑警點頭之後皺眉反問大澤。「所以，你剛才說的確定沒錯吧？你看見的高大男性，腳步不自然到旁人一看就看得出來。這是真的吧？」

黑江讓二露出激動神情。大澤弘樹見狀眨了眨眼。

「嗯，是真的——話說回來，真不愧是父子。你的兒子也一樣問我『真的嗎？確定沒錯吧？』再三確認。無論他問幾次，我的答案也當然不會變。啊啊，確定沒錯。當時還小的我覺得『這傢伙走起路來真奇怪』……不過實際上是為什麼呢？那個男的喝醉了嗎……不，可是如果喝醉，他就沒辦法開小貨車吧……」

第九章　偵探的陷阱

1

地下洞窟的冒險順利結束——不對，實際上完全不算順利，反倒是災難連連，這是戶村流平發自真心的感想——總之「鵜飼杜夫探險隊」的兩人看完該看的東西之後，回到本次冒險起點的地下空間。

通往地面的斜向洞穴現在射入微光。鵜飼從這個洞穴往上爬，終於成功回到地面。不再下雪的雜木林裡，寒冬的陽光穿過樹梢灑落。

繼鵜飼之後，流平也像是冬眠結束的地鼠般鑽出洞穴，「呼～～」地鬆了一口氣。

「太好了。萬一就這麼跳進洞窟回不來，我們就真的是『找木乃伊卻被木乃伊捉走』的下場了。」

「流平，這就不太對了。我們並不是為了找木乃伊才進入洞窟探險。而且我們發現的不是木乃伊，是白骨屍體。」

「兩種都差不多喔。」

流平拍掉衣服沾上的泥土與雪，詢問鵜飼。「所以，接下來要怎麼做？」

鵜飼以枯樹枝與雪巧妙蓋住地面的洞隱藏起來。

「我有一個想法。總之先回旅館泡個熱水澡吧，然後吃午飯。吃飽之後，請旅館所有人到大廳集合——咦，問我要做什麼？哎，交給我吧，我會漂亮引出壞蛋給你看。我想到一個好方法。」

「咦，您說壞蛋？是說黑江健人嗎？是他殺害小峰三郎吧？而且您說的『好方法』是什麼？我總覺得只有不祥的預感……」

但是鵜飼沒回答這個問題，看著藏好的洞穴露出滿意表情，輕拍幾下雙手之後轉過身去，從容舉起單手。

「先別問先別問，流平你不必做任何事。只要別妨礙我就萬事ＯＫ！」

鵜飼說得有點討人厭。看著他老神在在的態度，模糊的不安在流平內心擴散。

不久之後，在鵜飼單方面的召集之下，史魁鐸山莊裡的所有人聚集在主屋的接待大廳。

雖然這麼說，不過小峰三郎遇害，被認定是凶手的黑江健人下落不明，所以除了偵探事務所的兩人之外，現在旅館裡只有六人。

經營旅館的豬狩省吾與美津子夫妻，掛著不安表情坐在沙發。

廚師室井蓮與客房服務員井手麗奈，合力為眾人準備各自愛喝的飲料。「請放心～～裡面沒下毒喔～～」她露出開朗笑容保證飲料安全，但完全是多此一舉。

在這樣的狀況中，醫師藤代京香說「那我要高球酒」，毫不猶豫在大白天就點了酒精飲料，然後交疊雙腿坐在單人高腳凳。

最後一人是失去丈夫的霧島圓。她獨自坐在長沙發邊緣，掛著消沉表情。即使井手麗奈端來飲料，她也搖手表示「我不喝」。鵜飼同樣不喝飲料，被兩人拒絕的這杯烏龍茶在最後送到站在牆邊的流平手中。

在最後等待豬狩夫妻拿起咖啡杯之後，鵜飼獨自走到中央，露出和善的笑容環視眾人。感覺他隨時會說出「那麼各位……」這句推理作品解決篇的熟悉臺詞。

流平克制內心的不安，以拿到的烏龍茶潤喉。這股令人焦急的沉默，在最後是由豬狩省吾打破。

「那個～～您希望所有人來大廳集合，所以我就照做了，請問您到底想做什麼呢，偵探先……更正，鵜飼先生？」

面前的可疑偵探，好歹同樣是下榻旅館的客人——大概是重新這麼想吧，豬狩省吾更正自己的失言慎重發問。

另一方面，藤代京香以揶揄的語氣說「怎麼回事？要開始解謎了？接下來是解決篇嗎？」並且喝了一口高球酒。

在一旁待命的室井蓮隨即露出疑惑表情。

「不對，居然說解謎……說起來根本沒什麼謎團吧？因為大家早就知道凶手是誰了。」

「這麼說來也對耶。」廚師身旁的井手麗奈深深點頭。「凶手是那名叫做黑江健人的青年吧——不過這麼說來，今天上午到處都沒看見鵜飼先生與戶村先生，兩位是在哪裡摸魚……不對，是在哪裡度過的呢？」

「好奇我上午在哪裡嗎？很好。那我就回答妳這個問題吧。」鵜飼挺起胸膛。「我在雜木林。」

「這樣啊，您到底在雜木林裡做什麼……？」

「並不是在摸魚喔。我們在雜木林暗中採取的行動就是——地底探險！」

偵探毫不隱瞞又過於奇特的回答，立刻驚動眾人。

哎，這也難免吧——流平只能忍不住苦笑。

在這個狀況中，豬狩省吾代表眾人再度開口「那個……您說『地底探險』的意思是……？」

「哎呀，老闆，你不知道嗎？就是在地底進行探險喔。」

過於直接的這句回答，使得旅館老闆表情更加困惑。

「所以說，我是在問您的地底探險到底是怎麼回事……」

「我知道了。那麼，我就在這裡說明我與流平看見的一切吧。」

如此回應之後，鵜飼終於開始在眾人面前說出他一開始就打算說的事情。

2

鵜飼滔滔不絕述說上午的地底探險，高調炫耀探險的成果。

從銀杏大樹根部裂縫開始的這場大冒險，終於找到某人曾經住在裡面的痕跡，繼續往前走之後，發現洞窟通往意外的終點。說到這個場所，不得了，真是驚人，實在是超乎想像，換句話說——

「快點說啦，笨蛋！」耐不住性子般以「笨蛋」稱呼偵探的人，是已經喝得醉醺醺的藤代京香。「結果那個洞窟通往哪裡？」

「烏賊腳海角的前端。洞窟通往瞭望臺正下方的懸崖——對吧，流平？」

被徵詢意見的流平立刻點頭同意。眾人隨即做出「喔〰」與「哇〰」這種不上不下的含糊反應。大家似乎對於偵探的話語感到驚訝，卻聽不懂其中的意義。接著鵜飼用力挺起胸膛。「從這些線索導出的結論只有一個——」他說著將食指豎在面前，以抱持確信的聲音說。「黑江健人肯定活著。不過他應該差點死過一次，卻在九死一生的狀況下從鬼門關逃回來了。」

「唔，你為什麼把這件事說得像是新的發現？」藤代京香疑惑皺眉。「是沒錯啦，黑江青年經歷過九死一生的狀況。他開車出了車禍，被湊巧路過的你們救回性命。如果當時沒人路過，青年早就在車上凍死了。」

「是的，一點都沒錯——不過藤代醫生，我說的不是這個意思。這是兩回事。黑江健人出車禍奄奄一息，後來又差點被某人殺害。他被送進這間旅館的那天晚上差點被殺。」

「咦，差點被殺？」醫師嚥了一口口水。「被……被誰？」

鵜飼停頓許久之後說出這個名字。

「不是別人，正是小峰三郎——在夫人面前稱呼委託人是殺人凶手，我身為偵探感到非常過意不去就是了。」

鵜飼滿懷歉意般看向委託人的妻子。霧島圓隨即像是不敢相信般抬起頭，以哀求般的眼神看向偵探。「真……真的嗎？我先生真的殺了……不對，真的差點殺了那名青年？」

「很遺憾，正是如此——那天晚上，我與流平負責監視夫人與小峰先生入住的別館『大王之間』。這是提防某人鎖定小峰先生要對他不利。不過，如果小峰先生想以自己的意志離開別館，其實是很簡單的事。只要從我們監視的另一側打開窗戶出去就好。當時我們專注提防可疑人物或許會從某處前來，卻沒料到委託人自己瞞著我們私下行動。」

「話是這麼說……那麼，我先生在我睡著的時候去了哪裡？」

「當然是黑江健人正在熟睡的別館『障泥之間』。小峰先生悄悄進入那裡，硬是把依然昏迷的他帶離房間。究竟是把不省人事的青年扛著走，還是在雪地上拖著走，老實說我不知道。無論如何，小峰肯定是要前往海角前端的瞭望臺。」

「瞭望臺……我先生在那裡對那名青年做了什麼？」

在不安發問的霧島圓面前，鵜飼說出難以啟齒的推理。

「小峰先生恐怕是把黑江健人扔到瞭望臺的扶手外側吧。」

「啊……」霧島圓發出近似哀號的聲音，以手掌摀嘴。

其他人也都露出厭惡表情。即使是在某種程度猜到鵜飼要說什麼的流平，想像這幅光景之後也不由得背脊發涼。小峰的犯行就是這麼殘忍又冷酷無比。

在這樣的狀況中，豬狩省吾提出理所當然的問題。

「可……可是，假設真的發生鵜飼先生說的事情，叫做黑江的青年肯定早就已經葬身海底。那麼他絕對不可能在昨晚現身殺害小峰先生吧？」

「是的，老闆說得沒錯。」鵜飼果斷點頭。「所以我剛才說了，黑江健人九死一生撿回了一條命——」

「發生了什麼事？」發問的是藤代京香。「陷入絕境的青年怎麼活下來的？」

「接下來始終是我個人的猜測……」鵜飼慎重以此為前提，述說自己的推理。「大概是黑江健人在即將被推落瞭望臺之前終於清醒，和小峰先生相互扭打了一陣子。在這個時候，青年的繃帶勾到扶手的金屬零件，被扯下一小塊。但是受傷的青年對上殺氣騰騰的小峰先生，勝負的結果終究顯而易見。青年即使努力抵抗依然無濟於事，被小峰先生扔到扶手外側。但是青年的身體沒摔到海裡。大概是青年為了避免墜海，拚命抓住面前的柱子吧。就是從下方支撐瞭望臺的柱子。好幾根柱子豎立在懸崖斜面。青年抓住其中一根柱子，好不容易踩在懸崖斜面沒摔下去。」

「所以是怎樣？想殺害青年的小峰先生在瞭望臺上，差點被他殺掉的青年隔著一片地板在他的正下方嗎？這幅構圖真是耐人尋味。」

「藤代醫生，正是這樣沒錯。」

「小峰先生有察覺這件事嗎？」

「不，應該沒察覺。要是有察覺，小峰先生肯定會用盡方法確實殺掉青年。但是他沒這麼做。從瞭望臺扔下去的人，無論如何都不可能得救。小峰先生應該不曾想像對方還活在他所在的瞭望臺正下方吧。他就只是俯瞰下方洶湧的大海，認定這麼一來肯定已經解決了那名青年，獨自從容離開瞭望臺。然後他肯定是回到『障泥之間』，拿走青年的衣服處理掉。八成也一樣扔進海裡吧。」

「原來如此。要是脫掉的衣服留在屋內，明顯會令人覺得青年就這麼穿著睡衣被別人強行帶走。」

「是的，醫生說得沒錯。反過來說，如果屋內沒衣服，就可以解釋成青年在深夜清醒，自行穿上衣服之後獨自離開別館。這種解釋對於小峰先生來說比較有利，所以他應該也把黑江健人的衣服處理掉了。小峰先生肯定自以為完美完成了所有犯行。」

「但是黑江健人沒死。應該說他當時還在瞭望臺下方，肯定是好不容易緊抓在懸崖斜面的狀態。他是怎麼從這種狀態回到地面生還的？」

醫師剛問出這個問題，就像是終於猜到端倪。「啊啊，對喔，原來如此嗎？」她逕自露出理解表情點頭。「是地下洞窟吧。那條洞窟通往瞭望臺正下方的懸崖。青年發現那條洞窟的入口，然後相信小小的可能性踏入洞窟。」

「就是這麼回事。我們發現的石床與空罐，正是黑江健人活下來的證據吧。他肯定是在那個場所睡眠，吃東西填飽肚子。」

「也就是說，有人暗自和黑江青年取得聯繫，並且援助他嗎……？」

「是的，肯定有。雖說撿回一條命，但他負傷在身，而且穿著睡衣待在不知道通往哪裡的地下洞窟。在這種狀態，實在無法想像他能偷偷溜進旅館準備衣服、被子與罐頭等物品——所以我想請問各位。」鵜飼說著環視眾人。「有沒有人要出面承認？承認自己正是幫助受傷的黑江健人青年，拯救他的性命，充滿善意的正義使者——」

鵜飼自己舉起單手，徵求眾人舉手，不過當然沒人舉手。鵜飼「呼～～」地嘆氣露出失望表情。「唉，真是遺憾。我原本想讚揚這個人拯救性命的功績……」

「偵探先生，就算您這麼說……」至今沒說話的室井蓮以揶揄語氣開口。「反正您稱讚功績之後，就會把這個人當成殺害小峰先生的共犯逮捕吧？」

「沒有喔，不會逮捕，我不會逮捕這個人。因為我這個私家偵探沒有逮捕權。頂多只是在警察抵達之前，把這個人關進上鎖的房間——怎麼樣？有人承認嗎？」

然而還是沒人舉手。只有沉重的沉默降臨大廳。

「沒辦法了。哎，好吧。」鵜飼以放棄的語氣說。「無論如何，雪已經停了，現在烏賊川警局的警察們肯定各自拿起鏟子全體出動，在通往烏賊腳海角的道路剷雪——還是說會派出除雪車？」

這應該是除雪車活躍的場面。至少不可能是「烏賊川警局人員全體出動剷雪」這種狀況。如此思考的流平露出苦笑。在他的視線前方，鵜飼一臉正經繼續說。

「哎，總之道路積雪遲早會被清除。到時候烏賊川警局那些人應該會大舉趕來這座史魁鐸山莊。說不定在這之前，我熟識的兩名刑警就會早早現身，無論如何，警察很快就會來到這裡。到時候他們當然會調查地下洞窟，調查留在那裡的被子、罐頭與湯匙等物品。不，等等……或許除此之外，那條洞窟裡還有某些犯罪痕跡。那麼他們肯定也會調查那些痕跡，徹底調查所有線索。」

「原來如此，徹底調查所有線索嗎……」流平不經意點頭同意師父這段話，冒失大喊。「啊，那麼鵜飼先生，警察當然會把白骨屍……」

「想……想發掘！」鵜飼連忙大喊，把流平說的關鍵詞「白骨屍體」改成發音相近的「想發掘」試著搪塞眾人。「是的，警察想發掘——咦，你說警察想發掘什麼？當……當然是真相！因為這是他們的工作！」

「是沒錯啦……」藤代京香疑惑歪過腦袋。「不過說起來，真相是『發掘』出來的嗎？我認為真相應該是『發現』出來的吧？」

「是『發掘』。」額頭冒出冷汗的鵜飼，斬釘截鐵如此斷言。「因為這次的事件恐怕和過去的事件有關。關於這次的事件，真相並不是被『發現』出來，而是從堆積的時間底層『發掘』出來——啊，我可以暫離一下嗎？」

說到一個段落之後，鵜飼不知道在想什麼，獨自走到大廳角落，躲到角落放置的屏風後面探出頭，做出貓咪招手的動作——

「啊啊，流平，我有一些話要對你說，過來這裡。別管這麼多，過來！快點給我過來！」

流平冒出不祥預感有所抗拒，但是到最後無法拒絕師父的命令，逼不得已回應鵜飼的招手走到屏風後方。下一瞬間——咚！

響起堅硬物體相互敲擊的聲音。同時流平發出「嗚」的慘叫聲。

接下來，明明現在是大白天，偵探徒弟卻確實看見自己頭上冒出閃亮星星——

3

雖然並不是看著頭頂閃耀的白天星星看到入迷——

總之，時間像是流星般轉眼流逝。夜幕完全低垂的雜木林裡，再度出現鵜飼杜夫與戶村流平這對偵探搭檔的身影。兩人站在銀杏大樹根部。通往那條地下洞窟的入口位置。

鵜飼在今天上午以枯枝與雪掩蓋的入口，就這麼在兩人腳邊維持原樣。鵜飼確認現狀之後滿意點頭。

「好，看來我們進出這裡之後，沒有任何人來過。」

「看來是這樣沒錯，不過鵜飼先生，您猜測有人今晚會來這裡嗎？」

「是的。白天的時候，我在眾人面前說過地底探險的整段過程吧？」

「正確來說是『省略部分細節的過程』才對吧？」流平酸溜溜地訂正師父的話語。

「因為您故意不說白骨屍體那件事。」

「沒錯。白骨屍體這件事，說穿了就是我們的王牌，你卻在那時候像是腦殘的鸚鵡一樣差點說出來，害我真的慌得不得了。幸好後來巧妙搪塞成功，要是你當時直接說出一切，我今晚的計畫就完全泡湯了。」

「就算這麼說，您把我叫到屏風後面，然後突然賞我一記頭鎚，這也太粗暴了吧？我清楚看見頭頂冒出星星喔。」

對於流平訴說的不滿，鵜飼指向自己的額頭。「頭鎚確實很粗暴，卻不是單純的暴力。因為頭鎚與被頭鎚的兩邊一樣痛。」他說出這個獨特的理論。「不過，這種事一點都不重要——總之快點行動吧。」

鵜飼說完胡亂撥掉掩飾用的枯枝與雪，隱藏至今的地面裂縫隨即露出開口。

流平以LED筆型手電筒照向陰暗的洞穴深處，發出不安的聲音。

「又要進去這裡面嗎？我不想再弄髒身體了……啊啊，好啦好啦，知道了……進去吧，我進去就好吧……不過鵜飼先生，您也一定要跟我進去喔，請不要只留我一個人在裡面喔……我基本上不喜歡黑暗又狹窄的地方，所以拜託了……」

流平輕聲說出擔心的話語，戰戰兢兢從雙腳開始鑽進洞穴。鵜飼頻頻用力把他的頭往洞裡塞。

「知道了知道了，我也會隨後跟上，所以你快點進去吧——快點快點！」

就這樣，流平的身體再度完全塞進斜向的洞穴。他活用上午的反省，想要盡量慢慢往下鑽。然而就在這個時候，地面突然響起好大一聲「咚」的撞擊聲，接著是樹梢積雪紛紛掉落的聲音。看來是鵜飼撞了銀杏大樹一下。流平理解這件事的下一瞬間，鵜飼的身體從他頭上迅速下滑，結果流平的身體當然被往下擠，在黑暗之中重摔個四腳朝天。不用說，鵜飼的身體也隨即從他頭上降落。

「痛死我了……」

就像是重播上午的影片，流平按著頭部與臀部差點昏迷，朝著師父投以忿恨不平的視線。「真是的，鵜飼先生，您在做什麼啊……」

「沒什麼，我讓銀杏樹上的積雪掉下來了。這麼一來應該可以多多少少隱藏我們的腳印以及入口洞穴吧。因為要是陷阱的入口外露，獵物也會提高警覺，遲遲不敢上鉤。」

鵜飼說得煞有其事，然後迅速起身，以自己的筆型手電筒筆直朝向前方。兩人在今天上午探險的陰暗洞窟不斷向前延伸。

「好，流平，我們走吧。目的地是安置白骨屍體的那條岔路深處——啊，不過這次別唱探險隊的歌喔。不准唱歌，盡量安靜前進。好嗎？」

「…………」沒什麼好不好的，說起來也只有鵜飼會在毛骨悚然的洞窟裡開朗唱歌。流平只回應「我知道了」，默默跟在師父背後前進。

後來不知道經過了多久——

在漆黑的洞窟裡毫無照明，手機也沒開機，就只是壓低氣息靜靜等待的流平，已經失去了時間的知覺。

此時，這片黑暗的某處突然傳來奇妙的聲音。遠方傳來的這個聲音逐漸往這裡接近。是人類的腳步聲。踩踏在洞窟堅固岩石上的腳步聲，在不算高的洞窟頂部迴盪傳到這裡。

如此心想的流平朝聲音看去，在伸手不見五指的空間另一頭，看得見細微的光芒。拿著照明器具的某人沿著狹窄的岔路走向這裡。

流平緊張屏息。在他的視線前方，詭異的腳步聲終於接近。在習慣黑暗的流平眼中，這個人手上的照明耀眼得像是汽車的車頭燈。

然後，這個人終於踏入流平他們所在的空間。右手拿的是LED提燈。神祕人物將提燈高舉在前方，慎重環視周圍。耀眼的燈光成為背光，看不清楚對方的臉。不過從輪廓推測應該是男性。

男性就這麼默默將提燈照向空間裡的一角。躺在那裡的是覆蓋骯髒床單的白骨屍體。男性即使看見這具屍體也毫無慌張反應。

然而在下一瞬間——

「是……是誰！」男性突然驚聲大叫，將提燈朝向自己背後，然後「呼～～」地鬆了口氣。「什麼嘛，只是普通的石頭啊……」

然而接下來這一瞬間，男性再度大喊。「是誰！」他高舉的提燈在這次照亮流平藏身的岩石後方。

——哎，看來是時候了！

流平做好心理準備，從藏身的岩石後方迅速站起來，然後將手放在胸口，光明正大報上姓名。

「是我。戶村流平。你是豬狩省吾先生吧？我聽聲音就知道了。」

說完之後，流平也將自己手上的筆型手電筒照向面前的男性。果然正如想像，被燈光照亮的是史魁鐸山莊的老闆。他現在換掉白天那套旅館人員的服裝，包括黑色毛線帽與黑色登山鞋，從頭到腳都是黑色裝扮，看起來完全是想摸黑做壞事。

流平皺眉發問。「你到底在這種地方做什麼？」

「這這這……這是我要問的問題！」豬狩省吾嘴唇發抖。「為為為……為什麼會在這種地方？你只有一個人嗎？總是一起行動的那個不可靠的偵探呢……？」

「你說的難道是鵜飼先生嗎？」其實沒什麼好猜的，肯定是在說他吧。「鵜飼先生的話就在那裡——你看。」

流平說著以筆型手電筒照向豬狩省吾身後。在光束裡浮現的是省吾剛才自己以提燈照亮的「普通的石頭」。下一瞬間，「普通的石頭」慢慢起身，隨即變成「不可靠的偵探」。沒什麼好隱瞞的，偵探就這麼穿著有點髒的灰色西裝，蹲在地面成為灰色的岩石。

——話說，雖然騙人的也有問題，不過被騙的人也有不少問題吧？

流平忍不住歪過腦袋，鵜飼在他面前挺起胸膛，露出洋洋得意的表情，拍掉西裝沾上的塵土。「咦，老闆，你說誰是『不可靠的偵探』？」

鵜飼單手放在耳邊，故意擺出聆聽的姿勢。大概是過於屈辱，省吾手上提燈的光芒微微晃動。

「可惡，原來是陷阱！你們早就已經發現這個了吧……這具白骨屍體……明明發現卻假裝不知道！」

「不對，不是『發現』，是『發掘』。」

「這種事一點都不重要！」

「確實。」鵜飼果斷點頭，然後終於改為嚴肅表情。「是的，你說得沒錯，我們在今天早上偶然——不對，是基於犀利的觀察眼以及傑出的行動力——漂亮地發現這具白骨屍體。但是我不知道這是誰的屍體。後來我想到一個方法，就是在大家面前故意假裝什麼都沒發現，同時告知警察快要來了，到時候肯定會徹底調查這條地下洞窟——我試著用這種說法刺激大家。順利的話，不希望這具白骨屍體被發現的某人，或許會在今晚進行某些行動。懷抱這份期待的我們先一步來到這裡，埋伏等待這個人前來。流平躲在岩石後面，我則是直接假扮成岩石。」

「唔～～我只對最後那句話感到納悶，不過算了。總之我就這麼完全中了你設下的陷阱——我知道了。你贏了。我收回『不可靠的偵探』這句話。對不起。」

「那麼，可以請你在道歉的時候順便告訴我嗎？」

鵜飼說完從西裝口袋取出自己的筆型手電筒，以白色燈光照向躺在一旁的白骨屍體，重新發問。

「這具屍體到底是誰？是從什麼時候就像這樣躺在這裡？」

豬狩省吾隨即露出完全死心的表情，擠出聲音這麼回答。

「那具遺骸是叫做小峰次郎的男性，小峰三郎的哥哥——你問他是從什麼時候躺在這裡？嗯，應該是二十年前吧。」

第十章　槍戰

1

「通往烏賊腳海角的道路正在除雪，看來即將恢復通車。」

十二月的太陽完全西沉，市區開始亮起夜晚燈火的時候，志木刑警的手機收到這則通知。今晚是平安夜，加上雪也終於停了，許多上班族與年輕人像是抓準時機般上街。

在這樣的氣氛中，志木、砂川警部與黑江讓二這三人正在站前商店街的一間大眾餐館，吃著和聖誕大餐相差甚遠的普通晚餐。

在棒球咖啡廳打聽消息，從「拿麥克風的候鳥」大澤弘樹那裡獲得情報，都是上午發生的事情。但在離開KTV之後就一直沒有收穫，下午的時間就這麼白白流逝。對於這樣的刑警們來說，道路通車無疑是等待已久的好消息。

砂川警部立刻將豬排蓋飯剩下的豬排扒進嘴裡。

「黑江先生，我們出發吧，盡快趕往烏賊腳海角！」

「說得也是。」黑江讓二點點頭，同樣只把豬排咖哩飯的咖哩塞進嘴裡。「那就立刻趕路吧，我很擔心我兒子。」

「終於要去史魁鐸山莊了。」志木也只吃掉豬排定食的豬排。「嘿嘿，事情終於變有趣了！」

就這樣，三人像是要踹開椅子般離席，一齊離開餐館。他們離開的桌上只留下大量的米飯。

等待上司與大前輩坐進偵防車之後，駕駛座的志木用力踩油門。發出響亮排氣聲的車子噴飛冰沙狀的雪，卻以比不上排氣聲的速度駛離停車場。雖說天候回復，但路面還是積著雪，而且輪胎依然加裝雪鏈，再怎麼努力也無法飆往目的地。載著三人的車子使盡渾身解數，慢吞吞前往烏賊腳海角。

穿越烏賊川市區的車子在沿海道路前進。前方是陡坡加上九彎十八拐，毫無岔路的彎道。然而——

來到這條路的入口，出現的是「禁止通行」的大型告示牌。身穿厚大衣的制服巡警拿著紅光交管棒站在路邊。志木一停車，副駕駛座的砂川警部就開門衝下車，志木也連忙跟在上司身後。砂川警部跑到制服巡警前方，高調出示警察手冊。

「我是警察。刑事課所屬的砂川。」

「我也是警察，不過是交通課。」

「我想也是。」警部以一副「我一看就知道」的語氣同意。「烏賊腳海角發生案件，只讓我們先通行吧。積雪看起來清除得差不多了吧？」

「是的，不過還有工作沒完成，還不能通行。」

「好了好了，老兄，別說得這麼固執，看在同行的分上給個面子吧。好，我知道了，那麼總之先讓我們前往除雪完畢的地方，追上除雪車之後，就讓我們搭乘除雪車去案發現場。」

「請不要強人所難啦！這種事怎麼可能啊！」

「不，可是我們有過同樣的經驗——對吧，志木刑警？」

「嗯，確實有。記得是在盆藏山發生的交換殺人事件……」

「我可不知道那種事！」制服巡警的態度也毫不退讓，手上的交管棒筆直指向偵防車。「可以請各位在車上等一下嗎？肯定不用一小時就能通車了。」

「嘖，交通課真是小氣！」砂川警部像是小孩子般發脾氣。

「不是小不小氣的問題！」交通課職員氣沖沖地回應。

不過，這次完全是對方正確。如此心想的志木安撫著依然不滿的上司，暫時走回偵防車。砂川警部不情不願坐進副駕駛座，但在志木也準備坐進駕駛座的時候，他忽然察覺一件事。

偵防車後面有另一輛車。保持過於充分的車距，靜靜停在除雪完的陰暗路面。是常見車種的白色多功能休旅車。駕駛座偏暗，看不見駕駛的臉。大概是烏賊腳海角的少數居民之一，或者是有事找海角居民的訪客。志木瞬間納悶了一下，但隨即冷到發抖，將休旅車的事情趕出腦海，坐進駕駛座。

在車上，砂川警部向黑江讓二說明「還要忍耐一小時」。

後座的前刑警回應「哎，沒辦法了」雙手抱胸向後靠在椅背，然後隔著車窗看向路邊草木以及積雪招牌等風景，像是呢喃般開口。「總覺得真懷念啊，砂川。」

「咦？」警部在副駕駛座轉身向後。「黑江先生，您說了什麼嗎？」

「我說真懷念這裡。那時候我也和你開著警車趕來這裡。記得也確實走過這條路──你想想，就是二十年前的那個事件。」

「啊啊，那時候嗎？」看來警部也記得。他將視線投向車外的黑暗。「這麼說來，那時候也完全入夜了。」

志木跟不上現職警部與前警部補的對話，從駕駛座交互看向兩人。「咦，咦？這是在說什麼？難道是那件分屍命案嗎？不過您說的『那時候』是哪時候？」

聽到這個問題，黑江讓二像是現在才回想起來般搔了搔腦袋。

「這麼說來，那個事件只對你說到一半還沒說完。」

「對，沒錯！」志木懷著期待已久的心情點頭。「小峰太郎在空屋成為屍塊被人發現的奇怪事件。第一發現者是來自夏威夷的外國怪偵探，名字叫做，我想想，是道格拉斯還是馬尼爾……」

「是丹尼爾。哎，反正差不多啦。」

「對，就是丹尼爾。前輩們歷經一些事情之後，和小峰三瑯一起前往次郎住的公寓，在次郎家的洗衣機發現染血的工作服，浴室也有血跡。然後停車場停著一輛小貨車，往車斗一看，發現丹尼爾在裡面，還有六個紙箱。找到這些線索之後，研判小峰太郎被次郎殺害的可能性更高了──黑江前輩，您剛才是這麼說的吧？」

「嗯，我確實有說到這裡，不過後續一直保留到現在沒說。那麼現在剛好，反正車子看來暫時不能往前開，就繼續說往事消磨時間吧。二十年前那椿分屍案不上不下的結局——」

說到這裡，黑江讓二看向後座車窗玻璃。就像是很久以前的往事福現在黑暗的另一頭，他以毫不猶豫的語氣開始述說。

2

殺害小峰三郎的凶手是弟弟次郎。肢解屍體搬進空屋的當然也是次郎。我們搜查員見解一致。後來我們當然開始尋找次郎的下略，但是他沒回到自己住的公寓，我們也沒收到他去找地第三郎或是其他朋友的情報，次郎的行蹤無人知曉——咦，動機？啊啊，你說次郎殺害哥哥太郎的動機嗎？

想得到的可能性很多。說起來，他們雖然是兄弟，卻是同父異母的三兄弟。讓他們三人團結在一起的與其說是親情，不如說是他們一起做的生意。那間「小峰兄弟社」是小峰三兄弟共同經營，實際上大哥太郎的權限還是最大。次郎與三郎實質上只能乖乖當太郎的小弟。次郎很可能是對此心懷不滿。要是次郎除掉太郎，他就可以恣意享受公司的利益——雖說是公司利益，實際上卻是暗中走私的利益——次郎打這種如意算盤也不奇怪。

咦，你說就算太郎死了還有三郎？不不不，三郎在三兄弟之中的立場最弱，當時他不敢違抗次郎。太郎才是次郎的眼中釘。換句話說，太郎有殺害太郎的充分動機。

總之因為這樣，所以我們一直在尋找次郎的下落。就在案發數天後的傍晚，刑事課接到一通電話。拿起話筒的我聽到一個熟悉的男性聲音。

『Good evening，inspector 黑江先生！記得我是誰嗎？』

「什……什麼啊，原來是你。啊啊，我當然記得。」正確來說，我這幾天工作忙得要死所以完全忘記，不過聽到他那奇妙日語的瞬間，我就想起這個怪偵探——「我想想，記得你叫做道格拉斯還是馬尼爾……」

『OH～～可惜！但是雖不中卻不遠矣。我叫做丹尼爾。』

「啊啊，對對對，是偵探丹尼爾。怎麼回事，你還在日本嗎？我還以為你早就夾著尾巴逃回夏威夷了。」

『OH，NO～～！我沒有尾巴喔。何況我來日本是要找失蹤的人，絕對不可能自己一個人回美國喔～～』

「啊啊，記得你在找一個叫做瑪利亞的女大學生吧？」

我們也很關心瑪利亞的下落。因為她實質上肯定可說是太郎的情婦。太郎遇害的現在，瑪利亞到底在哪裡？這一點依然成謎。

有搜查員提出「瑪利亞該不會也和太郎一起被殺吧？」的見解，另一方面也有搜查員認為「其實瑪利亞是殺害太郎的共犯，正在和主謀次郎一起私奔吧？」——年輕的砂川刑警就是後者，總之不提這個，回到電話裡的對話吧。

「所以你到底有什麼事？我這邊很忙的，你知道吧？哎欸姆兔逼幾（I am too busy）。」

我挖苦這麼說完，丹尼爾似乎立刻陷入混亂。

『咦，What？哎欸姆兔逼幾……Sorry，你剛才說了什麼？』

「呃，可惡，我是在說我現在忙得不得了啦！」

我完全忘記了。來自夏威夷的這名偵探，明明完美聽得懂艱深的日語，卻完全聽不懂簡單的英語。「我現在滿腦子都是那個殺人事件。」

我重新這麼說明之後，『ＯＨ～～我也是為了那個事件打電話給你喔～～』丹尼爾在電話另一頭愉快回應。『其實啊，瑪利亞又打電話到我住的飯店了。』

「你……你說什麼？瑪利亞打電話給你……」

我不由得重新握緊話筒。察覺對話內容的砂川也來到我桌旁。我重新詢問丹尼爾。

「真的是瑪利亞吧？」

『別急別急，inspector 黑江先生，請冷靜，打電話給我的女性是瑪利亞本人還是其他人，老實說我不知道。因為我至今從來沒聽過瑪利亞的聲音。但她是本人的可能性也不是零。』

「嗯，說得也是。所以自稱瑪利亞的那名女性說她人在哪裡？」

『ＯＨ～～這就是重點。她說她人在盜賊腳海角。叫做盜賊腳海角的這個壞蛋巢穴在日本的哪裡，當時的我完全不知道……』

「慢著慢著，不是盜賊腳海角，你說的是烏賊腳海角吧？是位於烏賊川市近郊的一座海角。瑪利亞自己說她在那裡是吧？」

『ＹＥＳ。她對我說她在「海角前端化為廢墟的一座西式宅邸」，而且還對我說「救救我」。』

「什麼？『救救我』？瑪利亞對你說『救救我』求救嗎？」

『為求謹慎，我補充說明一下，瑪利亞並不是用日語對我說「救救我」，她當然是用英語對我說「Help me」。』

「啊啊，說得也是。」仔細想想，瑪利亞與丹尼爾當然完全以英語對話。「所以瑪利亞還說了什麼？」

『她說她「被壞男人抓住」。』

「嗯，所以是被監禁在那座廢墟吧。那麼她說的『壞男人』到底是誰？她有提供這名男性的情報嗎？」

『她說這個人叫做「小峰次郎」。』

「小峰次郎！果然是這樣嗎？」我不禁握拳。「好，我知道了。蓋在烏賊腳海角前端的西式宅邸是吧，我立刻過去——唔，不過，等一下……」

我忽然覺得不對勁，詢問話筒另一頭的偵探。

「喂，丹尼爾，你現在在哪裡？是從哪裡打電話給我？」

『當然是在開往盜賊腳海角的車上啊～～』

「喂喂喂，笨蛋笨蛋，快停快停！別做這麼危險的事！」

『HAHAHA，你放心，沒問題的。我有好好把車停在路肩再打電話給你。不會出車禍的。』

「不，我並不是在說『行車打手機』很危險。我不是這個意思——」

我以認真的語氣告訴電話另一頭的他。「你聽好，不可以一時心急做出危險的事。接下來給我們日本警察吧。聽好，絕對不可以喔，絕對不准插手管閒事。在我們抵達之前，絕對不可以從那裡移動，千萬不要插手管閒事。知道了吧？聽好了，絕對不可以，絕對喔！絕對要斯爹因優而卡（Stay in your car）！」

我一直叮嚀到嘴巴都痠了，才終於放下話筒。

砂川在我面前露出五味雜陳的表情。「黑哥，這樣可以嗎？您剛才的說法聽起來反而像是叫他『一定要插手管閒事』捏，真的沒問題嗎？」

「唔？聽起來像是這樣嗎？」

我沒這個意思，不過回想起來就覺得砂川說得沒錯。我的忠告聽在那名偵探的耳裡，或許像是慫恿他單獨行動的暗示。而且從過去的幾次例子來看，我在最後以英語說的「斯爹～～」那句警告，他肯定沒聽懂。想到這裡，強烈的不安就在我內心捲成漩渦。

「總……總之我們也去烏賊腳海角看看吧。那裡好像有一座化為廢墟的西式宅邸

——砂川，你心裡有底嗎？」

「這麼說來，我知道那裡有類似的建築物喲。是某人捕撈烏賊迅速致富之後，囂張在海角前端建造的豪華宅邸。也就是烏賊宮殿沒落之後的樣貌。真的很適合形容為廢墟捏。可是黑哥……」

「唔，什麼事？」

「這該不會是陷阱吧？」

「啥，陷阱？」我不由得吃了一驚。「誰設的陷阱？」

「小峰次郎，或者是瑪利亞——也可能是兩人一起設的陷阱。」

「這麼說來，記得你一直認為次郎與瑪利亞是共犯……」

「應該有這個可能性吧。也可能是瑪利亞在次郎威脅之下被迫提供協助。」

對於砂川的說法，我想不到有效的反駁。確實如他所說，這可能是陷阱。但是現在沒空在這裡遲疑。

「假設這是陷阱……」我像是說服自己般說。「現在這一瞬間，小峰次郎與瑪利亞也確實位於烏賊腳海角。既然有這個可能性，我們就不能坐視不管。不入虎穴焉得虎子。這趟非去不可。」

「說得也是捏～～」砂川同意時的語氣像是敷衍般隨便。

就這樣，我與砂川開著警車，趕往烏賊腳海角前端的那座廢墟。

順帶一提，當時是廢墟的那座西式宅邸，現在搖身一變成為內行人才知道，類似隱居地的一間旅館受到喜愛——沒錯，當然就是史魁鐸山莊。

3

無論是史魁鐸山莊還是化為廢墟的西式宅邸，通往該處的山道從以前到現在都只有一條。是的，就是現在我們不能通行的這條路。

當時的我與砂川也是在天色變暗的這條路趕往海角前端。我們一邊開車，一邊尋找途中的路肩是否有丹尼爾的車——以前他跟蹤我們開的那輛藍色國產車。

最後，我們在快到海角前端的地方發現那輛車。不過下車往那輛車內一看，駕駛座是空的，到處都找不到偵探的身影。

「可惡，我明明那麼強調不准去任何地方！」冒出不祥預感的我，轉頭和砂川鄉試。「難道說，丹尼爾他……」

「嗯，肯定是按照黑哥的指示，一個人擅自行動了……」

「我……我沒這樣指示吧！」而且也很難想像美國人丹尼爾會有日本綜藝節目的那種調調。如果他真的單獨行動，始終是因為他自己急著建功吧。無論如何，把車子扔在這裡的丹尼爾，肯定是前往那座廢墟。

我如此心想看向前方，在月光照耀之下，西式宅邸浮現別具特色的輪廓。高大樹木環繞的宅邸，營造出電影裡古老城堡的詭異氣氛。

我指著黑暗的另一頭大喊。「砂川你看，就是那棟建築物。」

「嗯，看起來沒錯——我們也進去吧？」

那當然——點頭回應的我就這麼將警車留在原地，在陰暗的道路慎重前進。砂川也跟在我的身後。終於出現在我們面前的是年久失修的門。鐵門的鎖頭損毀，微微開啟，高聳的門柱飽受風雪的摧殘。外門都變成這個樣子，建築物本身的蕭條程度可想而知。

此時砂川指向老朽門柱的高處，發出驚嘆的聲音。

「哇，黑哥請看！寫在這裡的文字……」

「唔，你說什麼？」我看向他所指的位置，掛在該處的是已經浮現銅綠的銅製門牌，上面刻著時尚的英文字母。「我看看，『KOMINE』……是小峰！也就是說，這座廢墟以前是小峰家嗎？」

我後來才知道，這個場所的廢棄宅邸，真的可以形容為小峰家的根源。記得我以前說過，小峰三兄弟的父親是個花花公子，他出生長大的老家就是這裡。三兄弟的童年也是在這個家度過。他們的爺爺是當地的知名漁夫，在捕撈烏賊迅速致富之後不小心得意忘形蓋的房子，就是這棟西式宅邸。

當時的我們沒有知道得這麼詳細，不過至少認為留下「KOMINE」這塊門牌的這座廢墟，很可能就是小峰次郎逃亡時的藏身處。而且這棟巨大的建築物也肯定有空間可以偷偷監禁瑪利亞。丹尼爾恐怕也是這麼認為，才會忍不住獨自進入門後吧。

我思考到這裡做出決定。

「好，我們也進去看看吧。如果遭遇小峰次郎……」

「到時候就直接射殺——好的，請交給我吧！」

如此回應的砂川右手已經握著黑到發亮的手槍，一副現在就想朝著黑暗開一槍的模樣——不對，這個人真的可能這麼做！

透露瘋狂氣息的部下側臉，使得我有點膽顫心驚，搖了搖頭。

「射殺可不行。逼不得已開槍就算了，但是絕對不能殺掉他。聽好了，絕對不可以，絕對喔。絕對不可以殺掉他，絕對……」

「呃，這是拐彎抹角命令我射殺嗎？」

「怎麼可能啊！」我咬牙切齒大喊。「我是叫你不准真的殺掉他。這是當然的吧？因為現在還不能斷言次郎是不是凶手！」

「哎，這麼說來也對捏。」

砂川看起來終於接受我的說法，重新把自己的槍收回胸前。順帶一提，我這時候也帶著槍，收在西裝胸前的槍套。我祈禱不要演變成必須使用這種危險武器，和砂川穿過毀損的外門，進入曾經是小峰家的這個決戰場所。

放眼望去，前方是如同密林的茂盛樹木與雜草。我猜這裡昔日應該是修剪得宜的西式庭園吧。證據就是各處設置了已經折翼的天使擺飾或是頭已經斷掉的尿尿小童。

我一邊注意腳邊的藤蔓一邊前進，終於抵達宅邸的玄關大門。將手放在厚重的對開大門，發現這裡的門鎖好像也損毀了。我們輕易打開門，順利入侵建築物。

我覺得有點掃興。

「該怎麼說，雖然是廢墟，但也真的是毫無防備……」

「說得也是。反倒覺得像是故意邀請我們入內……」

砂川說著打開筆型手電筒，轉頭環視周圍。這裡是寬敞的大廳。正前方看起來很誇張的一條階梯通往二樓。感覺隨時會有背上以羽毛裝飾得像是孔雀的寶塚女星唱著《紫羅蘭花開時》走下這條大階梯。

砂川獨自走到這條階梯的中段，仔細觀察階梯踏板。「嗯～～」他深感興趣般點了點頭。「黑哥，這條階梯最近好像有人走過。積得厚厚的灰塵上有腳印，應該是最近留下的。其中一種腳印明顯是男性，另一種腳印比較小，感覺是女性。是那個叫做瑪利亞的女大學生嗎？」

「或許吧。」我說著走向部下，然而下一剎那——

突然間，像是某種東西爆開的刺耳聲音響遍整座大廳。像是汙濁空氣大幅被撼動的感覺。雖然難以置信，不過肯定是槍聲。我蹲在大廳中央，砂川在階梯中段，像是把自己當成階梯踏板般躺平，不過這當然是白費工夫的努力——喂，砂川，你這樣會成為上好的目標啊！

我連忙將自己的筆型手電筒照向階梯上方。在光束中浮現的，是架著步槍的高大男性。他躲在柱子後方，將槍口朝向這裡。

我放聲大喊。「——是次郎，他在二樓！」

第二發槍聲像是要蓋過我的聲音般響起。大概是察覺假扮成踏板無濟於事，砂川迅速在階梯中段起身，右手也早早就握著手槍。

「可惡，終於出現了，你這個天殺的妖孽！」

話還沒說完，他就像是杜賓犬般一口氣衝上階梯，隨即追著「天殺的妖孽」消失在二樓。我也隨後拔出自己的槍，同樣跑上階梯。

「小心點，砂川！他拿的是步槍！」

我一邊提醒一邊上樓，但是砂川已經不在那裡，也沒看見小峰次郎。我立刻不知所措。走廊在階梯頂端朝左右延伸，而且盡頭分為兩側。次郎到底逃往走廊的哪一側？追捕他的砂川是否選到正確的方向？

即使豎耳聆聽也完全無從判斷。最後我只依賴自己的直覺，決定以順時鐘方向在二樓走廊尋找。

這棟建築物的房間多得像是旅館。又長又陰暗的走廊整齊排列好幾扇門。拿著步槍的男性會不會突然打開其中一扇門衝出來？光是這麼想，我握槍的右手就冒出汗水。我激勵著差點害怕到畏縮的自己，慎重在走廊前進。

就在這個時候，突然——喀喳！

我感覺到旁邊的門把在轉動。在我驚覺不對取槍警戒的下一瞬間，門突然被用力推開，打在我的臉上。「噗齁！」我發出像是豬叫聲的呻吟聲，整個人向後飛了好幾公尺。回過神來，我發現自己趴在昏暗走廊的正中央。我連忙重整態勢，單腳跪地雙手架槍。

「停……停下來！小峰次郎，在那裡不准動！」

此時從開啟的門後現身的人，真的是高大的男性。手上握著應該是步槍的長條狀物體。對方猶豫片刻之後將雙手舉高到頭上，聲音軟弱發抖。

「ＯＨ～～ＮＯ～～我不是小峰次郎。請不要認錯人，不要開槍，Please！」

「…………」該怎麼說，我全身關節都快沒力了。我放下手中的槍，搖搖晃晃地站起來。「什……什麼嘛，這不是丹尼爾嗎……」

「啊，這個聲音是……inspector 黑江先生！」

他也同樣鬆了一口氣，開心跑向我。他手上拿的不是步槍，是長柄掃把。這好像是他唯一的武器。在為了重逢而欣喜之前，我先責備他的草率行動。

「你為什麼不聽我的警告？我明明那麼強調要『待在車上』！」

「呃，『待在車上』……你說過這句話嗎？」

「我說過吧！斯爹因優而（Stay in your）……哎，算了！」現在我們沒空爭論這段雞同鴨講的英語對話。「不提這個，找到瑪利亞了嗎？你滿腦子想要找到瑪利亞，才會跑進這座廢墟吧？」

「YES。可是失敗了，我到處都找不到瑪利亞。」丹尼爾無力搖頭，接著後知後覺般發問。「剛才我聽到好大的聲音，那是槍聲吧？是你開的槍嗎？」

「不是我，是次郎。他帶著步槍。你也要小心一點。」

我如此忠告之後，正如「說人人到」這句話所示，某人出現在偵探後方遠處的走廊。高大男性的身影——是次郎！

他雙手所握的棒狀物體終究不會是掃把。次郎架起那個物體朝向我們。我驚覺不對連忙大喊。「——丹尼爾，危險！」

我硬是將面前的偵探身體推倒在走廊。槍聲同時響起。子彈從倒地的我們頭頂擦過，漂亮命中盡頭牆壁所掛的肖像畫。畫中的中年紳士腦袋多了一個漆黑的洞。這都是一瞬間發生的事。

「OH～～MY GOD～～」跌坐在地的丹尼爾大聲哀號。

然而現在不是陷入恐懼的時候。我將手上的槍舉向次郎所在的方向，沒瞄準就開了一槍。次郎迅速趴在走廊。

「趁現在！」我站起來抓住偵探的手臂。「丹尼爾，快逃吧——往這裡！」

我腦中完全沒有建築物的平面圖，只憑著直覺和丹尼爾在陰暗走廊奔跑。遇到盡頭就左轉或右轉亂跑。感覺追殺我們的次郎腳步聲進逼到身後，簡直必死無疑。我努力尋找避難場所，看到房門就試著轉動門把，結果順利打開一扇門。

「——來這裡！」

我與丹尼爾一起撲進室內，然後從內部上鎖。幸好這個房間的門鎖沒壞。聽到喀喳的鎖門聲，我「呼～～」地吐出長長的一口氣。我身旁的丹尼爾也氣喘吁吁，露出安心的表情。他暫時調整呼吸之後，重新向我表達謝意。

「Inspector 黑江先生，謝謝你！要不是你剛才推倒我，現在我的腦袋應該就和那幅肖像畫的紳士一樣開了一個洞吧。真的感謝相救，你是我的救命恩人。」

「不，沒什麼啦，別再說了。」

我很少被人當面道謝，總覺得挺不好意思的，不經意以手上手槍的槍口搔頭，在下一瞬間驚覺不對，暫時將危險的武器收進槍套。

「總……總之，這也是我的工作，所以不必道謝——不提這個，先思考怎麼從這個狀況活下來吧。拿著步槍的次郎肯定還在附近。」

「瑪利亞肯定也在附近——這麼說來，你的搭檔呢？那個說話沒大沒小的跑腿菜鳥刑警在哪裡？中槍死掉了嗎？」

「笨蛋，他沒死……應該吧。還是說已經死了？」

沒想到被迫分開行動，我祈禱部下平安無事——啊啊，當然是由衷祈禱。另一方面，丹尼爾露出懊悔表情，輕聲這麼說。

「OH～～原本我也可以拿出愛用的左輪手槍，把壞蛋的臉打到不成原形……真可惜。我把愛用的左輪手槍放在飯店了……」

「咦，你的飯店房間有左輪手槍？這完全是犯罪吧……」

「NO～～這不是犯罪，我只是在開玩笑啦！」丹尼爾頓時露出洋洋得意的表情，以大大的手掌重拍我的背。「HAHAHA，左輪手槍這種東西，怎麼可能這麼簡單就帶進日本，你說對吧！」

「可惡，現在是開玩笑的時候嗎？」我氣得差點不由得拿起手槍朝向他的臉，好不容易以天生的自制力忍住。「丹尼爾，你聽好，這裡不是你的國家。你的生命與安全由我來保護。而且我也不能死在這種地方。沒錯，因為即使是這樣的我……這樣的我也有自己的家庭。」

我輕聲這麼說的時候，腦海浮現妻子的臉龐。

是的，我有心愛的家庭。而且這個家庭在幾個月後會增加一人。雖然不知道即將出生的孩子是男是女……不，肯定是男的。絕對是這樣沒錯……既然這樣，他將來的職業當然是警察吧。而且不會僅止於警部補。想必是被稱為「黑江警部」，不對，被稱為「黑江警視」的菁英搜查官……我現在就很期待看見孩子的那一天……我咬緊牙關以免這段獨白脫口而出。

——好險好險！一旦說出這種話，我到最後肯定會死在槍下！

我如此心想，重新繃緊精神。一旁的丹尼爾不知為何露出看向遠方的眼神，嘴裡說出和我一樣思念家庭的話語。

「家庭……Family 嗎？回到夏威夷之後，我也有心愛的妻子，而且妻子懷了一個可愛的寶寶。這是我的第一個孩子。雖然不知道是男是女……不，肯定是男的。既然這樣，他將來的職業當然是私家偵探……」

「喂喂喂喂！慢著慢著慢著慢著！」

我全力打斷他這段過於幸福的獨白。丹尼爾露出詫異表情。

「怎麼了嗎？我說了什麼奇怪的事嗎？」

「沒有，不奇怪。我反而聽你說了一件好事。孩子要出生了？非常好。不過丹尼爾，你剛才說的那段話叫做『死亡伏筆』，也就是——我不知道在你的國家要怎麼稱呼——總之是很觸霉頭的說法。你想想，在警匪劇也經常有這種人吧？『等到解決這次的事件之後，我就要辭掉刑警工作，回到九州繼承老家種田了』，露出閃亮眼神述說這種未來的傢伙。唯獨這種人不會有未來，一定會在事件即將解決的時候沒命——你應該大致明白吧？」

「OH～～我很清楚。其實我也一樣，等到解決這次的事件之後，我就要從像是黑道事業的偵探這一行金盆洗手，預定在夏威夷島和妻子開一間牧場。」

「…………」可惡，看來這傢伙真的很想死！傻眼至極的我和他拉開距離，換了一個話題。「算了，總之繼續關在這裡也沒完沒了。」

我說完重新以筆型手電筒照亮陰暗的室內。看來這個房間是某人的寢室。該有的家具一應俱全的室內，只有那張大床維持使用時的狀態棄置。走向窗邊一看，鐵製的窗框沒安裝玻璃。推開窗戶觀察正下方，是一整片陰暗的地面，石頭、枯枝與玻璃等雜物散落在地面，老實說看起來不太安全。但是我立刻做出決定。

「好，丹尼爾，從這裡跳到地面吧。」

「咦～～這裡是二樓窗戶耶，還挺高的。不會受傷嗎？」

「可能會受點傷吧。就算這樣，比起走廊或是大廳，從這裡跳出去還是比較沒有危險。因為這樣就不會撞見拿著步槍的殺人凶手。」

「真是的，沒辦法了。那麼，inspector 黑江先生，你先請。」

偵探只在這時候發揮退讓的精神。總歸來說，還沒確認是否安全之前，他不想跳下去。哎，我並不是無法理解他的想法。

「嗯，好吧，我來示範——看清楚啊。」

我單腳踩在窗框，一口氣翻過去，「嘿！」地吆喝一聲撲向黑暗。體驗輕盈的漂浮感之後，併攏的雙腳俐落著地。然而在下一瞬間，左腳踩到奇形怪狀的某種硬物，朝著不正常的方向扭曲。

「嗚咕！」我拚命克制不發出呻吟，努力故做鎮靜，然後朝著二樓從容揮手。

「看……看吧，我沒事。沒沒……沒任何問題對吧？」

「你的聲音為什麼在顫抖？」

「別問了，快給我跳下來！絕對不會受傷的！」

丹尼爾隨即說「我知道了」，暫時將頭縮到窗後。接著突然從窗戶落下的不是偵探，是四方形的白色物體。發出「砰」一聲掉在地面的平坦物體，是剛才在床上看見的髒床墊。

下一瞬間，丹尼爾「嘿！」地跳窗而出，在床墊上輕盈反彈一次，順利著地成功——原來如此，可以用這一招啊！

我不禁目瞪口呆，偵探朝著這樣的我豎起大拇指。「怎麼樣？這麼做就不會傷到腳喔！」他得意洋洋使了一個眼神。

「既然這樣，你應該在我跳下來之前就提出這個點子吧？」

我一邊在意扭到的腳，一邊如此抱怨。不過如今說這個也沒用。我重新振作，環視周圍的狀況。這裡是西式宅邸後方某處。曾經是後院的這個空間，如今雜草恣意叢生。另一頭是密集又高聳的樹群。看來是雜木林。

「好，暫時躲在那片樹林裡吧。」

我鞭策疼痛的腳往前跑，丹尼爾隨後跟上。然而在接近漆黑雜木林的時候，突然間——撕裂夜空般的槍聲再度撼動周圍的黑暗。

我驚覺不對停下腳步。提高警覺的視野一角出現某人的身影。

這個人影是趴在地面的姿勢。不過很快就站起來，為了閃躲射來的子彈而側翻又側翻，最後甚至來個後空翻，躲進茂密的灌木叢後方。看著自我陶醉又無謂華麗的這些動作，我開口搭話。「——砂川！」

我跑到部下身旁。灌木叢後方的他也露出吃驚表情。

「啊，黑哥！還有那個偵探也……」

「太好了，砂川，原來你活著！」

「太好了，你還沒死！」

「啊？我為什麼被當成已經死掉了？」納悶的砂川像是立刻重新振作，以手上的槍指向前方的雜木林。「次郎那傢伙，就在剛才逃進這片樹林了——是的，只有他一個人，沒看見女性的身影。」

眼前是散發不祥氣息的雜木林。看著這幅光景，我毅然決然開口。

「知道了。砂川，我們進去看看吧。」

「好的，黑哥，我們走吧。」

「YES，各位，我們走吧。」

「嗯……？」我有點猶豫。

接下來可以讓這名偵探一起行動嗎？是不是應該命令他回到車子那裡？我如此心想。但是就算叫他別跟過來，反正他肯定還是會跟過來。反倒應該好好看著他才對吧，否則不知道他會做出什麼事。「丹尼爾，別離開我身邊啊。」

做出結論的我如此下令，從西裝胸口重新取出自己的槍。然後我們三人勇敢進入雜木林，尋找小峰次郎的身影。

4

雖然是月光明亮的夜晚，雜木林裡卻是一片漆黑。但是不能打開筆型手電筒，因為這麼做會讓手持步槍的敵人得知我們的位置。所以我們靠著射入林間的月光，在樹林裡慎重前進——

「還是沒辦法啦，黑哥。」

早早就說出喪氣話的人不用說，正是砂川。他像是抱怨般繼續說。

「那個傢伙應該對這裡很熟，反觀我們是第一次進入這座樹林，所以沒勝算。在這種狀況下逃走的次郎，我們根本不可能找得到……不可能找……找到了！」他突然指著前方某處大喊。「快看那裡！那邊草叢的後面！」

沿著他說的方向看去，前方是茂盛的草叢。高大男性的身影剛好從後方現身。男性將步槍瞄準這裡，毫不猶豫開了一槍，逼我們停下腳步，然後俐落轉過身去，再度開始逃走。

停頓片刻之後，我們也追了過去。但是次郎跑得比我們快，尤其對於傷到腳的我來說，這場追逐戰實在不利。而且正如砂川所說，他對這裡很熟悉，與其說是倉皇亂跑，不如說是要跑向某個場所。就我看來是這種感覺。

跑著跑著，突然發生一件不可思議的事。

本應跑在我們前方的男性忽然消失。不對，人類的身影當然不會像是燭火那樣消失，不過至少在我們三人眼中，看起來就像是突然消失。不只是看不見身影，直到剛才都感覺得到的男性氣息，像是存在感的那種氣息，現在也完全感覺不到。在樹林裡到處尋找之後，我們三人聚集在一起，露出內心發毛的表情相視。

「喂，砂川，這是怎麼回事？」

「天曉得，他突然像是一陣煙霧消失了。」

「OH～～簡直是被FOX擺了一道耶～～」

「FOX……狐狸嗎……」我輕聲這麼說，將手放在一旁聳立的銀杏大樹樹幹仰望樹梢。感覺逃走的狐狸正在樹枝上竊笑。不過樹上當然沒有狐狸，也沒有拿著步槍的男性。

就這樣，追丟次郎的我們只能暫時放棄搜索，回到原來的場所。

回程途中，我重新詢問砂川。「你和我們分開行動之後，去了哪裡做什麼？你一直在追捕次郎嗎？」

「不，我後來立刻追丟次郎，後來獨自找遍一樓與二樓。啊啊，這麼說來，二樓發生了像是槍戰的一場大騷動。不過在我趕到之前就結束了。」

「是啊，因為我們當時只能逃走。」

「不提這個，砂川先生，你有在宅邸裡看見瑪利亞嗎？」

「不，我沒看見女性，不過有發現疑似女性被監禁過的痕跡。一樓的房間地面有罐頭與泡麵之類的空包裝。我還找到幾根有點長的頭髮，應該是女性的。」

「ＯＨ～～那一定是瑪利亞的頭髮沒錯。也就是說……」

「是的，小峰次郎果然殺害太郎，將太郎的情婦瑪利亞監禁在這裡。應該就是這麼一回事吧。」

原本懷疑可能是陷阱的砂川，看來如今也重新認定這都是小峰次郎的犯行。我忽然停下腳步，自言自語般輕聲說。

「不過，等一下。次郎剛才消失在樹林了。既然這樣，瑪利亞現在在哪裡？」

我說完看向丹尼爾的瞬間，他不知為何露出近似恐懼的表情。

我隨即皺起眉頭。「嗯……？」

怎麼了嗎——我還沒開口這麼問，他就先放聲大喊。

「危險～～！」

丹尼爾突然強行推倒我。同一時間，發出撕裂黑暗的一聲槍響。

我與丹尼爾疊在一起倒地。

「黑哥！」砂川吃驚大喊。「你還好嗎？」

「啊啊，我沒事。不提這個，那傢伙就在附近，去追他！」

砂川簡短回答「是！」然後獨自跑走。我試著把壓在身上的偵探推開。「啊，丹尼爾，託你的福才能得救，這次輪到我道謝了。謝謝……但是不好意思，差不多可以請你離開了吧……你很重啦，丹尼爾……丹尼爾……？呃，喂，丹尼爾，你怎麼了？」

他沒回應我的叫喊。不只如此，他就這麼將全身體重壓在我身上，動也不動。察覺異狀的我戰戰兢兢看向自己的左手。手掌沾滿溼滑的鮮血。這一瞬間，我理解當前的狀況並且大喊。

「喂，丹尼爾……丹尼爾～～！」

「黑江先生，什麼事？」

「哇啊啊啊啊———！」

已經無法克制尖叫的我，用盡力氣推開偵探的身體，當場迅速退後，將手放在心臟狂跳的胸口。

「丹，丹尼爾，你還活著嗎……我，我還以為你死了……」

正確來說，我以為他完美回收了死亡伏筆。不過丹尼爾就這麼仰躺在地面搖了搖頭。

「ＮＯ～～我沒死。不過，右腳中槍了。」

「這……這樣啊，所以才會流血……丹尼爾，你能動嗎？」

「ＮＯ，黑江先生，我動不了。」

就像是要蓋掉這句話，此時又發出一聲槍響。接著比較小的那發槍聲，應該是砂川正在以自己的槍應戰吧。在這之後，響起一個至今沒聽過的女性聲音。

一聽到「Ｈｅｌｐ！」這聲悲痛的哀號，丹尼爾表情大變，硬是撐起上半身對我開口。「那是瑪利亞的聲音。黑江先生，請你……請你救救瑪利亞。我的傷勢沒問題。

不要管我，請快點過去吧。」
「居然說不要管你……喂！」這也是典型的死亡伏筆啊！
我變得非常擔心他。雖然這麼說，但也不可能扶著受傷的偵探去拯救瑪利亞。如今我只能選擇把他留在這裡。
「聽好了，丹尼爾，留在這裡別動。我一定會回來這裡。」
我只留下這段吩咐之後就毅然決然起身，懷著不捨的心情獨自在樹林奔跑——不過等一下，我剛才留下的那些話，是不是也很像死亡伏筆？
腦海一角思考這種事的我，跑向槍聲傳來的方向。

5

我在樹林奔跑不久之後，眼前的視野突然擴展開來。這裡是完全沒有樹木，像是空地的空間。雜木林與雜木林之間的這條界線，就像是一條寬敞的道路。
當時的我無從得知這條路通往哪裡。我要找的部下就在路邊。
「喔喔，砂川，原來你在這裡！」
「啊，黑哥。」砂川倚靠在路邊殘留的乾枯大樹向我招手，然後以手上的手槍指向前方。「次郎在那裡。他用女性當人質。現在這樣，我們不能貿然出手。」
視線移向他所指的方向，數十公尺遠的位置確實有一名男性，也清楚看得見他身旁有一名穿著白色系服裝的女性。如果男性是次郎，女性應該就是瑪利亞吧。

女性好像在尖叫，然而不知道是英語還是生硬的日語，聽不懂她在叫什麼。男性左手抓住女性手臂，只以右手拿著步槍朝向這裡。

大概是被拚命抵抗的瑪利亞妨礙，男性身體看起來左右晃動。在那種狀態，即使步槍擊發，子彈精準命中的機率也不到萬分之一。雖然這麼說，既然瑪利亞在他旁邊，我們也不敢貿然開槍。

在這樣的膠著狀態下，我只以話語牽制對方。

「喂，小峰次郎！你逃不掉了。放開瑪利亞吧，然後你也乖乖……」

「少囉唆！」

這個野蠻的聲音一響起，就接連有兩顆子彈射過來。然而正如預料，因為沒有好好瞄準就射擊，所以兩槍都完全落空。只在寬敞道路的中央啪啪激起兩股煙塵。

即使如此，效果還是足以瞬間拖慢這邊的動作。在我們畏縮的時候，男性趁機轉過身去，拉著女性的手，以蹣跚搖晃的腳步跑走。

「啊，喂，站住！」我連忙從大樹後方衝出去，心想這次絕對不能追丟，以筆型手電筒照向他們兩人。愈跑愈遠的男女背影，彷彿聚光燈下的舞臺劇演員般清晰浮現。

然後在下一瞬間——

「啊……？」

發出錯愕聲音的是砂川。我則是連聲音都發不出來，只能愣在原地。那對男女的身影已經不在我照射的光束之中。

「消……消失了……？」應該說，掉下去了？難道這條路的盡頭是……？

腦海浮現的不祥預感，被迎面而來的海風化為毋庸置疑的確信。

下一瞬間，我與砂川爭先恐後向前跑。抵達那對男女剛才消失的地點之後，同時露出苦悶表情轉頭相視。

道路前方是死路，真的是烏賊腳海角的最前端。如果在這裡建造瞭望臺，肯定會成為欣賞絕景的熱門景點。不過當時那個場所單純只是懸崖。

「可惡，從這裡摔下去了嗎……」

我趴在地面看向懸崖下方，然而岩層裸露的斜面看不見次郎與瑪利亞的身影。即使呼喊兩人的名字，也只會被強烈海風蓋過我的叫聲。即使在懸崖上以筆型手電筒照射，眼前也只有遼闊太平洋的驚濤駭浪。

砂川俯瞰這幅光景，發出失望的聲音。

「啊啊……次郎跳海了吧。帶著叫做瑪利亞的女性一起上路……」

我只能默默點頭同意這句話——沒錯，當時的我是如此！

第十一章　揭曉的往事

1

白骨屍體的身分是小峰次郎。而且從二十年前就在地下洞窟的這個場所。

史魁鐸山莊老闆豬狩省吾說出的答案，令戶村流平感到戰慄。

不過站在一旁的偵探鵜飼杜夫表情不太驚訝。在黑暗之中，他就這麼將ＬＥＤ筆型手電筒照向旅館老闆，以平靜語氣發問。

「小峰次郎的屍體為什麼在這裡？小峰次郎殺害自己的哥哥，在逃走的時候從懸崖墜海死亡。我記得當時的報導是這麼寫的。」

「不，這是因為……」

豬狩省吾戰戰兢兢開口。手上的提燈像是反映內心的慌張頻頻顫抖。鵜飼像是連珠砲般繼續追問。

「說起來，你為什麼知道這具屍體是小峰次郎？難道說，是你殺了他——該不會是這樣吧？」

「當然，這是，那個……」

「那麼，你是從什麼時候知道這個事實？既然知道，為什麼要隱瞞？難道說，是和小峰三郎有什麼關係嗎？」

「啊啊，所以說，那是……」

「到頭來，小峰三郎和史魁鐸山莊是什麼關係？老闆！別再悶不吭聲，差不多該請你清楚回答……」

「喂，真是的，吵死了！」這次輪到省吾打斷偵探的話語。「你接二連三問個不停，我根本沒空回答吧！可以稍微閉嘴聽我說嗎？」

豬狩省吾充滿憤怒的洪亮聲音響遍狹窄的洞窟。他的聲音在黑暗中迴盪數次，確實撼動低矮的洞穴頂部。

瞬間，偵探之間竄過一陣緊張氣氛。鵜飼與流平壓低姿勢，以食指指向自己的正上方，然後將食指按在嘴唇。

「噓！噓～～！老闆，請安靜……你喊得這麼大聲，洞窟會崩塌的。」

「要是洞窟崩塌，屍體會增加三具喔……老闆，就算這樣也沒關係嗎？」

鵜飼他們不是提出理論而是訴說恐懼，藉以壓抑省吾的怒火。大概是奏效了，他的怒火立刻平息。幸好洞窟的低矮頂部沒有變得更低。流平鬆了口氣，全身黑衣的老闆則是咧嘴一笑。

「放心，洞窟絕對不會崩塌。我來過這裡很多次，但是從來沒崩塌。」

「那當然吧！」鵜飼說。「發生這種事就麻煩了！」

「說得也是——好啦，那我就回答你剛才的問題吧。」

「呃，不，先離開這裡吧——流……流平，我們回去吧！」
「就……就這麼辦，鵜飼先生。要是被壓扁就來不及了！」
鵜飼與流平一齊轉過身去。省吾從容在後方叫住他們。
「別這樣，在這裡聽我說吧。畢竟在這裡就不必擔心被別人聽到。」
全身黑衣的老闆已經是豁出去的態度。他張開雙腿坐在旁邊的岩石，親口說出面前這具白骨屍體和小峰三郎的過節。
「以前有一棟廢墟座落在烏賊腳海角的這個場所。原本是捕撈烏賊的漁夫迅速致富之後建造的，也就是烏賊宮殿。記得漁夫叫做小峰某某。總歸來說，這名男性就是小峰三兄弟的爺爺。是的，換言之這棟廢墟是小峰家沒落之後的樣貌。距離現在二十年前，以這棟廢墟為舞臺，展開了一場激烈槍戰。偵探先生好像略知一二，但你看起來完全不知道，所以我姑且說明一下吧。當時持槍交戰的是警察與小峰次郎……」
「啊，老闆，關於這件事，詳細的說明你可以省略。」
這只是浪費時間——鵜飼就像這樣打斷說明。流平當然嘛嘴強烈抗議。
「鵜飼先生，為什麼啊？我超想聽那場槍戰的故事。」
「唔~~我能理解你的心情，但是應該只有你不知道這件事吧。」
鵜飼聳肩回應。「總歸來說，烏賊川警局的警官和逃亡中的小峰次郎曾經持槍交戰，後來次郎和身旁的女性一起從懸崖墜海而死。不過兩具屍體都沒找到。哎，屍體被太平洋的浪濤吞沒，即使已經被鯊魚吃掉也不奇怪。記得在那個時候，好像還有一個來自海外的私家偵探中槍死掉？」

「別擅自殺人好嗎？那個人只是腿部中槍。不過記得是重傷沒錯——知道了，那我就省略槍戰的詳細過程吧。」

流平的願望就這麼沒有實現。省吾省略這場槍戰，繼續說下去。

「前小峰宅邸是破破爛爛的廢墟，也曾經成為槍戰舞臺。發生那個事件之後，我的父親收購了這塊土地與建築物——咦，問什麼要特地買這種出過事的物件？當然是因為便宜。因為出過的事情太嚴重，所以買起來很划算。沒有別的理由。總之我父親就這麼買下這一大塊土地與廢墟。他看著這塊土地，忽然雙手抱胸開始思考——『那麼，這裡可以用來做什麼呢？』這樣。」

「正常應該在購買之前決定吧？」

鵜飼打從心底傻眼般低語。「所以你父親完全翻修這塊土地以及建築物，開了一間小旅館，也就是這座史魁鐸山莊吧？」

「沒錯。我從旅館開張之後，就擔任父親的左右手在這裡工作。但是旅館經營慘澹。大概是心力交瘁又過於勉強，我父親在旅館開張數年後病倒，退出經營的第一線。後來由我與妻子掌理這間旅館，但是經營狀況還是遲遲沒有改善。畢竟烏賊腳海角地處偏僻，又不是什麼觀光勝地，所以沒有知名度，沒有賣點，交通不便，名稱給人的印象也差勁透頂——話說『烏賊腳海角』是什麼爛名字啊！以前的人們就不能取一個更好聽的名字嗎？」

「…………」這個人為什麼事到如今才在抱怨地名？

大概是感覺到流平傻眼的視線，省吾露出遮羞般的笑容。

「沒事，抱歉我失常了。總歸來說，這裡只有曾經成為槍戰舞臺的建築物，以及壞蛋在最後死於非命的懸崖——不過，那座懸崖後來成為瞭望臺，成為還算知名的景點就是了。」

「還真的是萬事向錢看。」鵜飼佩服般這麼說，然後歪過腦袋。「不過，聽你這麼說就覺得確實奇怪。這間旅館沒有長期經營的優勢，我也不認為只靠著一座瞭望臺就能吸引客人入住——史魁鐸山莊到底發生過什麼事？」

「經營好轉的關鍵事件，發生在十五年前左右。雖然沒下雪但剛好是現在這個季節的某天晚上。拿著手電筒來到庭院的我，偶然發現某人進入雜木林。我只看一眼就覺得那個人影很可疑。說不定是外人擅自入侵旅館境內，在雜木林那裡閒晃。我一時之間是這麼想的。旅館境內非常寬敞，偶爾有人迷路闖進來。我猜對方大概也是這種人，拿著手電筒追過去。多虧對方也拿著某種照明設備，所以我追蹤的時候意外輕鬆。我關掉自己的照明，追著對方手上的照明前進，這麼一來絕對不必擔心追丟——應該是這樣才對。」

「但是你追丟了——不對，是對方突然消失了。沒錯吧？」

鵜飼搶話般斷言。「地點是雜木林深處一棵銀杏大樹旁邊。我有說錯嗎？」

「不，沒說錯。確實如你所說。剛開始我摸不著頭緒。『被狐狸擺了一道』就是在說這種狀況。我用手電筒照向四面八方，到處亂走想要尋找消失的人影。下一瞬間，我覺得自己踏出的腳陷入地面——你覺得那裡到底有什麼東西？」

「慢著，居然問我『那裡有什麼東西』，這算是謎題嗎？你以為我們是從哪裡用什麼方式潛入地底的？」

鵜飼無奈般搖頭，然後姑且說出謎題的正確答案。「銀杏樹根部的地面有一條裂縫。你偶然發現裂縫，鑽進這個洞，進入這條洞窟，並且在這條洞窟往前走——就是這麼回事吧？」

「你不覺得害怕嗎？」這是流平說出的單純疑問。

豬狩省吾點了點頭。「我當然感到恐懼，但是對於未知事物的好奇心更強烈。因為啊，我非常喜歡以前流行的電視節目《川口浩探險隊系列》。我哼著嘉門達夫的名曲，獨自走向洞窟深處。」

「喔喔，居然！」突然大喊的當然是鵜飼。他將右手伸到省吾面前示意握手。「我的同志啊！不對，雖然寫成『同志』，但是請容我稱呼你『朋友』。沒想到居然能在這種地方遇見同為探險隊的夥伴！」

——鵜飼先生，您在說什麼啊？您是偵探喔，不是探險隊，是偵探！

流平啞口無言，斜眼瞪向自己的師父，然後為了回到正題而詢問旅館老闆。

「所以，洞窟深處發生了什麼事？」

「嗯，我感覺到某人的氣息。剛才在地面追丟的可疑人影，這傢伙肯定和我一樣鑽進那個洞，大搖大擺走在這條洞窟。我停止哼歌，默默走向對方氣息所在的方向，然後終於——抵達了這個場所。就是我們現在所在的這個空間。平坦的岩地上有一具屍體。」

「是白骨屍體吧。」鵜飼以筆型手電筒的燈光指向髒床單。

省吾就這麼坐在石頭上瞥向該處，用力點了點頭。

「沒錯。當時還不像現在完全化為白骨，是死因不明的屍體。看起來是高大男性的屍體。這時候浮現在我腦海的是那場槍戰的過程。在那場槍戰最後喪命的小峰次郎，我聽說是相當高大的男性。那麼，面前快要化為白骨的屍體，我認為或許就是那名男性的遺骸。『不過，到底是誰做出這種事？』——苦思不解的我不經意脫口這麼問，然後說來意外，我這個問題得到回應。某個低沉到快要貼地的聲音簡短說了『是我』這兩個字。」

大概是回想起當時的恐怖，省吾的聲音有點顫抖。鵜飼不以為意發問。

「有其他人在那個場所是吧？」

「沒錯。我輕聲尖叫的這時候，面前一塊黑漆漆的大石頭突然動了起來。石頭慢慢直立，很快就變成人類的輪廓。居然是小峰三郎。穿著黑色衣服的他，一直蹲在地上觀察我的行動——哈哈，難怪聲音像是貼地！因為他真的變成一塊大石頭一直貼著地面不動，哈哈哈！」

「…………」這有什麼好笑的？

流平歪過腦袋，一旁的鵜飼雙手抱胸。

「原來如此。果然大家想的都一樣。」

他露出非常認可的表情，不過等一下，應該不是大家都一樣吧？流平覺得總歸來說，只不過是鵜飼與小峰三郎的行動跨越十五年的光陰恰巧一致。

但是無論如何，不難想像當時的豬狩省吾肯定被突然出現的三郎嚇破膽。流平詢問現在的他。

「那天晚上，小峰三郎是住在這間旅館的客人是吧？」

「是的。三郎是我們旅館開幕之後的少數常客。哎，這裡本來就是改造小峰家宅邸開設的旅館，所以小峰家的三男經常以客人身分光顧也不奇怪。至少當時的我是這麼理解的——咦，當時的三郎嗎？那時候他已經繼承去世哥哥們的『小峰兄弟社』擴大經營，公司也改名為『小峰興業』並且開始經營遊樂場，氣勢真的是如日中天。」

「十五年前的話，確實是這個時期。不提人品，那個小峰三郎確實具備做生意的本事。」

鵜飼像是揶揄死者般點頭。「然後，這個三郎回答『是我』，也就是說他爽快承認自己殺害次郎。那麼，他後來對你做了什麼？從你說明的過程來推測，我覺得應該是『既然被你看見這個，就不能讓你活著回到地面』這種狀況。」

「啊啊，老實說，我也以為會沒命，會被滅口。不過說來意外，他好像沒想這麼多，甚至向我提案說『你就當做沒看見吧。照做的話，我可以援助這間旅館。』不是我視為常客接待的小峰三郎，是更加嚇人，具備魄力的聲音。實際上，要是拒絕這個要求，我不知道會遭遇何種下場，當時的我只能答應他的要求——總之以結果來說，這時候的交換條件，成為拯救史魁鐸山莊脫離經營危機的一大轉機。」

「所以你接受了當時『小峰興業』的援助。哇，真的正如字面所述是『黑市交易』。原來如此，史魁鐸山莊與小峰三郎因而建立起同生共死的共犯關係。三郎硬是拉攏你成為同夥，實質上成功防止你走漏口風——嗯，這個做法很聰明，不過三郎為什麼沒殺你？殺一個人或是兩個人明明都沒差吧？」

「是的。不過要是我離奇死亡，肯定會招致警方起疑，懷疑可能和過去在相同場所發生的槍戰有關。這麼一來，相傳已經墜海死亡的次郎，也可能會有搜查員覺得事有蹊蹺。三郎應該是害怕這一點吧。而且——」

「而且？」

「對於三郎來說，史魁鐸山莊座落在這個場所，應該也是合了他的意。自己的老家得以留存，因為是旅館所以付錢就能住，最重要的是，隱藏他這個祕密的雜木林以及那條地下洞窟，就這麼原封不動保存下來。」

「原來如此。要是殺了你，這間旅館就無法經營。要是旅館倒閉，土地與建築物也都會轉手給完全不同的另一個人。新地主可能會挖掘雜木林，揭發這條地下洞窟的祕密。與其變成這個結果，還不如讓史魁鐸山莊永遠存在於這裡。三郎是這麼想的吧。」

「應該是。所以他才會自願援助這間旅館吧。」

「原來如此。」流平深深點了點頭。「也就是說，三郎偶爾會來看看自己親手殺害的次郎屍體。以住宿客人的身分悄悄進入雜木林，鑽進那個洞穴來到這條地下洞窟……慢著，咦，不會吧？」

「唔，怎麼了，流平？瞧你一副驚弓之鳥的表情。」鵜飼以筆型手電筒照向自己的徒弟。「至今的說明有哪裡不對勁嗎？某些部分確實殘留疑問。比方說既然次郎是在這裡被殺，那就得思考那名墜海的男性到底是誰。不過，這種事只要換個想法肯定就說得通……」

「不不不，根本說不通啊！」流平用力搖頭反駁。「因為那個小峰三郎不可能在這裡殺害次郎吧？」

「唔，你為什麼這麼認為？」

「這是當然的吧。因為那個三郎的身體！像是童話故事矮胖子的啤酒肚！如果要從銀杏樹根部的狹窄縫隙鑽進地下洞窟，他那種體型完全不可能吧？也就是說，三郎當然也沒辦法在這條洞窟殺害次郎——鵜飼先生，您說對吧？」

「啊啊，什麼嘛，原來是這件事。」鵜飼朝自己的徒弟投以同情視線。「這麼說來，你只認識最近的三郎。只看過造訪我們偵探事務所，成為我們委託人的小峰三郎……」

「咦？嗯，當然是這樣沒錯……」

不過這又怎麼了——流平像是在問這個問題，交互看向站在面前的偵探以及坐在石頭上的旅館老闆。在這樣的狀況中，開口的是豬狩省吾。

「既然只認識最近的小峰三郎，你會這樣誤解也在所難免。不過啊，三郎也不是從以前就胖得那麼不像話喔。十五年前的三郎體型比現在瘦得多，而且他原本就比一般人矮得多，所以當時的他個頭真的很矮，說難聽一點就是完全一副窮酸樣，看起來毫無威嚴可言。所以十五年前的他可以自由鑽過狹窄的洞穴，在這條洞窟裡恣意走動。如果是二十年前，對他來說應該更是輕而易舉吧。」

就像是要補足這段說明，鵜飼接話繼續說。

「成為幹練經營者的三郎，八成對於自己窮酸的外表抱持自卑感。後來他愈來愈胖，成為流平你所知道的體型——不過是否因而變得更有威嚴，這就要打一個大問號了。」

2

「——咦，您說『當時的我是如此』？黑江前輩，這是什麼意思？」

通往烏賊腳海角的道路入口附近。被擋在這裡無法通行的偵防車內。

坐在駕駛座的志木刑警看向坐在後座的大前輩。志木正在聽這位前刑警親口說明二十年前那場槍戰的經過。依照他的說明，陷入絕境的小峰次郎應該是帶著人質瑪利亞一起從懸崖墜海。不過現在的黑江讓二似乎對這個結局有異議。

「您說『當時的我是如此』……當時的前輩和現在的前輩不一樣了嗎？」

「對，不一樣了。」回答的不知為何是砂川警部。坐在副駕駛座的警部也轉頭看向後座。「名為大澤弘樹的男性，在KTV說明的最後那段話就是關鍵——黑江先生，我說得沒錯吧？」

「嗯，砂川，一點都沒錯。」

聽到昔日部下這麼說，前刑警像是正合己意般點了點頭。

「大澤弘樹的那段說明之中，有一個部分令我在意。關於近距離目擊的凶手印象，大澤是怎麼說的？凶手是身穿工作服的高大男性，而且走路的時候莫名搖搖晃晃。剛才他是這麼說的。這是我們在二十年前搜查的時候不知道的新情報——但是這難道不會怪怪的嗎？」

「呃，會怪怪的嗎？」志木稍微歪過腦袋。

「嗯，怪怪的。」黑江讓二斷言之後繼續說。「大澤在這之前，也用陽臺的望遠鏡觀察那名工作服男性。當時男性從小貨車車斗總共搬了六個紙箱進入空屋。如果箱子裡是肢解成六塊的屍體，那麼肯定是相當吃力的工作。即使如此，大澤卻不覺得那名工作服男性走起路來搖搖晃晃。當時在附近工地的警衛，也和大澤目擊相同的光景，但是同樣沒提到男性走路搖搖晃晃。然而搬完屍塊走出空屋的男性——當時已經把空紙箱扔上車斗，接下來只要開著小貨車離開就好——他走起路來卻莫名搖晃。這到底是怎麼回事？」

「原來如此，聽您這麼一說就覺得挺矛盾的……」

「反過來的話就可以理解。如果男性搬運裝著屍塊的紙箱時走得搖搖晃晃，那就沒什麼好奇怪的。因為屍體意外地重。尤其是裝入軀體的紙箱，任何人搬運的時候都會走不穩。不過工作服男性輕鬆完成這些吃力的工作，另一方面，把空紙箱搬回車斗的時候，腳步不知為何不太正常——這樣怪怪的。」

「是的，確實很奇妙。」志木點頭思索片刻，然後提出一個可能性。「那麼前輩，我這個想法怎麼樣？乍看空空如也的紙箱裡，其實裝了某些重物——會是這種狀況嗎？」

「不，這是不可能的事。警衛不是說過嗎？工作服男性輕鬆將紙箱放上車斗。換句話說，先不提是不是空的，紙箱本身果然很輕。但是男性走路依然搖搖晃晃，肯定是基於某個特別的原因——這麼想的時候，我的腦中忽然浮現一幅光景。」

「呃，請問是什麼樣的光景……？」

「就是剛才說給你聽的那段故事。在烏賊腳海角前端懸崖上演的光景。在槍戰最後陷入絕境的小峰次郎，單手抓著人質瑪利亞，以步槍嚇唬位於前方的我們。後來他轉過身去，帶著瑪利亞跑向懸崖——不過當時次郎的腳步也是莫名蹣跚搖晃。我剛才是這麼對你說的吧？」

「嗯，確實……」志木連忙在腦中回憶大前輩剛才說的故事，然後立刻反駁。「可是，當時次郎必須以單手抓著拚命掙扎的瑪利亞，自己才會因而站不穩吧？」

「嗯，我們的想法也和你一樣。覺得因為瑪利亞在掙扎，才會害得次郎走路不太穩，所以這件事沒什麼好奇怪的——當時的我是如此！」

「又是『當時的我是如此』嗎？」志木斜眼看向後座的前刑警。「也就是說，您現在的想法不一樣嗎，黑江前輩？」

「沒錯，現在的我看見真相了。」黑江讓二像是宣布般這麼說，然後提出和二十年前不同的見解。「那個人不是小峰次郎，是三郎。」

「咦，咦咦？」志木像是要扭斷脖子般用力轉頭向後，注視前刑警。「您說他是三郎？不是次郎，是三郎……嗎？咦，慢著慢著，不會吧？不可能有這種事吧，警部？」

志木像是求助般發問。但是副駕駛座的砂川警部果斷搖了搖頭。

「不，現在我的見解也和黑江先生一樣。我認為那個人是三郎。」

「怎麼可能！」

「當然不是原本的三郎。是預先在腳底動了某些手腳的三郎。可能是穿著高跟木屐，或是踩著高蹺，也可能是套上義肢讓身高變高，老實說我不知道是哪一種。總歸來說，三郎以某種器具讓自己的矮個子看起來變高，假扮成高大的次郎，所以走起路來當然不太穩。他跑向山崖的時候之所以搖搖晃晃，也不是因為瑪利亞在掙扎。當時的他頂多也只能那樣奔跑。」

「可……可是警部，假設三郎偽裝成那種走路不穩的模樣，瑪利亞應該不會輕易被他抓住吧？只要往他的身體撞下去，瑪利亞肯定可以自行脫逃。那麼瑪利亞為什麼輕易就落入他的手中……咦？」這一瞬間，志木腦海閃過一道靈光。從警部的推理必然能導出這個答案。志木不禁發出低沉的聲音。「唔～～原來如此……也就是說，那個叫做瑪利亞的女性是……！」

「沒錯，瑪利亞和三郎是一夥的。」砂川警部以咬牙切齒的語氣說出意外的真相。「當時在我們的眼中，三郎看起來緊緊抓住瑪利亞的手臂，不過事實恐怕完全相反。瑪利亞的手臂其實暗中扶著站不穩的三郎。總歸來說，三郎和瑪利亞事先共謀，在我們面前演了這場戲。三郎飾演窮凶惡極殺害哥哥的次郎，瑪利亞飾演被次郎抓住的可憐人質。兩人扮演好自己的角色，以逼真演技漂亮騙過當時的我們——黑江先生，就是這麼回事吧？」

「是的。雖然不甘心，但我也認為砂川的推理正確。」

上司與大前輩相視點頭。志木看著這樣的兩人，發出錯愕的聲音。

「怎麼這樣，這是假的吧？應該說這種事根本不可能吧？」

「唔，志木，哪裡不可能了？這種可能性很高吧？」

「不不不，因為是小峰三郎啊？那個男的不可能輕易假扮成別人。三郎的那種體型，像是童話故事矮胖子的啤酒肚。無論穿上再高的木屐，套上再長的義肢，肯定都無法掩飾那種體型。也就是說，絕對不可能把三郎誤認為次郎——警部，難道不是這樣嗎？」

「唔……啊啊，什麼嘛，對喔。」砂川警部像是終於想到自己忽略一件重要的事，輕輕打響手指。「這麼說來，志木，你只認識最近的三郎吧？只認識在烏賊川市惡名昭彰之後的幹練經營者小峰三郎……」

「咦？哎，確實是這樣啦……」志木眨了眨眼睛，交互看向副駕駛座的上司以及後座的大前輩。「咦，不會吧……難道……？」

就是你想的那樣——兩名前輩像是在這麼說。對於這名一無所知的後輩刑警，他們臉上明顯浮現同情的表情。

3

後來經過一段時間，稍微說明三郎以前的體型之後——

穿制服的警官握拳輕敲副駕駛座車窗。

「啊啊，不好意思，我們正在解謎，有事的話抱歉晚點再說。」

砂川警部一打開車窗，就進行完全誤解現狀的這個回應。志木刑警連忙在駕駛座大喊。

「哇！警部，您在說什麼啊？我們並不是為了解謎才停車吧！」

要盡快抵達史魁鐸山莊。這是現在唯一的目的。之所以開始解謎，是為了在積雪封路的這段期間消磨時間。

重新認知這一點的砂川警部，說著「啊啊，說得也是」輕拍自己額頭，然後重新詢問制服警官。「恢復通車了吧？這樣啊，那太好了！」

砂川警部開心說完關上車窗，立刻命令駕駛座的部下。

「好，志木，發車！不慌不忙，盡快趕路！」

「不用您說，我知道該怎麼做。」志木回應這個最高難度的命令之後，迅速發動引擎。載著三人的車子全力遵守安全規定，行駛在依然不能掉以輕心的雪道上。握著方向盤的志木刑警筆直注視前方，催促兩名前輩繼續推理。

「跳下懸崖的不是次郎而是三郎，我接受這個說法。以三郎當時又瘦又小的體型應該也做得到。不過假設真相是這樣，又會出現一個很大的矛盾吧？因為三郎直到最近都還是活蹦亂跳。」

「嗯，問題就在這裡。」後座的黑江讓二如此回應。「三郎和瑪利亞一起跳下懸崖，但他沒有落海而死，始終只是偽裝成次郎死亡。實際上三郎自己——恐怕也包括瑪利亞——使用某種手段避免墜海，回到陸地。說不定那座懸崖下方，有一條當時我們沒發現的祕密通道——喂，砂川，關於這一點，史魁鐸山莊的偵探們是怎麼說的？」

「不，沒說什麼。而且我今天打電話到他的手機好幾次，卻完全打不通。那個偵探是在沒訊號的地方嗎……」

「沒訊號？烏賊腳海角沒那麼偏僻吧？」

「是的，那當然。肯定是在收不到訊號的某處吧。比方說地下。」

「嗯，地下啊。難道是在進行洞窟探險？」黑江讓二說出不切實際的玩笑話。「哈哈，怎麼可能！」他苦笑聳了聳肩。

「不提這個……」駕駛座的志木將話題改成二十年前的另一個事件。「說到在空屋發現小峰太郎屍塊的事件，三郎在那個事件，也是用高跟木屐或是高蹺或是義肢——不，這樣很麻煩，先假設是高跟木屐說下去吧——他也是穿著高跟木屐假扮次郎吧？正因如此，所以大澤弘樹少年目擊的高大工作服男性，走起路來莫名搖搖晃晃——警部，是這樣沒錯吧？」

「啊啊，正是這麼一回事。」砂川警部大幅點頭。「大澤少年近距離目擊的工作服男性是三郎。只要捲起他的褲管，應該可以看見約三十公分高的高跟木屐——不過當時的大澤少年沒機會看見。」

「我想也是。不過，我總覺得搞不太懂。假設如您所說，三郎穿上高跟木屐假扮成次郎，那麼是三郎將太郎的屍塊搬進空屋嗎？不，但這是不可能的事吧？腳步不穩的三郎在大澤少年眼中，光是搬運變輕的紙箱就搖搖晃晃。如果是裝了屍塊的沉重紙箱，這樣的三郎不可能好好搬運。即使裝入手臂或腿的紙箱勉強搬得動，只有裝入軀體的紙箱絕對搬不動吧。當時身體瘦小又穿著高跟木屐的三郎，我認為搬不了這麼重的東西。」

「嗯，我也是相同意見。」

「那麼警部，到底是什麼狀況？」

「就是大澤少年目擊的那種狀況。大澤少年近距離目擊的工作服男性，走起路來搖搖晃晃。所以這個人應該是穿著高跟木屐的三郎。另一方面，大澤少年以望遠鏡目擊的工作服男性，以穩重腳步將沉重紙箱搬進空屋。所以這個人不是三郎。」

「不是三郎——也就是說，原來如此！是真正的小峰次郎本人吧！」

「不對。不是次郎，是太郎。」

警部如此斷言的瞬間，志木「咦咦！」驚聲大叫，不由得順勢沒握緊方向盤，「唔喔喔！」——志木連忙將方向盤向右打向左打，好不容易控制住差點衝到對向車道的偵防車，回復為正常駕駛，然後終於向副駕駛座的上司發問。

「您說太郎？咦，警部，您說這什麼話？太郎是被害者，是在空屋化為屍塊被發現的男性。所以是怎樣？太郎被肢解成六塊的身體裝進紙箱之後，不是由別人，而是由太郎自己搬進空屋。警部您說的是這個意思嗎——不可能有這種事吧！」

「當然不可能啊！」砂川警部怒斥部下之後，再度回頭說明。「沒錯。在空屋化為屍塊被發現的肯定是太郎。但太郎不是在肢解成六塊的狀態被裝箱搬進空屋。太郎穿著工作服，開著小貨車來到空屋門前，自己走進空屋。然後他在空屋被某人殺害，屍體隨即被肢解成六塊。」

「在空屋被某人殺害……那麼換句話說，這個某人就是……小峰三郎？」

「沒錯。」

「三郎是突然從哪裡冒出來的？」

「當然是從箱子裡吧？」

「箱……箱子裡？咦，那麼三郎是被裝在箱子裡搬進空屋嗎？也就是說，太郎自己把凶手三郎搬進案發現場……？」

「嗯，沒錯。我們以為裝著太郎軀體的箱子，當然是六個箱子當中最大的那一個，不過當時裡面裝著非常瘦小的三郎。順帶一提，這個箱子以外的五個箱子，從一開始應該就是空的。太郎假裝箱子有點重，把這些箱子搬進空屋。緊接著，被搬進去的三郎從箱子現身，以鎚子殺害掉以輕心的太郎，再以預先準備的鋸子將屍體肢解成六塊。大澤少年在空屋庭院目擊的人，是肢解屍體之後把空箱子放回車斗的三郎，也就是穿上高跟木屐看起來很高大的三郎。不過對於大澤少年來說，以望遠鏡看見的工作服男性，以及近距離看見的高大男性，看起來當然是同一個人。在道路工程的警衛眼中，果然也會這麼認為吧。然後，『凶手是高大男性』的這個錯誤情報，深植在當時的搜查員內心——就是這麼回事。」

「原來如此。被害者太郎與凶手三郎，在空屋裡偷偷對調是吧。」

「沒錯。那間空屋附近通宵進行道路工程。這個狀況很適合進行這個詭計吧。因為警衛會自然而然成為目擊者。只不過，在那麼近的位置居然有另一名目擊者大澤少年，這對於三郎來說應該料想不到。」

「這樣啊。不過三郎是怎麼引誘太郎陷入這個奇妙的詭計？太郎必須把裝了三郎的紙箱搬進去，否則這個詭計不會成立……」

「說得也是。應該是足智多謀的三郎運用話術巧妙唆使太郎吧，不過我也不知道正確的手法。三郎遇害的現在，或許再也沒有任何人知道了。」

「不，或許有一個人喔。知道真相的人物。」從後方迅速插嘴的是黑江讓二。「就是瑪利亞。瑪利亞・史都華。依照私家偵探丹尼爾的說法，瑪利亞和太郎如膠似漆，幫他做一些不能見光的工作。後來瑪利亞和三郎聯手了。換句話說瑪利亞背叛太郎，投靠三郎。三郎殺害太郎，並且嫁禍給次郎。次郎恐怕也在我們不知道的時候被滅口了。三郎就這麼掌握『小峰兄弟社』的實權，走私獲得的非法利益也由他獨占。但是瑪利亞呢？她後來在哪裡做什麼？」

此時，副駕駛座的砂川警部驚訝抬頭。

「這麼說來，旅館的偵探在電話裡說過，三郎帶了有實無名的妻子過去。名字記得叫做……對，霧島圓。當時從夏威夷前來的女大學生經過二十年之後，現在的年齡應該是四十歲左右。」

「可是警部，偵探不是說那名女性三十多歲嗎？」

「這只不過是外表給人的印象吧？那名偵探當然不可能直接詢問委託人妻子的年齡。而且偵探稱讚那名女性是配不上小峰三郎的標緻美女。自稱霧島圓的女性，很可能是當年太郎的情婦瑪利亞……」

「嗯，很有可能！」黑江讓二從後座探出上半身點頭。

下一瞬間，他的右手筆直指向前方的擋風玻璃，同時發出近似哀號的叫聲。

「那……那是！喂，停車，快點停車！」

4

志木被這個突如其來的指示嚇到，定睛注視前方的光景。描繪弧度的道路前方是白雪覆蓋的樹群，一輛黃色的車子撞進樹林。志木連忙踩煞車，車子沒有發出刺耳的聲音停下，反倒是靜靜地在雪地滑行，朝著在路肩堆高的雪山——砰！直直撞下去之後停止。

副駕駛座的砂川警部注視上空，暫時進入恍神狀態。最後他厲聲大喊。

「喂，志木！哪有人會在雪道緊急煞車啊！」

「對……對不起，警部。不過，那是因為黑江前輩突然叫我『停車』……」

志木說著忿恨看向後座。但是前刑警的男性看都不看他一眼，一推開後車門就獨自衝下車。志木與砂川警部轉頭相視，然後立刻跟過去。

黑江讓二筆直跑向一半埋在雪裡的黃色汽車。他立刻確認車種，從駕駛座的車窗看向內部，一邊觀察無人的車內，一邊以擔心的語氣說。

「肯定沒錯，是我兒子的車。健人果然自己來到這個場所了……」

「應該吧。」砂川警部點點頭，像是後知後覺般開口發問。「不過，這是怎麼回事？黑江健人疑似寄了恐嚇信給小峰三郎，但他前往史魁鐸山莊的途中，在這個場所出車禍受重傷，後來三郎他們的車子湊巧經過，載著他前往旅館——那麼，如果沒發生車禍，健人打算對小峰三郎做什麼？」

「警部，那還用說嗎？黑江健人想代替退休的前刑警父親，朝著大壞蛋小峰三郎頭頂揮下正義的鐵鎚——就是這麼回事吧，黑江前輩？」

「不，等一下。這方面連我都不清楚。關於二十年前的事件，我確實對兒子說過好幾次，也率直說過我對於事件的結果感到納悶。後來我兒子認識大澤弘樹，從他口中得到二十年前的新目擊證詞。結果，健人確實有可能和我們一樣再三推理，得出事件的真相。但是就算這樣，我也不認為他會直接對小峰三郎採取行動。我兒子對於過去的事件，應該沒有這麼強烈的執著。抱持這種強烈執著的人，反倒應該是我或是砂川才對。說不定丹尼爾也包括在內……唔！」

說到一半，黑江讓二不自然地停頓下來，板起臉看向剛才行經的道路。志木也跟著轉頭看過去。

陰暗的雪道看得見車頭燈的燈光。一輛車發出噹啷噹啷的雪鏈聲慢慢開過來。認出是一輛白色多功能休旅車的瞬間，志木想起來了。

「啊，那輛車是剛才停在我們後面的……」

志木說著指向前方的同時，休旅車的駕駛好像也察覺到這邊有人。休旅車在志木他們面前突然緊急煞車。不過或許該說果不其然，車子沒有發出刺耳聲音停下，反倒是靜靜地在雪地滑行，迅速從旁觀的志木等人面前經過，朝著先一步撞進雪山的偵防車後保險桿——砰！輕輕撞下去之後停止。

可憐的偵防車更加陷入雪中。

白色休旅車看起來幾乎完好無傷。

脫線又奇妙的沉默從天而降——

「喔，難得看見車子膽敢在警察面前出車禍。」砂川警部愕然低語。

「嗯，我第一次看見有人敢撞警車。」黑江讓二也露出傻眼表情。

「哇，真的有耶，除了我以外，還有人敢在雪道上緊急煞車……」

志木懷著一種同病相憐的心情，注視休旅車的駕駛座。他視線前方的駕駛座車門大幅開啟，從車上現身的是身穿黑色粗呢大衣的男性。男性繞到休旅車前方，像是在說「啊～～真是的，闖禍了」又是聳肩又是雙手抱頭，以全身表現車禍造成的打擊。一看見這種裝模作樣的誇張反應，志木就知道這名男性是誰。

「這……這不是大澤弘樹嗎？——那個人為什麼……！」

志木還沒喊完就跑向休旅車。兩名前輩也隨後跟上。

看見三人的大澤似乎毫不愧疚。「呦，這不是白天見到的刑警先生們嗎？」他說完舉起單手。「各位在這裡做什麼？」

「這是我要說的！」志木粗魯回應之後問他。「我才要問，你在這種地方做什麼？你剛才也把休旅車停在我們車子後面吧？看來你一直跟蹤我們的車子來到這裡對吧！」

「哎，別這麼氣沖沖啦，刑警先生。」大澤弘樹以老神在在的態度說。「我確實跟蹤了各位刑警。但是這也無妨吧？因為我也是二十年前事件的關係人之一。話說各位刑警，你們要去這座海角的前端嗎？那我就載各位一程吧。」

「不用載我們一程也沒關係，我們自己有車。」

志木指向埋在雪裡的車子，大澤弘樹隨即將食指當成故障的節拍器左右晃動，以舌頭發出「嘖嘖嘖」的聲音。「不不不，刑警先生，這是不可能的。那輛車在雪裡傾斜成那樣，您看，後輪都已經騰空了。看來至少要一個小時才能正常駕駛。我不把話說得太難聽，總之搭我的車吧。這次的車禍也可以就這樣一筆勾銷喔。」

「呃，就算你說要一筆勾銷……啥？」這是哪門子的道理啊，笨蛋！

聽到這麼奇特的說法，志木不禁語塞。砂川警部推開他，向前一步。

「雖然車禍不能一筆勾銷，但我知道了。事到如今，我們就感恩搭你這趟便車吧。」

——咦～～警部，你說真的嗎？

無視於錯愕的志木，大澤弘樹得意洋洋豎起大拇指。「好～～交涉成立！」他開心得像是警察不再追究這場車禍。「來，上車吧！」他說完打開後車門，兩名前輩隨即毫不猶豫坐進後座。

志木在最後上車之後，駕駛座的大澤弘樹立刻再度發動車子。

「目的地是前方的旅館，史魁鐸山莊。」志木告知之後，像是現在才想到般詢問開車的大澤。「不過，你去那裡之後，事情會怎麼演變？」

「我也不知道事情會怎麼演變。」大澤弘樹筆直看著前方回答。「但是，總之我二十年來一直引頸期盼這樣的進展。事件的最高潮場面，我要好好親眼見證！」

——不不不，沒人知道事件會不會進入最高潮場面吧？

志木不禁嘆了口氣。但是坐在身旁的上司與大前輩，全身簡直洋溢著即將抵達破案現場的緊張感。看來包括大澤弘樹在內，二十年前那個事件的相關人員，全都深信會在前方的祕密旅館迎來大團圓的結局。既然這樣，這份預感或許會成真。

志木也感覺自己內心愈來愈緊張。

第十二章　大團圓

1

二十年前的小峰三郎是看起來極為窮酸的瘦小男性，所以也能輕易進出那條地下洞窟。

首度得知這個事實的戶村流平，深感意外到啞口無言。「懂了嗎？」豬狩省吾就這麼坐在石頭上問他，流平只能點頭回應。

「嗯，那麼，果然是二十年前的瘦小三郎殺了小峰次郎吧？」

「就是這麼回事。」點頭的是鵜飼杜夫。「二十年前在空屋發生小峰太郎的命案。當時研判凶手是次郎，而且次郎已經墜海死亡。然而事實不是這樣。次郎在這條洞窟裡被三郎暗中殺害。黑江健人因緣際會得知三郎過去的這些惡行，然後寄了恐嚇信給三郎，也就是『制裁還沒結束』的那張聖誕卡。」

「這樣啊。」流平點了點頭，另一方面忽然冒出疑問。「可是鵜飼先生，那名青年為什麼對三郎恨到想要殺了他？」

「動機問題嗎？這一點確實是難解之謎——老闆你心裡有底嗎？」

「這種事，我當然不可能知道吧？不過三郎是壞蛋，無論是誰為了什麼原因恨他都完全不奇怪。說不定那名青年的正義感特別強烈，因為義憤填膺而朝著三郎揮出正義之劍。就算事實是這樣，我也一點都不會驚訝。」

「義憤填膺？不，可是，居然因為這種模糊的動機殺人……」

鵜飼輕聲說到這裡中斷對話，突然「噓！」把食指抵在嘴唇。原本想說話的豬狩省吾閉口，流平以右手摀住嘴。

安靜無聲的空間洋溢肌膚生痛的緊張感。在這樣的狀況中，流平感覺黑暗另一側有某種氣息——難道是有其他人嗎？

下一瞬間，鵜飼將LED手電筒照向黑暗。

「是誰在那裡？」

然而浮現在光束中的只有岩石，完全沒看見人影。即使如此，鵜飼還是不死心繼續問。「給我出來。我知道你在那裡。」

「……………………」經過相當長的沉默之後，大岩石後方傳來略顯猶豫的回應。

「……喵，喵～」

「什麼嘛，原來是貓。」

「喵，喵嗚～～！」

「果然是貓。是公貓。」鵜飼鬆一口氣，暫時將燈光移回流平那裡。但是下一瞬間，

「——慢著，洞窟有貓？」他慢半拍如此反應，手電筒再度照向相同方向，發現剛才躲在岩石後面的「公貓」如今以雙腿直立站在光束中央。他的真面目當然不是貓，是

人，是身穿深藍色外套，頭上包著繃帶的男性。在白光照亮之下，他的臉孔在黑暗中清晰浮現。大大的鼻子、方正的下巴與厚實的嘴唇。鵜飼一看見他就放聲大喊。

「是是是……是黑江健人啊啊啊——！」

——神祕青年終於現身！

流平非常緊張，不禁腿軟。鵜飼的叫聲在洞窟迴盪時，青年一個轉身就立刻開始逃走。

「不准跑，站住，喂～～！」鵜飼勇敢大喊，追著青年身後猛然衝刺！卻隨即被凹凸不平的地面絆到腳凄慘跌倒。他發出「哇～～」的哀號，撲倒在洞窟地面滑行。跟在後面的流平也用力踩在師父背部，整個人撲倒之後滑行。跟在流平身後的豬狩省吾也用力踩在兩名偵探的背部，但是沒有跌倒。他站穩之後轉過身來，以手上的提燈照向兩人。

「喂，你們在做什麼啊？」

「居然這麼問……我才想問老闆，你在做什麼啊……」

「就是說啊……你剛才也完全應該一起滑吧……」

搖晃起身的鵜飼與流平投以「這個不識相的傢伙……」的冷淡視線。旅館老闆以憤慨的語氣講道理。

「現在哪有空玩這個？你們也看見了吧，剛才的確定是黑江健人。那傢伙終於現身了。要是在這裡被他逃走……」

「放心，他休想逃走。」

鵜飼重新以手電筒照向青年逃走的方向。「通往地面的出口幾乎只有一處，他當然也是要去那裡——好，流平，殺害委託人的凶手，我們一定要親手抓住！」

「好的，鵜飼先生，我們走吧！」

「呃，喂，你們兩個，不要留下我啊……」

就這樣，偵探們和旅館老闆一起開始追捕逃走的男性。

2

不過，或許該說果不其然，一開始拖拖拉拉失去的時間難以挽回。

三人甚至看不見逃跑者的背影，不知不覺已經跑到通往地面的洞穴前面。從這裡往上爬就是銀杏樹根部。青年或許已經從這個洞穴爬出地面了。如此心想的流平從洞底仰望地面。他的視線前方，出乎意料有個疑似是男用鞋的鞋底。青年剛好正在洞穴裡往上爬。

「有，有腳……我看見腳了！」流平一邊喊，一邊將手伸進洞穴，想要抓住對方的腳硬是拖下來。然而慢了一點點。流平伸出的右手差一點才抓得住對方的腳。「——哎，可惡！」

「別懊悔了，流平，快去追啊！」

話還沒說完，鵜飼的腳尖就踹向徒弟屁股。流平「嗚哇！」慘叫一聲，就這麼被踢得往洞裡鑽。「鵜飼先生真是的，使喚別人有夠粗魯……」

流平嘀咕表達不滿，看向前方的鞋底。前方的男性大概感覺腳邊有追兵接近，故意用鞋底刮洞穴側面，讓泥土與小石頭落在流平頭上。

「噗呼，噗哇……可惡，我的眼睛……哼，既然這樣！」

流平下定決心，像是再也不需要視力般緊閉雙眼，再來只要全力沿著洞穴的斜坡往上爬就好。流平胡亂擺動雙手雙腳，「唔喔喔喔喔～～」發出野獸般的咆哮在洞裡狂鑽。下一瞬間，他伸出的右手偶然碰到某個東西。流平連忙一抓，發現是前方男性的腳踝，同時響起男性「哇！」的驚慌聲。男性右腳往下踢，試著甩掉流平的手，但是可不能讓他得逞。流平伸出雙手，穩穩抓住對方的腳踝。男性拚命往上爬。結果，流平就這麼掛在男性的右腳，慢慢被拖到地面。

在銀杏大樹的根部，流平就這麼抓著青年的右腳大喊。

「你跑不掉了，黑江健……咕啊！」

對方沒被抓住的左腳，毫不留情踹向抓住右腳的流平臉部。隨著脖子折斷般的感覺，流平的意識變得混濁。男性趁機起身站在雪地，獨自跑向黑暗。

「喂，流平，你在發什麼呆啊！」隨後爬出洞穴的鵜飼在流平背後下令。「快去追，千萬別被他跑了！」

回神的流平連忙重新站穩，和鵜飼一起追在青年身後。豬狩省吾也跟著兩人一起追。追到後來終於看見前方是旅館主屋，就在這個時候，鵜飼像是拋棄偵探的尊嚴般大喊。

「黑江健人來啦～～黑江健人出現啦～～！」

這聲大喊令人聯想到童話的放羊少年所說「狼來啦～～狼出現啦～～」這句知名臺詞。看來這麼喊確實有效。主屋好幾扇窗戶同時開啟，旅館的人們探出頭。

「什麼，黑江健人？」「咦，是黑江健人？」「哇，他說是黑江健人？」

眾人紛紛吃驚這麼說。流平也連忙一邊奔跑一邊說「是的，各位請小心！」提醒客人們注意。身後的豬狩省吾也大聲警告。

「沒錯，大家小心，他身上可能有武器！」

窗邊好奇看向這裡的人們表情隨即大變，同時發出「呃！」「哇！」「呀！」的害怕聲音，全部將窗戶緊閉。

看到這個反應，鵜飼發出不滿的聲音。

「可惡，看來願意助我一臂之力的勇者，連一個都沒有……」

原來是在期待這種事。鵜飼看著逃跑的背影。

「算了。既然這樣，只要我們親手抓住他就好——喂～～黑江健人！別做無謂的抵抗，你已經逃不掉了！」

然而偵探的逞強無濟於事，前方男性的背影愈來愈遠。雙方距離不只沒縮短，反而逐漸拉開。後來男性在建築物一角轉彎，流平隨後也在該處直角轉彎。

往前是主屋的正面。有大門，有門廊，看得見不遠處是旅館外門。要是被他逃到旅館外部，肯定就更難追捕——不妙，這樣下去他可能真的會逃走！

流平腦海掠過這種最壞的結果。就在這個時候——

門廊的大柱子後方突然出現一個影子。這個人影雙手緊握某個反光物體，朝著青年的側腹不顧一切衝過去。被暗算的青年「哇！」驚聲大叫，在千鈞一髮之際翻身躲過神祕人物的偷襲，然而這個人影立刻重新站穩，準備進行下一次的攻擊。

鵜飼跑向那個人影。

「嗨，感謝助我一臂之力。」

他毫無防備舉起單手。但是接下來……

「別過來！」

人影在尖聲怒罵的同時，右手朝著偵探犀利揮下。

「咦……？」鵜飼停止動作。一滴紅色液體從他的左臉頰滑落，在白雪畫上紅色的斑點。鵜飼戰戰兢兢以左手撫摸自己臉頰，然後凝視染紅的手掌。下一瞬間，「這是什麼！」——他說出昭和時代警匪劇知名的制式臺詞。鵜飼踉蹌後退，癱坐在雪地，接下來說的當然是「媽媽，我不想死……」這句臺詞。

「…………」居然目睹這種光景，流平啞口無言。但他隨即迅速跑到受傷的師父身邊。「鵜飼先生，振作一點！您放心，沒人會因為臉頰割傷就死掉！」

「可……可是她……那位小姐拿刀對我……」

「您說小姐？咦，是女性……？」

流平重新看向前方，站在那裡的確實是持刀的女性。三郎有實無名的妻子霧島圓。身穿平凡居家服的她，不知何時成為以青年身體當肉盾的姿勢，握在右手的刀尖如今抵在青年的喉頭。青年像是被蛇瞪的青蛙，只能站在原地動彈不得。

「這，這是怎麼回事……？」流平背後的豬狩省吾嘴脣顫抖。鵜飼就這麼癱坐在雪地。流平連忙向委託人的妻子開口。

「霧島圓小姐，這是在做什麼？您害得鵜飼先生……鵜飼先生死掉了啊！」

「沒死掉。那個偵探是在模仿以前的松田優作！」

「呃，嗯，總之確實是這樣沒錯……」流平無從反駁而閉嘴。

那麼鬧劇就此結束——就像是進行這個宣告，鵜飼終於站起來大喊。「夫人，請扔下刀子吧。殺掉那名青年又能怎樣？」

「還能怎樣……這是報仇！」霧島圓果斷回答。「丈夫被殺的仇。我要在這裡為他報仇雪恨！」

「丈夫遇害，我很能理解您想要報仇的心情。但是夫人，三郎先生這個人沒有您想像的那麼了不起。他其實是殺人凶手！」

「嗯，我知道。」

「您知道？呃，這樣啊，您早就知道了嗎？那就沒辦法了……慢著，咦咦？」鵜飼慢半拍露出吃驚的模樣，睜大雙眼。「咦，您早就知道了嗎？夫人，您知道三郎先生殺害了哥哥小峰次郎……」

「對，我早就知道了。不過他這麼做都是為了救我。他殺掉次郎，殺掉太郎，都是為了我……」

「呃，咦咦……太郎也是？小峰太郎遇害的空屋分屍凶殺案，那也是三郎先生做的嗎？唔～～這太殘忍了……」

「是的，確實是殘忍的壞蛋。但是對我來說，他是無可取代的恩人。這樣的他被這個男的殺了。被這個男的——黑江健人殺了！」

她隱含殺意的視線朝向青年。此時，害怕到臉部僵硬的青年終於第一次開口。

「沒，沒錯……三郎是我殺的……」

「哼，可惡的殺夫仇人！」霧島圓手上的刀，隨時都會割開青年的喉嚨。

偵探們之間竄過一陣非常緊張的氣氛。然而在這一剎那——

突然間，另一個影子悄悄接近到霧島圓背後。這個人影同樣緊握某個物體，攻擊霧島圓的身體。然而霧島圓在前一瞬間察覺氣息，迅速翻身。重新站好之後，她以青年的身體當肉盾大喊。

「是誰？不准妨礙我！」

「不，我不會讓妳殺他！」

大聲回應的同樣是女性的聲音。身穿褲裝披著黑色大衣的長髮女性。

一看見這個身影，豬狩省吾就發出驚愕的聲音。

「井……井手！妳……妳在做什麼？」

說來意外，這個人是旅館員工井手麗奈。她右手也握著反光的物體——應該是從廚房拿來的西式菜刀。井手麗奈無視於雇主的問題，朝著霧島圓大喊。「放開那個人！」

「妳……妳要做什麼？這和妳無關吧！」

「無關的是他！」

「妳說這什麼話？這個人殺了我的丈夫啊？」

「妳錯了。不是那個人殺的。」

「我沒錯。剛才這個人確實承認了。而且我丈夫死前說得很清楚。他說出『黑江健人』這個名字……偵探先生，你說對吧？」

話鋒突然朝向自己，鵜飼慌張開口。「是……是的，夫人說得沒錯。三郎先生臨死之前開口留下『黑江健人』這個名字……的樣子。不過我當時正在雜木林追那名青年，所以沒有直接聽三郎先生說。」

如此回答的鵜飼自己好像也忽然擔心起來，事到如今才向身旁的徒弟確認。

「喂，流平，沒錯吧？到了這個節骨眼，拜託你可別說『其實我聽錯了』這種話。」

現在的氣氛實在不容許這種脫線的展開喔。」

「那……那當然，鵜飼先生，我絕對沒有聽錯……」

流平還沒說完的這個時候，遠方響起的引擎聲傳入他的耳朵。還聽得到鏈條噹瑯噹瑯摩擦地面的聲音。流平皺起眉頭。

——那個聲音，難道是車子行駛的聲音？

也就是說，道路已經恢復通行了嗎？這麼一來，首先趕到這間旅館的車子當然是……「哇，是警車，是警察，警察來了！」

流平懷抱期待大喊。然而——

下一瞬間，揚起雪煙出現在旅館門前的，是非常普通的白色多功能休旅車，再怎麼樣也無法誤認為警用車輛。「咦？」流平歪過腦袋，車子在他面前甩尾穿過門柱之間，大概是力道太猛，就這麼在積雪上迅速轉圈！

看到這幅光景，至今握刀互瞪的兩名女性、動彈不得的青年、看著局勢進展的偵探們與旅館老闆，合計六名男女暫時放下緊張場面，為了閃躲失控的車輛而倉皇逃竄。

就像是在嘲笑這樣的六人，白色休旅車在雪地漂亮旋轉兩圈半，若無其事剛好停在門廊前方。一切都是在瞬間發生的事。

在眾人錯愕的狀況下，駕駛座車門打開了。現身的是身穿黑色粗呢大衣的三十多歲男性。

男性看著在雪地畫下的兩圈半輪胎痕。

「哎，在最後的最後打滑了。不過，總之算了——喂，這裡是史魁鐸山莊沒錯吧？」

「啊啊，沒錯。這裡是史魁鐸山莊。」

鵜飼在回答的同時，從跌倒的霧島圓手中硬是搶走刀子。流平也在千鈞一髮之際，撿起井手麗奈在混亂之中扔出來的菜刀，然後詢問男性。

「問這個問題的你是誰？我一直以為來的是警車……」

「啊啊，完全是警車喔。證據就是……你們看！」

男性說完拉開後車門，從車上撲出來的是兩名西裝男性。鵜飼與流平一看見兩人就同時驚叫出聲。「哇，砂川警部！」「啊，志木刑警！」

對於他們來說完全是熟面孔。烏賊川警局引以為傲的犯罪搜查雙巨頭。大概還在頭昏眼花，砂川警部腳步莫名踉蹌。後來他從胸前口袋取出警察手冊，高舉在頭頂。

「我是警察。乖乖扔下武器。不聽話的人就逮捕！」

鵜飼與流平乖乖回答「是～～」，把剛搶來的凶器扔到後方遠處。霧島圓與井手麗奈已經是失去鬥志的狀態，垂頭喪氣癱坐在雪地。

另一方面，撿回一條命的青年露出靈魂出竅般的表情站在原地。豬狩省吾沒能理解面前的狀況而啞口無言。

直到剛才充滿緊迫感的正門口，如今洋溢著鬆弛的氣氛。在這個狀況中——

「健人，健人！」

最後從後座下車的，是流平沒看過的白髮老人。

——唔，這位老爺爺是誰？

在納悶的流平視線前方，老人不顧一切跑向青年。

「太好了，健人，你平安無事！」

老人無視於眾人的目光，緊抱青年。

「老，老爸……為什麼老爸會來這種地方……」

青年目瞪口呆，就像是在寒冬看見幽靈。

青年的話語令流平驚訝不已。剛才青年確實稱呼老人為「老爸」。這麼看來，這名老人應該是黑江健人的父親。這名父親是基於何種原委和刑警們一起來到這間旅館？流平摸不著頭緒。不過至少砂川警部與志木刑警對於面前展開的父子重逢場面露出頗為感動的表情。

另一方面，駕駛休旅車的三十多歲男性露出有點複雜的表情。他看著同樣的重逢場面，頻頻歪過腦袋，然後以悄悄話詢問站在身旁的志木刑警

「我說刑警先生，他是誰？抱著你那位大前輩的那名青年是誰？」

「呃，你問這什麼問題？他是黑江前輩的兒子，黑江健人。」

「黑江……健人……咦，你說那個男的嗎？」

「是啊……雖然話是這麼說，但我其實也是第一次看見他本人……嗯？可是等一下……喂，你說過曾經直接和他見面說過話吧？」

「…………」

「喂喂喂，難道說……」砂川警部臉色大變。「大澤，難道不是嗎？」

「嗯，完全不是。」被稱為大澤的男性果斷搖頭之後說下去。「我見到的黑江不是這種感覺的男性。是更瘦更英俊，頭髮很柔順的型男……應該說是更有美少年的感覺……對對對，剛好就像是那邊那個男生……」

說到這裡，大澤不知為何指向流平所在的方向。流平嚇了一跳。

「咦，我嗎？」

流平說著指向自己，大澤立刻搖了搖頭。

「不對不對，不是你，是那邊穿著黑色大衣的男生。」

大澤說完指向癱坐在流平腳邊的人物。流平不由得聳了聳肩。

「你在說什麼啊？這個人是井手麗奈小姐，不是男生，是女生喔，女生……」

流平說著看向腳邊的女性，卻在下一瞬間被她出乎意料的模樣大吃一驚。「咦咦？妳，妳怎麼了，妳的頭髮……」

瞬間，井手麗奈臉上露出大事不妙的表情。她連忙以雙手摸自己的頭，卻不是豐盈的黑髮，是很像小男生的極短髮。髮色看起來也不是黑色，而是帶點褐色。她那頭留長到身後的黑髮怎麼了？

如此心想的流平看向她身後，發現黑髮捲成一團落在雪地，立刻理解狀況。

「假髮……？原來妳一直都戴假髮？」

肯定沒錯。井手麗奈在原本的短髮戴上黑色長假髮。這頂假髮在剛才的混亂之中從她頭上脫落。也就是說，現在的極短髮才是井手麗奈原本的外貌。看起來確實像是大澤形容的「英俊男生」——但她果然是女生吧？

在流平眼中確實是如此。此時大澤開口了。

「呃，居然是女生……原來如此嗎？不，可是……」

大澤像是無法接受，主動走向井手麗奈，以冒犯的視線審視她端正的臉龐，順便打量胸前的隆起。井手麗奈繃緊表情，在最後完全低下頭。大澤詢問這樣的她。

「喂，妳之前見過我吧？當時妳打扮成身穿棒球外套的男生。」

「…………」她就這麼低著頭看向旁邊。

鵜飼與流平根本搞不懂狀況，只能詫異轉頭相視。霧島圓與豬狩省吾也保持沉默旁觀。砂川警部與志木刑警同樣露出為難表情。

在這樣的狀況中，白髮老人突然變了臉色。他離開青年身邊，然後不知道想到什麼，獨自走向井手麗奈。老人暫時注視她端正的臉龐，最後露出像是理解一切的表情，接著靜靜開口。

「我的名字是黑江讓二，黑江健人的父親。以前在這座城市當刑警。」

「…………」

「妳的父親，以前是不是在夏威夷當私家偵探？」

瞬間一陣沉默。然後——

「是的。」井手麗奈注視黑江讓二的臉這麼說。「我父親叫做丹尼爾・肯特。我是他的女兒庫洛依……庫洛依・肯特（Chloe Kent）。」

日語發音和「黑江健人（Kuroe Kento）」相同的這個外國名字令眾人凍結。然後井手麗奈——庫洛依・肯特點了點頭。

「對，殺害小峰三郎的是我。」

3

在寒風吹拂之中，沒辦法一直站著說話。所以眾人移動到旅館大廳。

事件的相關人員全部聚集在寬敞的大廳。

承認殺害小峰三郎的庫洛依・肯特坐在單人椅低著頭。霧島圓也同樣坐在椅子上。砂川警部與志木刑警站在兩人背後以防萬一。黑江讓二與健人這對父子默默坐在兩人座的沙發。鵜飼杜夫與戶村流平這對偵探搭檔站在牆邊，朝著首次見面的三十多歲男性大澤弘樹毫不客氣詢問「你是誰？為什麼來到這裡？」大澤豎起大拇指指向自己，挺胸回答「我是二十年前事件的重要目擊者」，但是不知道原委的偵探們依然滿頭霧水。

順帶一提，鵜飼臉頰貼著好大一塊ＯＫ繃，治療的當然是醫師藤代京香。她坐在椅子上，光明正大拿著玻璃杯享用葡萄酒。桌上的酒瓶還剩下很多紅酒。經營旅館的豬狩省吾與美津子夫妻，加上廚師室井蓮，一起掛著嚴肅表情站在櫃檯旁邊。

看來相關人員全部到齊了。志木刑警滿意點頭，朝著站在一旁的上司使眼神。砂川警部以此為暗號，慢慢開口。

「那麼事不宜遲，就來對答案吧。這次的小峰三郎命案，原因可以追溯到二十年前在空屋發生的奇怪事件。這個事件的被害人是小峰三兄弟的長男太郎，發現屍體的時候是被肢解成六塊的狀態。而且將這些屍塊從小貨車車斗搬進空屋的犯人，是太郎的弟弟小峰次郎——我們至今是這麼推測的，事實卻不是這樣。真凶是三兄弟的老么，也就是三郎。」

砂川警部簡潔說明剛才搭車前來旅館時完成的推理。殺害太郎的真凶是三郎。太郎搬進空屋的其中一個紙箱，躲著當時個頭矮小的三郎。三郎在空屋衝出紙箱，當場殺害太郎，肢解屍體。三郎行凶之後穿著高跟木屐回到小貨車開車離開。結果搜查員相信凶手身材高大，誤以為凶手是次郎——諸如此類。

砂川警部說明完畢之後，詢問肯定最熟悉當時事情原委的人物。

「霧島圓小姐，我的推理如何？」

瞬間，她嬌細的肩頭微微顫抖。志木覺得她內心明顯在慌張。

然而在所有人屏息聆聽她要怎麼說的下一剎那，在寬敞大廳迴盪的是低沉的男性聲音。「刑警先生，你……你說什麼？那麼，我看見的那個高大工作服男性，其實是穿著高跟木屐的矮個子男性嗎？不會吧，我不敢相信……」

「這件事已經說完了，不要打岔！」志木怒斥大澤弘樹。

砂川警部露出苦瓜臉，再度面向三郎有實無名的妻子。

「我的推理如何？妳肯定很清楚當時事件的真相。我有說錯嗎，霧島圓小姐？還是應該稱呼妳為瑪利亞小姐？」

瞬間，她的美麗臉蛋露出錯愕表情。顫抖的聲音響遍大廳。

「啊啊，刑警先生，看來你全部看透了。是的，如你所說，我的名字叫做瑪利亞・史都華——對，我直到二十年前都叫做這個名字。」

「聽說當時有一個日裔的女大學生協助小峰太郎走私。換句話說，這個人就是妳吧？」

「是的。當時涉世未深的我，覺得太郎的甜言蜜語很迷人，和他親密來往。然後我依照他的指示，把他交付的東西從夏威夷運到日本，運送時的旅費都由他出。我因而可以免費到奶奶的祖國旅行，所以沒什麼好拒絕的。我依照他的指示，來回夏威夷與日本之間好幾次，每次太郎都對我很好。不過後來我開始慢慢起疑。我運送的東西到底是什麼——毒品？還是手槍？不安的我決定直接詢問太郎。」

「他怎麼說？」

「剛開始他說『沒什麼，是夏威夷的民族工藝品』。但是我問相同的問題好幾次之後，太郎終於說出事實。我運送的是禁止進口的龜殼及其加工品。我在渾然不知的狀況下協助太郎走私。我想逃離太郎，但是露出壞蛋真面目的他不准我逃走。他說『報警的話妳也有罪』威脅我。當時把這句話當真的我，完全淪落為太郎的傀儡。那段時間的生活簡直是籠中鳥。我不知道多少次想逃離這種生活。但是我被他沒收護照，沒有任何方法能回去夏威夷的老家。只不過我也沒臉見爸媽，所以我自己也在猶豫是否應該求救……」

「這樣的妳和三郎聯手了。三郎拉攏妳的時候是怎麼說的？」

「『我來救妳出去』——三郎某天對我這麼說，還說『我有一個好點子』。然後他對我說明一個計畫。殺害小峰太郎，並且讓次郎揹黑鍋的大膽計畫。」

「三郎的目的是獨占走私獲得的非法利益。另一個目的是將當時實質上是太郎情婦的妳占為己有。是這樣沒錯嗎？」

「是的，你猜的沒錯。」霧島圓看著下方點頭。「小峰三郎這個人，雖然體格在三兄弟之中最為瘦小，頭腦的聰明與狡猾程度卻是一等一。他絕對不是善人，但是對我很好。三郎的計畫令我大吃一驚，但我最後還是決定照做。當時的我無法承受太郎的脅迫與暴力，所以確實認為『三郎比太郎好得多』。」

「然後就發生了空屋事件。不過我在這裡有一個地方不懂。」砂川警部在這時候說出剛才在車上推理時保留至今的謎團。「三郎到底用了什麼花言巧語讓太郎中計，完成那個計畫？如果太郎不肯三郎裝在紙箱搬進空屋，剛才說明的對調詭計就沒辦法成立吧？」

「是的，你說得沒錯。當時三郎注意到的，是追著我從夏威夷來到日本的私家偵探。那名偵探接受我家人的委託來到烏賊川市，暗中到處打聽小峰三兄弟的相關情報。」

「是丹尼爾……」黑江讓二以有點懷念的語氣輕聲說。

「是的，就是那個人。太郎隱約感覺到這名偵探的存在。『我來給那個偵探一點教訓。放心，只要稍微嚇唬一下，他肯定就會夾著尾巴逃回夏威夷。』三郎對太郎這麼說，還像是充滿自信般指著自己的頭，提案說『我有個點子。老哥，你的槍借我用一下吧。』──是的，大方當著我的面這麼說。」

「槍？」砂川警部皺起眉頭。「是後來用在槍戰的那把步槍嗎？」

「是的。欣賞三郎狡猾個性的太郎，接受了這個提案。『要怎麼做？』太郎問完，三郎是這麼說的。『老哥在半夜把兩個紙箱搬進空屋就好。我躲在大紙箱，步槍裝在細長的紙箱。』最後像是忽然想到般補充說明。『不，等一下。如果只有兩個紙箱，那個偵探可能會看透我們的作戰。不好意思，老哥，麻煩多搬四個空紙箱吧。放心，紙箱跟小貨車都由我來準備。』──三郎當時是這麼說的。」

「太郎聽到這個計畫沒有起疑嗎？」

「應該多少覺得納悶吧。或許想過『為什麼要做得這麼麻煩？』不過三郎不只狡猾，也擅長虛張聲勢。聽到他拍胸脯保證說『之後的事情就交給我吧』，太郎就沒有繼續詢問細節，交給三郎一手包辦。」

「然後案發當晚，太郎依照三郎的指示，開著小貨車到空屋，將六個紙箱搬進室內，卻不知道這是用來殺他的計畫……」

「就是這麼回事。」

「嗯，原來如此。然後這個詭計依照三郎的計畫實行了。隔天早上，前往空屋的丹尼爾發現太郎被肢解的屍體。叫丹尼爾前往空屋的人，聽說是自稱瑪利亞的女性。那麼打電話到丹尼爾住的旅館，叫他一大早前往空屋的人，就是真正的瑪利亞──換句話說是二十年前的妳吧？」

「是的。只要沒人發現，被肢解的太郎屍體應該暫時不會曝光。這麼一來行事會不太方便，所以要讓那名偵探成為第一發現者。這當然也都是三郎計畫的。」

「這樣啊。」砂川警部深深點了點頭。「那個，這或許是題外話，不過其實在案發當晚，有一名少年湊巧溜進空屋，比丹尼爾先發現被肢解的屍體。三郎有察覺這名少年的存在嗎？」

「是……是我，就是我！他說的『少年』就是我！」

大澤弘樹指著自己的臉孔，拚命強調自己的存在。但是霧島圓毫不在乎地回應「呃，這樣啊」，然後果斷搖了搖頭。「我想三郎什麼都沒察覺。因為他當時覺得自己的計畫完美成功了。」

「那當然。因為我完美消除氣息，所以不會被發現喔！」

「好啦，知道了知道了……」

砂川警部敷衍點頭，像是後悔提到這個話題，然後他再度面向霧島圓。「那麼三郎和妳後來怎麼樣了？」

「殺人的隔天早上，三郎前往次郎住的公寓，將太郎被殺的消息告訴次郎，而且還這麼補充說明。『凶手好像長得很高大。警方正在懷疑次郎哥，最好趁著麻煩變大之前先逃走。』次郎當然完全不知情，一開始的時候說『我為什麼非得逃走不可？』拒絕這麼做，不過三郎憑著三寸不爛之舌，對他說『要是被警察抓走，不知道會遭受多麼淒慘的下場……不知道會揹什麼黑鍋……所以逃走絕對比較好』，就像這樣說得煞有其事。」

「其實根本沒有其事。我們也不是一開始就懷疑次郎。次郎銷聲匿跡反而會讓我們更懷疑他。」

「是的，這也是三郎的企圖之一。結果在三郎的慫恿之下，次郎應該也愈來愈害怕吧，最後同意暫時躲起來。」

「次郎逃離公寓之後，肯定有人在他的住處動手腳，這個人難道是……？」

「嗯，是我。三郎在空屋的行凶現場帶走大約一個寶特瓶分的血液。當然是太郎的血。我用這瓶血弄髒次郎的工作服，放進他的洗衣機，還故意用血弄髒浴室，把浴室偽造得像是真正的分屍現場。」

「當時停車場停著一輛小貨車，車斗上面有六個紙箱……」

「這一切也都是三郎和我合力留下的假線索。另一方面，三郎假裝要保護次郎不被警察抓到，建議次郎前往一個絕佳的藏身處，就是位於烏賊腳海角前端的這個場所。當時這裡是小峰家的廢墟。」

「嗯，三郎讓次郎以為要回到懷念的老家藏身，另一方面故意把瑪利亞就在這裡的情報洩漏出去。私家偵探丹尼爾在這時候也被利用了。放出情報給他的當然是瑪利亞本人，也就是妳。妳傳給他『我被關在烏賊腳海角前端的廢墟』這個假的求救訊息，相信這個訊息的丹尼爾開車趕到小峰家的廢墟單獨闖入，我與黑江警部也追著他隨後趕到，然後上演那場超激烈的槍戰……但我實在不懂。到頭來，當時拿著步槍和我們交戰的到底是誰？看身影還滿高大的，不過那是次郎？還是穿著高跟木屐的三郎？到底是誰？」

「正確來說兩者皆是。槍戰剛開始的時候，拿槍瞄準刑警們的人物，確實是次郎本人，所以他的行動肯定很靈活。不過只限於前半段。次郎在槍戰的中途，在那片雜木林裡替換成三郎……」

「替換？怎麼替換的？」

「三郎帶著次郎前往私藏已久的藏身處。那裡是兩人從小就知道的場所，是絕對不會被任何人發現的祕密空間。」

「啊，我知道了，是地下洞窟！」

打響手指如此大喊的，是至今沒機會發言的鵜飼杜夫。

「沒錯，是那條地下洞窟！」

一旁的戶村流平也拍手這麼說。不過突然聽到「地下洞窟」這四個字，志木也完全聽不懂在說什麼。砂川警部同樣歪頭納悶。「你到底在說什麼？地下洞窟？」

「警部先生，雜木林裡的銀杏大樹根部，有一條通往地下的狹窄洞穴，從那裡可以進入一條地下洞窟。年輕的瘦小身體以及尋求冒險的少年之心，只要擁有這兩個條件，任何人都可以輕易進入那條洞窟。」

——不對，應該不需要「少年之心」吧？

志木如此心想，但是無論如何，看來偵探說的祕密空間真實存在。

聽完這段說明，砂川警部雙手抱胸低聲思索。

「唔～～銀杏大樹嗎……這麼說來，在槍戰那時候，我們追丟次郎的地點，好像也是類似的場所……」

砂川警部以看向遠方的眼神眺望天花板，像是在搜尋以前的記憶。

黑江讓二也同樣說著「嗯，或許吧」深深點頭。

經過一段時間之後，砂川警部再度詢問霧島圓。「換句話說，三郎讓次郎逃進地下。這樣的話，後來拿步槍胡亂開槍的是三郎。而且三郎開的其中一槍，很不幸地命中丹尼爾的右腿……」

聽到這句話的瞬間，別名井手麗奈的庫洛依・肯特露出有苦難言的表情。看來對她來說，父親遭遇的災難是不堪回首的往事。志木催促上司說下去。「所以，二十年前事件的那個最終場面，真相是什麼？」

「嗯，在海角前端開槍的人，其實是穿著高跟木屐的三郎。而且瑪利亞假裝自己是人質，其實一直扶著三郎站不穩的身體。到這裡我大致明白了……」砂川警部詢問當時以瑪利亞的身分位於現場的她。「但是妳和三郎後來怎麼樣了？」

「刑警先生，你肯定也有看見。我和三郎在懸崖前端跳下去了。」

「是的，我確實有看見。但是你們兩人沒落海。」

「那當然。雖然現在被擋在瞭望臺下方，不過那座懸崖下面，有一個場所的岩石向外凸出，面積大概是一坪大吧。三郎已經預先在那裡放了床墊。廢墟的寢室有好幾塊扔著沒處理的老舊床墊，所以就拿來利用了。」

霧島圓揭開這個出乎意料的詭計。黑江讓二聽完發出呻吟。

「唔～～那麼，當時跳下懸崖的你們是降落在床墊上吧。原來如此，看來大家的想法都一樣。丹尼爾在那場槍戰也做過相同的事。這樣啊，床墊嗎……那我問一下，你們平安降落在那裡之後做了什麼？」

「我們立刻把用完的床墊扔進海裡，所以刑警先生們從懸崖上面俯視的時候，應該是什麼都看不見了。」

「當時確實沒能確認到床墊，但是也沒看見你們兩人。妳與三郎當時在哪裡？緊貼在懸崖側面嗎？」

「不，懸崖側面有一個小小的洞，可以從那裡進入那條地下洞窟。」

「真……真的嗎？」

砂川警部驚聲發問。回答這個問題的是鵜飼。

「是的，警部先生，這是真的。地下洞窟從雜木林的銀杏樹根部開始，一直延伸到海角前端的懸崖。我們也實際探險過，所以肯定沒錯……呼呼，原來如此，我終於也開始看清全貌了。」

說到這裡，鵜飼重新面向委託人的妻子。

「夫人，您當時和三郎先生從懸崖入口進入地下洞窟，三郎先生應該是在那裡脫掉高跟木屐。另一方面，次郎已經先從雜木林入口進入洞窟躲起來。你們三人最後肯定會在洞窟裡會合，然後三郎先生以手上的步槍，射殺完全掉以輕心的次郎。是這樣沒錯吧，夫人？」

「是的。次郎直到最後都把三郎當成自己人，所以應該完全不知道自己為什麼被射殺吧。可憐的次郎屍體安置在洞窟岔路深處一個不好找的空間。現在去那裡肯定還是看得見次郎的遺骸。」

「是的，實際上真的有喔。一具高大男性的白骨屍體。」

鵜飼若無其事說出重大的事實。砂川警部立刻睜大雙眼大喊。「你說什麼？你們連這種東西都發現了？」

「哼哼，我們可不是乖乖在這裡等刑警先生們抵達，還是有好好完成任務喔。我們完成了『鵜飼杜夫探險隊』的重大任務。」

「一點都不好吧，你們什麼時候轉職去當探險隊了？」

「哎，說得也是。」偵探悠哉說完搔了搔腦袋。「那麼警部先生，總之二十年前的事件就此解析完畢了吧？」

「嗯，說得也是。當時的我們深信小峰次郎帶著人質瑪利亞一起跳崖葬身太平洋海底，事件以嫌犯死亡的形式草草落幕，所以這一切都按照三郎寫的劇本走——黑江先生，就是這樣沒錯吧？」

砂川警部慎重徵詢昔日上司的意見。

志木豎耳準備聆聽大前輩的發言。

黑江讓二事到如今露出不甘心的表情，深深點頭。

「啊啊，沒錯。砂川，當時的我們就只是被玩弄在三郎的手掌心。他肯定是捧腹大笑欣賞我們的這副蠢樣吧——」

4

既然二十年前的事件已經了結，接下來就輪到我們上場了——鵜飼大概是這麼想吧，他用力拍打徒弟的背。

「流平，我們上！接下來終於是我們的回合了！」

「是的，鵜飼先生，我等好久了！」

偵探們主動走向前，硬是把砂川警部與志木刑警擠到旁邊。站到大廳中央的鵜飼悠然環視眾人，然後開口說明。

「過去的這個事件本應落幕，卻在經過二十年的現在再度出現變化。契機是一張聖誕卡。如今在烏賊川市財經界成為大人物的小峰三郎，收到一張偽裝成聖誕卡的恐嚇信。」

「不，你這說法不對吧？」砂川警部像是把高調的偵探推回後方，再度站在大廳中央。「以真正的意義來說，過去這個事件出現變化的契機，是比恐嚇信更早之前發生的某件事——成為真正契機的是你，大澤弘樹。」
被砂川警部直接點名，大澤弘樹眨了眨眼睛指向自己。
「我？喂喂喂，我做了什麼？」
「距離現在約兩個月前，你遇見了自稱『黑江健人』的男性。」
「啊啊，沒錯。」
「不對，不應該說『沒錯』吧！砂川警部怒斥這名三十多歲的男性，指向坐在椅子上的井手麗奈——庫洛依・肯特繼續說。「你遇見的不是男性，是女性。身穿棒球外套的短髮女性。而且她並不是自稱『黑江健人』。你只不過是在聽她說『庫洛依・肯特』這個本名的時候，擅自翻譯成同音的『黑江健人』這個日本名字。你把美國女性『庫洛依・肯特』誤認為日本男性『黑江健人』，而且就這麼完全沒察覺，在陰暗的酒吧和她交談了一段時間。」
真的有可能這樣誤認嗎？流平如此心想。此時另一個人將同樣的疑問說出口。是單手拿著葡萄酒杯聆聽說明的藤代京香醫師。
「就算再怎麼打扮得像四男生，居然把女生誤認四男生……那位大澤先生四不四喝得很醉啊？」
「我才要問藤代醫生，妳是不是喝醉了？」不安發問的是鵜飼。「總覺得妳口齒不清了。就算再怎麼沒機會發言，也不能這樣一直喝吧？這是第幾杯了？」
「……第二杯。」藤代京香說完豎起三根手指。

到底幾杯啊？這個酒鬼醫師……鵜飼輕聲這麼說，然後走向井手麗奈，注視她取下假髮的側臉點了點頭。

「現在頭髮就很短，不過兩個月前肯定是頭髮更短的中性印象。身高比平均女性高，肩膀也意外地寬。只要穿上男裝，看起來應該是臉孔俊俏的男性吧。問題反倒在於你為什麼需要故意假扮成男性。」

這確實是問題。雖然世間真的有人會女扮男裝，不過別名井手麗奈的庫洛依・肯特為什麼要打扮成男性？流平如此心想的時候——

「我知道了。男裝咖啡廳吧？」口齒依然不清的藤代醫師彈響手指，然後指向井手麗奈。「不然就四男裝酒吧或四管家茶館，妳四在那種地方工作吧。所以才打扮成男生——肯定四這樣！」

「不對，不是這樣。」斷然回答的不是庫洛依・肯特，是黑江健人。「她是以短期寄宿的留學生身分來到日本，沒辦法在日本工作，所以她挪用我這個男性的身分證件，以黑江健人的名字工作。工作地點不是什麼男裝酒吧，是普通的餐廳。她是以男性身分工作，所以上下班當然要打扮成男性。大澤先生當時應該是向女扮男裝的她搭話吧。她一直像這樣一邊工作，一邊重新調查二十年前的事件。」

「這女孩調查二十年前的事件？啊啊，原來如此……」感慨點頭的是父親黑江讓二。「丹尼爾肯定也和我一樣，在內心某處對於過去的那個事件感到不解。他曾經將這件事告訴妳這個女兒吧？」

「嗯，是的。」井手麗奈以丹尼爾女兒庫洛依・肯特的身分，回答黑江讓二的問題。

「在我小時候，父親經常對我說以前的事件。特別對我說過好多次的，就是在日本遭遇的一樁分屍凶殺案──話是這麼說，但我並不是一開始就為了重新調查這個事件而選擇烏賊川市留學，我原本只是因為這塊土地和父親緣分匪淺，才會來到這座城市。不過在烏賊川市的大學，我意外遇見命中註定的對象，也就是黑江健人。」

「你們相識的契機是？」鵜飼問。

「在留學的烏賊川市立大學，我們在下課之後的聯誼湊巧坐在一起。注意到彼此的契機當然是名字。因為黑江健人和庫洛依・肯特的發音一樣。那個三流大學的無腦男大學生們，想必不會放過這個巧合，又是吹口哨，又是喊著『好熱，打得好火熱喔～～』『奇蹟的佳偶誕生了～～』之類的……啊啊，受不了！日本男大學生的水準低到令我不敢領教！」

看見井手麗奈事到如今依然氣沖沖的模樣，流平握拳強辯。

「不，只有烏賊川市立大學是這樣，其他大學正經多了！」

「喂喂喂，流平，你自己這麼說不會難過嗎？」

鵜飼以同情的視線，看向學歷是「烏賊川市立大學肄業」的這名徒弟。

井手麗奈輕輕嘆口氣，然後繼續開口。

「我第一次聽到『黑江健人』這個名字的時候，心裡就有底了。『黑江』這個姓氏在日本並不常見，在烏賊川市應該更少吧。而且名字是『健人』。這和父親姓氏『肯特』的發音一樣，所以說不定……如此心想的我，在聯誼結束的回程路上主動問他『你的父親是不是叫做黑江讓二，而且當過刑警？』正如預料，他立刻露出吃驚的表情反問『妳怎麼知道？』聊著聊著，我們理解了一件事實。我的父親丹尼爾・肯特和他的父親黑江讓二，二十年前在這座城市參與過相同的事件。」

「原來如此。」砂川警部點了點頭。「後來你們就合力調查過去的事件。是這麼一回事吧？」

「不，這個說法不太對。」搖頭的是黑江健人。「她比較堅持要查明過去的事件，我的話……只是希望她留在這座城市愈久愈好……以前事件的真相，老實說一點都不重要。」

青年臉紅吐露心聲。鵜飼以耐人尋味的眼神看向他。

「唔～～真是充滿男子氣概——你說對吧，流平！」鵜飼說。

「簡直是男大學生毫不虛假的真心話耶，鵜飼先生！」流平點頭回應。

「可以不要這樣嗎？我也會真的生氣喔！」黑江健人大喊。

「啊啊，這裡也有這種水準很低的臭男生！」庫洛依・肯特無奈嘆息。

「好了好了，偵探他們說的就別管吧！」砂川警部像是趕走險惡氣氛般揮手，重新詢問青年。「在你的公寓住處，留著好像有女性同居的形跡。和你同居的是庫洛依・肯特小姐吧？」

「是的。短期留學結束之後，她搬離寄宿家庭，暫時住在我的公寓。當時的痕跡至今依然留在我的住處。她從我的住處外出工作，另一方面收集關於過去那個事件的情報。」

「那麼，我順便確認一件事。你打工的那間咖啡廳有一位女店員說，你身旁有一名交情親密的男性。到頭來，這個人也不是親密的男性……？」

「啊啊，刑警先生們去過『DUG OUT』嗎？你說的女店員是圓吧？這樣啊……那麼，圓看見的大概是扮成男性的她和我走在一起的場面。在一無所知的圓眼中，我看起來就像是和英俊的男性走在一起。」

黑江健人平淡回答，另一方面，突然出現在話題裡的「圓」令流平有點混亂。因為「霧島圓」與「圓」這兩人同名。不過仔細想想，這種事在日常生活也經常發生。「在單一事件裡，相同姓名的人物絕對不會出現兩人以上」的規則不存在。

流平思考這種事的時候，黑江健人在一旁繼續說明。

「我和她一直同居得很快樂，甚至希望這樣的日子可以永遠持續下去……但是大約在半個月前，她突然從我的面前消失。起因是那邊那位先生。」

他說到這裡指向的人物，當然是大澤弘樹。大澤隨即指著自己的臉孔。

「我？喂喂喂，我做了什麼？」

他一臉正經說出和剛才一模一樣的話語，流平也終究只能傻眼。

——這傢伙是千真萬確的笨蛋！

察覺話題即將要再度重複一次，鵜飼簡潔整理至今的內容。

「總歸來說就是這樣吧。兩個月前，庫洛依小姐偶然從大澤弘樹先生那裡聽到二十年前事件的情報。大澤先生是這個事件最重要的目擊者。聽過他的證詞之後，刑警先生們得以掌握過去事件的真相，同樣的，她也察覺了事件的真相。二十年前事件的真凶事實上不是次郎，是三郎——庫洛依・肯特小姐，我說得沒錯吧？」

「嗯，一點都沒錯。」

椅子上的庫洛依・肯特垂頭喪氣地同意。鵜飼繼續說下去。

「但是殺人凶手三郎以巧妙的詭計擺脫嫌疑，至今也沒受到懲罰，在這座城市成為知名的經營者。看見這樣的他，妳冒出『小峰三郎不可原諒……』這個想法，成為妳殺害他的動機。」

「嗯，總之，就是這麼回事。」

看到庫洛依・肯特含糊點頭，鵜飼反而歪過腦袋。有一個人露出更難以信服的表情，就是砂川警部。他大幅搖頭，走向庫洛依・肯特。

「妳為什麼對三郎這麼恨之入骨？因為他射傷妳父親的腿？不過丹尼爾雖然受了重傷，卻肯定沒有喪命吧？」

「對，這一點我也覺得納悶。」黑江讓二也再度顯露激動心情，從沙發起身走向偵探的女兒。「庫洛依，難道丹尼爾出了什麼事嗎？他不是還健在嗎？我記得他說過，他的夢想是在夏威夷開牧場……」

前刑警不安發問。庫洛依・肯特隨即露出微笑。

「請不用擔心。家父現在也過得很好。只可惜他已經離不開拐杖與輪椅了——這樣啊，我第一次聽到他想開牧場的夢想。」

「他現在不良於行，果然是二十年前中槍的影響嗎？」

「是的，留下了後遺症。一條腿不良於行的父親，再也無法從事私家偵探這一行。我剛好是在那時候出生的。看著失去收入的父親以及剛出生的我，母親想必不知道如何是好。母親為了撐起這個家而拚命工作，父親也以不方便的身體做著不習慣的工作。不過終究是太勉強了吧，母親後來累到病倒了。父親努力照顧母親，但是母親在最後還是回天乏術。這時候的我還是個孩子。父親非常自責，我反而是咒罵那個射傷父親的兇手。然而再怎麼痛恨也無濟於事。因為兇手小峰次郎已經在日本墜海死亡……」

她說到這裡，砂川警部像是接話般開口。

「但是聽過大澤弘樹的說明之後，狀況完全不一樣了。妳察覺真兇是三郎，所以發誓要為死去的母親報仇。就是這樣吧？」

「是的，一點都沒錯。」

「妳也有對黑江健人說出這個想法嗎？」

「大澤先生對我說的那些話，我也有告訴他。小峰三郎可能是真兇，也是我們兩人一起思考推理的結論。但我沒有親口說過復仇的意願。因為他肯定會阻止我。只不過他或許早就敏感察覺了吧。」

「黑江健人先生，這方面如何呢？」

聽到砂川警部這麼問，青年靜靜點頭。

「我隱約察覺到她想要報仇。但是事實上，我另一方面也覺得『她怎麼可能想要報仇』，完全沒有真實感。然而大約在半個月前，她突然離開我的住處，我在那時候首度明白她真的想這麼做。」

「你找人談過這件事嗎？比方說告訴父親……」

「事到如今，我覺得應該找父親談談才對。但是當時的我只顧著想辦法要親自阻止她失控。我調查失蹤的她去了哪裡，同時也開始注意小峰三郎的動向。不久之後，我查到令我在意的情報。三郎在每年的聖誕期間，都會在烏賊腳海角前端叫做『史魁鐸山莊』的旅館短暫度假。就是這樣的情報。『烏賊腳海角前端』這個地理位置令我覺得不對勁。二十年前事件的最高潮就是發生在那個場所。同時，她的父親丹尼爾・肯特先生也是在那個場所中槍──就是這裡！我確信了。對她來說，這無疑是最適合報仇的場面吧。我認為她肯定會以客人身分出現在那個場所。」

「原來如此，這樣啊……」砂川警部點點頭，重新面向庫洛依・肯特。「實際上正如他的推理，妳選擇史魁鐸山莊當成報仇地點。但妳不是以客人身分，而是使用『井手麗奈』這個假名，以員工身分潛入史魁鐸山莊。」

「嗯，是的。」

「順便請問一下，『井手麗奈』這個假名，妳是基於什麼理由使用的嗎？還是說這只是隨便編的名字？」

「不是隨便編的名字。」庫洛依・肯特以果斷語氣回答。「這個名字來自我父親的名字。把我父親的名字倒過來就是這個名字。」

聽到她這麼說，眾人露出錯愕表情。但是片刻之後，砂川警部說「啊啊，原來如此，我懂了」點了點頭。反觀流平貿然開口發問。

「把父親的名字『丹尼爾』倒過來？也就是說……那個，可是『爾尼丹』一點都不像妳的名字啊……？」

「你是白痴嗎？」庫洛依・肯特居然說出禁句。

「真是受不了你。」砂川警部露出傻眼表情向流平說明。「聽好了，丹尼爾的英文是『DANIEL』對吧，倒過來是『LEINAD』，也就是『麗奈D』。雖然多了一個『D』，不過『D』日語發音是『DEI』，倒過來是『IDE』，套用漢字是『井手』，所以『LEINA・IDE』＝『井手麗奈』。懂了嗎？」

「啊啊，原來如此～～」終於明白的流平大幅點頭——總歸來說，和那瓶安眠藥的取名品味大同小異！

另一方面，井手麗奈——庫洛依・肯特向警部用力點頭。

「是的。我背負著父親的名字，潛入史魁鐸山莊。」

「黑江健人先生這邊，則是認為她肯定會以客人身分出現在史魁鐸山莊吧？」

「一點都沒錯。我沒想到她居然會以員工身分預先潛入。」

「所以你後來怎麼做？」

「我首先想到一個作戰，要讓三郎停止前往史魁鐸山莊度過聖誕假期。因為只要三郎沒出現，她就沒有報仇的機會。」

「啊，我懂了！」開口的是鵜飼。「所以你寄了那張像是恐嚇信的聖誕卡給三郎。」

「是的，那是我寄的。想說三郎會因而打消休假的念頭。」

「但是三郎沒屈服於這個威脅。他沒有取消休假，相對的，他決定雇用幹練的護衛以防萬一——也就是我與流平，『鵜飼偵探事務所』引以為傲的兩大精銳。」

「真的是一點都沒錯。」流平也像是抓準時機般大幅點頭。

「呃，是的……」黑江健人像是懾於氣勢般點頭。「總之三郎沒取消休假，就這麼來到出發前往史魁鐸山莊的那天早上。」

說到這裡，話題終於來到史魁鐸山莊第一天發生的事。

「偵探先生們可能沒察覺，不過三郎在那輛大到像是戰車的4WD等待你們的時候，我正在遠方看著這一幕，當然也知道你們接下來要前往史魁鐸山莊。焦急的我決定先開車趕往旅館，因為我已經用假名在旅館訂房了。但是在快要抵達目的地的時候，我的車子在雪地打滑，撞到路邊的樹……說來可惜，之後的事情我暫時沒有記憶。」

「這樣啊，那我告訴你吧。當時你昏迷不醒，要是扔著不管，甚至有凍死的危險，從死亡深淵把你救回來的是我跟流平，以及那位藤代醫師——不，我並不是要你道謝，請別誤會。」

總歸來說就是鵜飼要求「感謝一下」。青年明白偵探的意思，至今才向他低頭致意。「是的，感謝您。當時真的是備受各位的照顧。」

「這種四一點都沒關係啦，以醫絲的立場當然四義不容辭囉～～」

——藤代小姐，妳已經不是醫師而是「醫絲」了吧？

流平啞口無言嘆了口氣。仔細一看，放在桌上的那瓶葡萄酒，已經只剩下一個玻璃杯的量。剛才離題的鵜飼自己把話題拉回來。

「我們把昏迷的你抬到車上，運到史魁鐸山莊，讓你躺在其中一間別館『障泥之間』。這麼說來，那時候三郎看到你的駕照，露出非常吃驚的表情。雖然當時不知道是什麼意思，不過三郎大概是在那時候察覺到，黑江健人這名青年是負責二十年前事件的刑警兒子。」

「因為同姓吧。」流平在一旁插話。「姓『黑江』的男性在那個時間點出現在自己面前，這種事也太巧了。三郎肯定是這麼想的。」

「沒錯。然後三郎應該是這麼想的。『哼哼，看來那封恐嚇信應該就是這個人寄的』——總之，他的推測沒錯，因為實際上寄恐嚇信的就是黑江健人。但他寄恐嚇信不是為了殺害三郎，反倒是為了避免三郎被殺。不過三郎腦中不可能想得到這種內幕，他單純認為黑江健人這名青年——昔日追查事件的刑警兒子——是來揭發自己當年的罪，說不定是來取自己的性命。三郎想必害怕得不得了吧。」

「所以三郎決定先下手為強。」

「是的，三郎在深夜裡，把昏迷熟睡在別館的青年帶到戶外，搬運到海角前端的瞭望臺，扔進波濤洶湧的太平洋。」

鵜飼說到這裡暫時停頓，轉身看向刑警們。

「接下來的這段，我已經在旅館相關人員面前說明過了，所以我就不再詳細重複一次……啊啊，但我還沒在刑警先生們面前說明這段推理吧？那我就姑且重複一次吧，總歸來說……」

總歸來說，偵探的本性就是想要重覆說明自己的推理。鵜飼依照這種本性，在刑警們面前洋洋得意說明這段早就說過的推理。

青年一度從瞭望臺摔下去，但他抓住瞭望臺的柱子，從懸崖表面的洞逃進地下洞窟。聽完這段過程的砂川警部發出低沉的聲音。

「唔～～這樣啊。在過去的事件，三郎自己當成詭計使用過的懸崖洞穴與地下洞窟，這次偶然拯救青年脫離絕境——黑江健人先生，是這麼一回事吧？」

「是的，正如偵探先生的推理，我九死一生撿回一條命。但是精疲力盡的我已經沒有繼續行動的氣力與體力，何況我只穿著睡衣。我躺在洞窟深處，然後再度像是沉睡般昏迷。」

「以上就是史魁鐸山莊第一天發生的事。」

說到這裡，鵜飼開始說明第二天發生的事。

「隔天早上，青年從『障泥之間』消失，引發一陣騷動。在這樣的狀況中，三郎的態度簡直是心平氣和，甚至一派從容地刻意命令我們幫忙找青年。不過這也是當然的，因為他認定已經親手拔除禍根。我們到處尋找青年，卻完全找不到。不過這同樣也是當然的，因為那時候的他躲在地下。我們頂多只在瞭望臺發現扶手卡著一塊繃帶碎片——啊，這麼說來，青年躲在洞窟的時候，肯定有人提供衣物、食物與毛毯等物品。庫洛依・肯特小姐，這個人當然是妳吧？」

「是的，你猜對了……」

「順便問一下，妳為什麼知道黑江健人先生躲在地下？你們之間有什麼相互連絡的方法嗎？」

「不，沒有那種方法。但我在這間旅館工作之後，一直在尋找祕密洞窟之類的地方。二十年前的那場槍戰，在最後跳崖的如果是三郎，那麼懸崖某處必須有一條祕密通道才合理。反倒該說我是為了調查這件事，才以員工身分潛入這間旅館。」

「那麼，妳已經發現地下洞窟了？銀杏樹根部的入口以及懸崖側面的入口，妳早就已經找到了嗎？」

「是的。聽到你們在瞭望臺找到他的繃帶碎片，我一度陷入絕望，但是在下一瞬間心想『他說不定……』抱著一絲希望鑽進地下，在洞窟深處找他，然後發現他真的在那裡。他就這麼穿著睡衣，蜷縮在洞窟的冰冷地面。原本擔心他死了，不過他只是睡著。不用說，我當然開心大叫，他就被我的聲音吵醒了。驚訝的他劈頭就問『妳是從哪裡進來的？』我說明洞窟另一頭連結到銀杏大樹的根部，然後在陰暗的洞窟分享重逢的喜悅。」

「但是在分享重逢喜悅之後，他肯定勸妳『打消報復三郎的念頭吧』。因為他就是為此而來到這間旅館。」

「是的，一點都沒錯。他自己明明差點被三郎殺掉，卻想要阻止我報仇。他這份憨直的正義感，令我的胸口也一陣火熱……」

庫洛依・肯特說到這裡看向黑江健人。青年懊悔點頭。

「她當時是斬釘截鐵這麼回答我的。『我知道了。我不會再想這種蠢事，所以放心吧……』這樣。」

「不過這正是她為了讓你放心所說的謊言。其實她內心的復仇火焰燃燒得更加猛烈。庫洛依・肯特小姐，我說得沒錯吧？」

「當然。叫做三郎的那個男人，不只是奪走我父親的偵探工作，奪走我母親的性命，現在又想奪走我重要男友的性命，我實在無法原諒。不過要是我沒展現出放棄報仇的態度，他也沒辦法放心休息吧，所以我說謊了。然後我忠告說『你最好暫時躲在這裡，要是你回到地面遇見三郎，他又會想要殺你。』就算沒這個問題，受傷又疲憊的他，看起來也還不像是能夠自由行動的狀態。我暫時回到旅館，從棉被庫房與廚房拿了需要的東西給他。衣服、罐頭、水、被子、手電筒……」

「還有安眠藥。」鵜飼唐突這麼說。

「唔……」輕聲呻吟的庫洛依・肯特板起臉。

「看來我說中了。」鵜飼一臉得意。「妳想趁著他在深夜呼呼大睡的時候，完成自己的報仇計畫。是這麼一回事吧？」

「是的。只要熟睡一晚就好。如此心想的我謊稱那是『消除疲勞的補給飲料』讓他服下安眠藥。另一方面，我為了報仇還做了一件事，就是寫字條給三郎。雖然這麼說，但也只是把字條偷偷藏在他脫掉的衣服裡。」

「啊，難道是在露天澡堂嗎？」流平忍不住從旁插嘴。「我、鵜飼先生和三郎一起在露天澡堂泡澡的時候，感覺更衣間好像有人。當時發生了這件事……」

在那個場面，正在和委託人進行機密對話的流平與鵜飼，在情急之下靈機一動全力扮演「在露天澡堂像是孩童般嬉鬧的超麻煩大人」。後來去看更衣間的時候，裡面已經沒有任何人了。當時的流平對此感到不解，但這果然不是他們多心。

「也就是說，我們那時候感受到的氣息是妳吧？」

流平問完，她用力點了點頭。

「是的。我溜進更衣間，把字條放進三郎衣服的口袋。」

「原來如此。」鵜飼點了點頭。「所以，字條上寫了什麼？」

「『今晚，請在深夜零點來到瞭望臺，有事想單獨和你談。』大概是這樣的內容。雖然沒寫名字，但他洗完澡之後，我悄悄問他『請問您看過那個了嗎』，所以三郎知道字條是我寫的。」

「喔，挺大膽的。」

「我認為這麼做的話，他比較可能赴約。三郎抵達這間旅館之後，經常以下流的眼神看我，所以肯定不會無視於我的邀約。說不定三郎猜測我想找他談的是前晚瞭望臺的那件事，不過這樣也好，因為這麼一來，他一定會單獨赴約。我是這麼認為的。」

「實際上到了深夜，三郎獨自離開別館了。趁著夫人熟睡的時候，瞞著我們監視的眼線赴約。」

「是的，我埋伏在雜木林的暗處等他。之所以沒在瞭望臺等，是覺得如果發生什麼萬一，可能有被他推到海裡的危險。」

「這是聰明的判斷……然後三郎現身了吧？他出現在穿越雜木林通往瞭望臺的那條雪道，夢想可以和可愛的井手麗奈發生一夜情……」

「這個嘛，我不知道那個男人在夢想什麼……但是沒錯，三郎確實現身了。我從暗處衝出來，擋在他的面前。他剛開始嚇了一跳，但是察覺是我之後，他說『原來是妳啊』露出掉以輕心的笑容，看起來完全沒提防。但是我拿出預先準備的刀子之後，他立刻變了臉色，大喊『這是要做什麼？』我大聲回應『我是來報仇的！』但他大概是聽不懂意思，露出詫異的表情問『這是在說什麼？妳是誰？』我在這時候第一次表明自己的身分。『我叫做庫洛依・肯特。』不過他還是聽不懂意思吧，他瞪大雙眼，像是恍神般輕聲說『庫洛依？肯特？』然後我清楚對他說明了。『你在二十年前射傷私家偵探丹尼爾・肯特，我是他的女兒庫洛依・肯特！』我在大喊的同時衝向三郎，手上的刀子確實傳來刺穿他身上肥肉的觸感。三郎倒在雪地上，但是正要準備確認他生死的時候，我察覺附近有人接近。我連忙離開現場，並且相信我那一刀確實取走三郎的性命……」

「唔，妳說有人接近？是我與流平嗎？」

「不，偵探先生，你錯了。」

斷然否定的是黑江健人。他稍微舉起單手說明。「那個人是我。一直在地下昏睡的我，感覺到尿意所以清醒。大概是因為有好好吃東西又睡了一覺，多少回復了一些體力。因為沒有時鐘可以看，所以不知道時間。我突然感到不安。雖然她在白天那麼說，但是沒人知道她實際上是否放棄報仇。現在不是睡覺的時候。如此心想的我站起來，一直往地下洞窟的深處走。依照她的說法，有一個狹窄的洞穴可以回到地面，洞口在銀杏大樹的根部。我單手拿著她給的手電筒尋找洞窟出口。到處走了好久之後，我終於發現通往地面的洞穴。當我爬回地面的時候，周圍已經伸手不見五指。我在雜木林裡朝著看得見旅館燈光的方向走。總之我想再見她一次。就在這個時候，我聽見人的聲音。是低沉的男性聲音與年輕女性的聲音。我一下子就認出女性的聲音是誰。我冒出不祥的預感，跑向聲音傳來的方向。」

「原來如此。」鵜飼像是理解般點了點頭。「庫洛依察覺到你接近，匆忙離開現場，而且你隨後就抵達現場了。」

「應該是這樣沒錯。穿越雜木林之後是一條雪道，一名肥胖的中年男性倒在那裡。

是小峰三郎，他的側腹插著一把刀。我立刻明白發生了什麼事——糟糕，我晚了一步！如此心想的我咬緊嘴脣。就在這個時候，我聽到好幾個人踩著雪接近這裡的聲音。」

「這次就是我與流平了吧。你匆忙逃進雜木林，我們看見這幅光景，深信你就是殺害三郎的凶手。我把三郎交給流平，獨自追在你後面跑——唔，可是你在那個時候為什麼要逃走？既然不是凶手，你應該可以大方面對，這麼一來，我也不需要在那種大雪裡上演追逐戰了，到底是為什麼？」

「不好意思。但是那時候我覺得被抓住不太妙。要是被抓住，我就會被當成殺害三郎的凶手，如果要洗刷冤情，我一定得說出她的事情。無論如何都是對我不利的狀況。」

「原來如此，聽你這麼說就覺得確實有道理——所以你逃走了，而且突然從我的面前消失。你從那棵銀杏樹的根部再度鑽進地下。」

「是的，就是這麼回事。」

「原來如此，果然嗎……」鵜飼點了點頭，突然換了說話的音調。「那麼，我和黑江青年在雜木林進行不必要的追逐戰時，反觀流平……」鵜飼說著朝自己的徒弟投以微妙視線。「當時你從奄奄一息的被害者口中聽到死前訊息對吧？那麼請你重新告訴我吧。我們的委託人在臨死之前說了什麼？當時我不在場，所以沒有直接親耳聽到他的遺言——怎麼樣，流平？」

鵜飼暗藏玄機的這個問題，使得流平不由得感到極度緊張。

「呃，那個，三郎說的是『黑江……健人……』這樣……」

「喔，他清楚說出『黑江健人』嗎？」

「不對，應該是『黑江，健人』嗎？還是『黑江・健人』這種感覺……這麼說來，也可能是『庫洛依・肯特』……」

「喂喂喂，不准在這個時候才為了自保亂改！」

鵜飼瞪大眼睛走向自己的徒弟。流平連忙搖動雙手。

「哇，哇哇，就算您這麼說，但我有什麼辦法？因為，快要死掉的人，不一定能用正確的發音說話吧？而且在那個時候，我也沒想過他居然會說出外國人的名字……藤代醫生，妳說對吧？」

流平求救般詢問醫生。

完全喝得醉醺醺的女性醫師隨即以走音的腔調回應「沒有喔」，然後繼續說下去。

「其實啊，我一直認為有～～點奇怪。那句死前訊息，聽起來總覺得莫名像四英語的『庫洛依・肯特』喔！」

「妳事到如今說這什麼話啊！」流平覺得完全被背叛了。

鵜飼以冰冷視線看著他，輕聲說「哎，算了」然後看向眾人。「總之，以上就是史魁鐸山莊第二天發生的事。看來事件的謎團就此完全解開了。二十年前發生的一連串事件、前天晚上發生的黑江健人殺害未遂事件，以及昨晚的小峰三郎殺害事件，這一切都連成一條線了——怎麼樣？請問各位理解了嗎？」

就像是所有謎團都由自己獨力解開，鵜飼在眾人面前抬頭挺胸。在場的相關人員大多露出深感信服與安心的表情，同意偵探的說法。

流平當然也是點頭同意他這段話的其中一人——可是鵜飼先生，您在這次事件活躍的場面，到頭來也只有地底探險那一段吧？

對於師父真正的工作表現，流平暗自表達不滿。

5

總而言之，事件看起來算是已經解決。鵜飼露出神清氣爽的笑容。砂川警部與志木刑警大概是覺得功勞被搶走，一齊露出有苦難言的表情。在這樣的狀況中，前刑警露出五味雜陳的表情。

二十年來一直放在心上的懸案得以解決，確實帶來一種安心感。但是得知偵探丹尼爾親生女兒犯罪的現在，強烈的悲傷與後悔肯定在他內心形成漩渦。

兒子黑江健人在身旁像是愧疚般垂頭喪氣。這也是難免的。到最後，他沒能阻止女友的報仇計畫。

另一方面，旅館相關人員們看起來都鬆了一口氣。藤代醫師大概是睏了，感覺隨時都會從椅子滑落。回神一看，桌上的葡萄酒瓶已經空空如也。

現場就像這樣洋溢著鬆弛的氣氛時——

「原來是這樣啊……」

大廳響起一個堅定的女性聲音。感覺不對勁的流平看向聲音來源。

女性從椅子起身，以平靜的語氣說下去。「殺害那個人的不是黑江健人，是庫洛依・肯特……原來是這樣啊，我差點就誤會了。」

女性在這麼說的同時伸出手，抓住桌上的葡萄酒瓶。

啊——流平睜大雙眼的下一瞬間，酒瓶被摔向桌角，發出響亮的不協調音。大概是被這個聲音嚇到，藤代醫師睜大雙眼。站在面前的是表情殺氣騰騰的霧島圓。她右手握著碎掉一半的酒瓶。看見這一幕的藤代醫師似乎在瞬間清醒了。

「喂喂喂，妳怎麼了？居然拿著那麼危險的東西！」

藤代醫師突然以清晰的語氣大喊。流平立刻心想。

——藤代醫生，都是妳的錯啦！誰叫妳把葡萄酒拿到這種地方！

另一方面，鵜飼跑向委託人的妻子。

「夫人，請您冷靜！」

鵜飼拚命勸說，但是她不肯聽，怒斥「吵死了！」將鋸齒狀的瓶子伸向偵探。接著她也像是威嚇般朝著刑警們揮動凶器，繞到坐在椅子上的井手麗奈，也就是庫洛依・肯特的背後，將臨時製作的凶器朝向對方的頸部大喊。「不准動！」

流平動彈不得，僵在原地。霧島圓剛才將報仇的鋒刃朝向黑江健人，如今知道真正的目標是庫洛依・肯特，她這次真的要為死去的丈夫報仇。流平感受到深不見底的恐懼，但是身旁的鵜飼勇敢向前一步，並且用力瞪向委託人的妻子。

「請住手。做這種事又有什麼用？即使殺害那名女性，您的丈夫也不會回來。我非常能夠理解您失去另一半的悲傷，但是冤冤相報何時了？好了，請扔掉那個凶器吧，繼續累積罪過也無濟於事吧？好了，扔掉凶器吧，夫人！好了，快扔掉啊！啊啊，要是您再不扔掉，我會讓您吃不完兜著走喔！」鵜飼朝著大澤弘樹這麼說。

——雖然說得很對，但您為什麼是對這名男性出風頭？

流平是這麼想的，其他人——包括當事人霧島圓與庫洛依・肯特——肯定也都是這麼想的。在這樣的狀況中，黑江讓二重新以充滿緊張感的語氣大喊。

「瑪利亞小姐，住手！」

「我不是瑪利亞。現在的我是圓！二十年前被那個人拯救的時候，我就拋棄了瑪利亞・史都華這個名字。我叫做霧島圓，是小峰三郎的妻子。我現在就要為死去的丈夫報仇雪恨！」

她說著將酒瓶尖端用力按在對方的喉頭。

「哇，危險！」「喂，住手啊！」

再也不能坐視不管了。砂川警部與志木刑警大概是這麼判斷吧，兩人很有默契地壓低身體，準備撲向瘋狂的復仇者——然而在下一剎那！

——轟轟，轟轟轟，轟轟轟轟！

隨著令人不安的響亮聲音，史魁鐸山莊的地面突然劇烈搖晃。不只是地面，柱子與家具，甚至是天花板的吊燈，所有東西都開始大幅晃動。踉蹌的刑警們淒慘趴在地面，其他人也立刻陷入恐慌。

「哇！」「哇哇！」「哇哇哇！」「怎麼了？」「怎麼回事？」「正在搖！」「在搖了！」「一直在搖！」「地震！」「是地震！」「有地震！」「發生地震啦～～！」「是地震啊～～！」

確實是地震，而且晃得相當大。坐著的人連忙從椅子起身，站著的人則是蹲下來。在這樣的狀況中，霧島圓也沒有站穩，身體大幅傾斜。庫洛依・肯特抓準這一瞬間像是頂開椅子般用力起身，霧島圓被椅子壓得向後摔倒。庫洛依・肯特趁機故意踩著趴在地上的刑警們背部開始逃走。她嘲笑拚命自保的旅館相關人員，很快就抵達正面大門。

霧島圓隨即站穩身體大喊。「給我站住！」

對方當然不會聽話乖乖站住。庫洛依・肯特毫不猶豫奪門而出。

「休想逃走！」

霧島圓還沒說完就追著逃離的背影跑出大門。刑警們晚了兩人一步，偵探們也隨後追出去。後方是前刑警與兒子，然後是旅館老闆、老闆娘、廚師與大澤弘樹，殿後的當然是腳步不穩的醉醺醺醫師。

還以為跑到戶外的庫洛依・肯特會從外門離開旅館，但是並非如此。她在建築物一角轉彎，朝著雜木林的方向繼續逃走。霧島圓拚命追趕，右手依然握著碎掉一半的玻璃酒瓶。看來她內心的報仇意志完全沒減弱。

「鵜飼先生！」流平一邊跑一邊大喊。「她想逃到哪裡啊？」

「嗯，這是要逃到那條地下洞窟的模式……」

實際上，逃跑的庫洛依‧肯特已經快要抵達雜木林之間的道路。就是三郎遇害的那條雪道。只要從那裡衝進雜木林，很快就會抵達銀杏樹。但是──

「地下洞窟已經不是祕密的藏身處了吧？」

「對喔。也就是說……啊！」鵜飼像是察覺某件事般開口。「我知道了。這條路走到底是海角的前端，是瞭望臺──糟糕！那個女孩想尋死！」

「您說什麼？」

流平不禁大喊。但是仔細想想，這是很有可能的事。二十年前事件的最後場面是海角前端的懸崖。同樣的，這次的事件也會在海角前端的瞭望臺迎來終局嗎──就在流平如此心想的下一瞬間！

腳邊的地面再度大幅晃動。「哇，哇哇……」

跑在前方的兩名刑警，承受不了劇烈的搖晃而停下腳步。流平與鵜飼也連忙抓住彼此的身體踩穩雙腳。後方那群人發出充滿恐懼的哀號。

緊接著，流平他們眼前的遼闊地面轟然作響消失了。

不對，正確來說不是消失。隨著震耳欲聾像是地鳴的聲音，雪地下陷到深處。驚人的光景令眾人嚇得向後退。在這樣的狀況中——

「呀啊啊啊～～！」霧島圓的哀號像是撕裂黑暗般響遍四周。

她的身體即將和崩塌的地面一起被吞入洞穴底部。

「危險！」流平連忙跑過去伸出手。這隻手奇蹟似地伸向即將墜落的她，穩穩抓住她的手。她全身的重量吊掛在流平的右手。結果流平差點和她一起摔到洞底。就在這個時候，鵜飼伸直雙手穩穩抓住流平的左手。

多虧這一抓，流平才沒有摔下去。但是——

「好痛痛痛痛……要，要裂開了……我，我的手快抓不住了……」

右手是霧島圓，左手是鵜飼杜夫。手臂被狠狠往兩邊拉，前所未有的劇痛——不對，是曾經只在別的事件體驗過一次的劇痛——如同電流走遍流平全身。流平痛苦大喊，鵜飼則是露出拚命的表情。

「流平，加油！要是這時候鬆手就罰你一萬圓！」

鵜飼說出連十圓都不值的激勵話語。結果兩名刑警看不下去前來幫忙，好不容易從洞穴邊緣將霧島圓拖上來。從劇痛解脫的流平跪伏在地面「吁，吁，吁……」不斷大口喘氣。然後他抓著自己的手臂與肩膀說「呼，太好了，都沒被拉斷……手臂也還在……」鬆了口氣。然後他戰戰兢兢看向面前巨大洞穴的底部。

是比人類身高還要深得多的大洞。不對，與其說是洞，反倒像是地面出現一道巨大的裂縫。大澤弘樹將手掌放在額頭上，發出驚嘆的聲音。

「這是什麼啊！簡直像是一條巨龍通過的痕跡耶！」

看起來確實像是這麼回事。像是龍的細長凹陷忽左忽右，一直蜿蜒延伸到海角前端。志木刑警看著這幅光景，嘴唇微微顫抖。

「發發發……發生了什麼事？警部……這，這到底是……？」

「是坍方。地震使得地層下陷了。應該說是地下洞窟的頂部崩塌了。」

砂川警部若無其事這麼說。一聽到他的說明，流平臉色鐵青。

另一方面，鵜飼看向後方錯愕佇立的旅館老闆豬狩省吾，然後大步走向他，指著面前的異常光景說得口沫橫飛。

「老闆你看！所以我不就說了嗎？我們害怕的事情，現在不就成真了嗎？」

「哈，哈哈，哈哈哈……」旅館老闆發出乾笑聲。「是啊，確實沒錯。」

「還敢說『確實沒錯』？要是地震再晚一點發生，包括你我還有流平，大家可能都會一起被活埋在這個洞底啊！」

「哎，不好意思。」豬狩省吾嚴肅低頭道歉，然後改成安心的語氣。「不過，總之沒關係吧？畢竟所有人看起來都平安無事……」

「不對，並不是『所有人』。像是呻吟般擠出聲音的是黑江讓二。白髮的前刑警環視眼前驟變的光景。「我沒看見她。庫洛依・肯特小姐……丹尼爾的女兒到底在哪裡……？」

前刑警像是在尋求答案般看向霧島圓。剛才確實是她比任何人都更近距離注視庫洛依・肯特的背影。然而即使是這樣的她，也只能默默搖頭回應前刑警的這個問題。看到這個反應，流平確信井手麗奈——庫洛依・肯特遭遇了什麼災難。不知道是偶然還是必然，殺害三郎的真凶以出乎意料的形式受到上天的制裁了。

流平冒出這個想法之後——

「嗚，嗚，嗚嗚……」

跪在雪地壓抑聲音哭泣的是黑江健人。溫熱的淚珠滑過臉頰落在雪地，融化少許白雪。最後他口中發出悲痛的聲音，呼喚那名曾經短暫同居的女性。

「小依——！」

朝著黑暗吶喊的聲音，瞬間被來自海面的強風蓋過。

烏賊川市的終章

「哎，不過我說啊，流平……」

事件解決那晚的數天後，在依然誠徵委託人的「鵜飼杜夫偵探事務所」。

面對辦公桌的偵探開口時，戶村流平正在沙發上滑手機打發時間。鵜飼以感觸良多的語氣，朝著沒專心聽師父話語的流平繼續說。

「結果好意外。真的很意外。沒想到……沒想到那名青年以『小依』稱呼心愛的女性……哎，完全在我的意料之外。」

「啥？」鵜飼先生，您覺得意外的是這種事嗎？流平的視線依然固定在手機畫面。

「總之，那個事件確實令人意外。黑江健人與庫洛依・肯特。擁有相同姓名的兩人偶然在這座城市相遇，住在同一間公寓，還同樣出現在史魁鐸山莊……」

在研究死前訊息的時候，流平他們一度討論過，是否可能是同名同姓的另一個人。但是後來沒多想就斷然捨棄這個可能性。

「史魁鐸山莊有同名同姓的另一個人。關於這件事，早知道當時應該更仔細思考一下，這麼一來，我們或許能更早察覺委託人那段死前訊息的真相。」

「確實是這樣吧。」鵜飼接著說出意外的話語。「但是流平——你是不是誤會了一件事？」

「呃，我誤會什麼事？」

「這次的事件，沒出現同名同姓的人物吧？」

流平就這麼看著手機畫面。「咦～～不是有嗎？黑江健人與庫洛依．肯特。雖然字面上完全不一樣，但是發音聽起來是同樣的姓名吧？」

「確實是同樣的姓名，卻不是同名同姓。日本人的黑江健人姓氏是『黑江』，名字是『健人』。另一方面。美國人庫洛依．肯特的姓氏是『肯特』，名字是『庫洛依』。兩人的名與姓都不一樣。別說同名同姓，甚至完全是異名異姓——我這麼說並不算是歪理吧？」

「啊～～原來如此！」流平覺得茅塞頓開。「鵜飼先生說得確實沒錯。那麼這次的事件果然沒有同名同姓的人了。」

「哎，就是這麼回事。」

「不愧是鵜飼先生！」

流平說完以稱讚與尊敬的眼神看向鵜飼的辦公桌。但是下一剎那，從他口中發出的是驚愕的叫聲。「哇啊啊～～！鵜，鵜飼先生，您在做什麼啊……那，那個，那個是什麼……？」

「噓～～流平，你安靜！」鵜飼豎起食指放在自己嘴脣，再指向面前的「建築物」。

「問我做什麼？你看了就知道吧？我在疊撲克牌塔。」

「確……確實……」是以撲克牌組合的塔。在鵜飼的辦公桌上，已經疊到四層的牌塔呈現美妙的幾何學圖樣——啊啊，鵜飼先生真是的，就算閒著沒事，居然又在做這種沒用的東西！

無視於傻眼的流平，鵜飼露出得意洋洋的表情，進行最後第五層的建築工程。

就在這個時候，他桌上的有線電話發出不識趣的鈴聲。「——嘖，什麼事啊，在這麼重要的時候！如果是委託人，我一定要拒絕！」

——不可以啦，鵜飼先生，居然比起工作更熱中於蓋塔！

流平在內心低語。鵜飼對他置之不理，以擴音模式接電話。事務所隨即響起一個熟悉的中年男性聲音。鵜飼以親切語氣回應。

「嗨，砂川警部，上次謝啦——所以，突然怎麼了？我現在忙不開，麻煩長話短說吧。你到底要我委託我什麼事？」

對於鵜飼這個半開玩笑的問題，砂川警部隔著揚聲器回答。

『沒要委託你什麼事。只是先前那個事件有件事令我在意，想說起碼也讓你知道一下。其實是關於庫洛依・肯特的事……』

「咦，庫洛依・肯特怎麼了嗎？」

『不對，不是黑江健人，是庫洛依・肯特。』

「喔，是黑江健人嗎？」

『不對，是庫洛依・肯特！』

「所以是黑江健人的事吧？」

『不是啦，是庫洛依・肯特！』
——總覺得只要遠離事件，這兩人的智商就突然降低了！
流平傻眼旁觀的時候，砂川警部在電話另一頭『咳咳』清個喉嚨，然後補足自己的發言以免誤解。『是肯特小姐。地震那天晚上從我們面前消失的庫洛依・肯特小姐。』
「所以說，我從一開始就是在說她了……」鵜飼露出賭氣表情發問。「所以庫洛依小姐怎麼了？——啊，我知道了，終於在那片下陷的地面發現她的遺體嗎？」
『不，剛好相反。到最後都沒找到她的遺體。』
這個意外的消息，使得流平也發出「咦？」的聲音。鵜飼將臉湊向有線電話。
「真的嗎？你們有仔細找過吧？」
『那當然。我們徹底搜索過，然後確實發現了一具遺體。不過是化為白骨的男性遺體。』
「是小峰次郎吧。但是除此之外……呃，沒有年輕女性剛死亡的遺體嗎？這樣啊……所以說，庫洛依小姐到底……？」
『嗯，我想到三種可能性。她果然被埋在大量的土石下面，只不過是我們沒找到，這是第一個可能性。第二個可能性是這樣的，原本就想尋死的她，沒被捲入那場坍方，跑到瞭望臺之後跳崖墜海。』
「原來如此，這種事不無可能——那麼，第三個可能性是什麼？」
『不用說，當然就是庫洛依・肯特還活著，依然活蹦亂跳的可能性！』

「不會吧！」

鵜飼大喊的瞬間，桌上的四層撲克牌塔搖晃了。鵜飼連忙閉上嘴巴，流平也停止動作。

在無聲狀態的偵探事務所裡，只有警部的聲音透過揚聲器響起。

『總之，這始終只是一種可能性。其實她從瞭望臺跳崖，如今葬身在太平洋。老實說我認為這個可能性最高。而且我們再怎麼說還是很忙，很難分配人手去尋找一個可能死亡的女性，所以我們對此大傷腦筋。』

「原來如此。不過假設庫洛依小姐活著，她應該會用某種手段離開日本，在最後回到家鄉夏威夷吧？」

『喔，看來大家想的都一樣。我們也這麼認為，所以問過那邊的警察。當地確實有一名叫做庫洛依・肯特的女性，她的父親也確實叫做丹尼爾・肯特，而且曾經住在夏威夷。』

「咦，『曾經』住在夏威夷？那麼，她父親現在已經不在夏威夷嗎……」

『嗯，說來可惜，好像不在那裡了。如果去了美國本土或許還能找，但如果是移居到其他國家，就不知道是否真的找得到。就算找到了，也不保證他的女兒一定會現身。這麼一來，這種做法完全不切實際。真是的，到底該怎麼辦……』

看來這通電話只是要吐苦水。砂川警部透過揚聲器發出『呼～～』的嘆息聲，鵜飼也跟著「呼～～」地冒失嘆了口氣。桌上堆疊四層的高塔隨即——啪噠啪噠啪噠啪噠啪噠！

撲克牌塔發出無數的「啪噠」聲崩塌。

「哇！」鵜飼連忙試著阻止崩塌，但是當然不可能如願。撲克牌塔瞬間毀壞，桌面回復為原本的「荒地」。「哎，可惡！」

鵜飼發出不甘心的聲音。流平也不禁「啊～～啊！」失望嘆氣。

在這樣的狀況中，只有不知情的警部以心平氣和的語氣發問。

『哎呀，怎麼了嗎？我好像聽到什麼東西啪噠啪噠倒塌的聲音……』

「沒事。只是疊到第四層的撲克牌塔崩塌了。」

『喔，這樣嗎——那就是我贏了。』

警部驕傲的聲音透過揚聲器響起。『我現在疊到第五層了。』

砂川警部單方面的勝利宣言，使得鵜飼與流平錯愕相視。

『真是的，警部～～就算閒著沒事，但您在做什麼啊～～』

揚聲器的另一頭，隱約傳來志木刑警傻眼的聲音。

南島的終章

無垠的白色沙灘與閃亮海洋。沿岸排列著洋溢南國情調的棕櫚樹，火紅扶桑花全年綻放的這座島嶼，令人覺得彷彿是地上的樂園——但這裡不是夏威夷島也不是歐胡島，完全是另一座島嶼。

曾經是私家偵探的男性丹尼爾•肯特坐著輪椅來到自家庭院，今天也是獨自眺望著逐漸沉入水平線的夕陽。離開偵探這一行已經二十年。要是寫下至今經歷的各種事件，肯定輕易就能完成一部長篇小說。可惜這不會是他喜歡的那種熱血沸騰的偵探故事，只會是一名男性發生意外失去工作之後充滿悲傷與苦難的人生故事。

——但是，哎，這也沒辦法。我這樣已經算是走運了。

絕對不是逞強，丹尼爾由衷這麼認為。他確實經歷了喪妻之痛，這是距今約十年前的事。然而說來諷刺，妻子的死為肯特家帶來高額的保險金。雖說高額，卻不足以讓身體傷殘的男性養育十歲女兒輕鬆度日。即使如此，對於留下來的這對父女來說，這筆錢依然是之後生活的貴重本金。丹尼爾將這筆錢運用在股票與債券。不知道是運氣好還是苦心鑽研的成果，抑或是偵探時代習得的賭博經驗奏效——即使原因不得而知，總之他投資成功，資產順利增加。

丹尼爾成為投資家開拓生路之後，也有能力送女兒進入夏威夷的大學就讀了。

另一方面，他自己成功移居到物價更便宜，治安更良好，而且因為不太方便所以觀光客不多的這座島嶼。

——哎，反正只看景色的話，和夏威夷沒什麼兩樣。

丹尼爾在心中如此低語時，背後突然出現某人的氣息！

大概是偵探時代的習慣動作，他最近稍微變胖的身體以出乎想像的敏捷動作操作輪椅，迅速讓整個人連同輪椅向後轉。

——是誰？殺手嗎？還是ＣＩＡ派來的？

現在的他被這種強敵鎖定的危險性幾近於零。即使如此，丹尼爾還是懷著二十年來始終如一的警戒心注視前方。接著出現在夕陽下的人，是身穿挖背背心與丹寧長褲的年輕女性。頭髮剪得很短的這名女性輕輕揮手，朝他露出充滿喜悅的笑容。「——好久不見，爸爸。過得好嗎？」

一聽到這個聲音，丹尼爾立刻笑開懷。

「什麼嘛，還以為是誰，這不是我的寶貝女兒庫洛依嗎？你到底是什麼時候回來的？明明只要妳說一聲，我就會去機場接妳……」

「沒這麼必要，我已經不是小孩子了——不提這個，為什麼？爸爸怎麼突然說起生硬的日語？正常說英語不就好了？」

「原來如此，確實如妳所說……呃，等一下，庫洛依！說起來，應該怪妳先用日語對我說話吧？因為妳說日語，我才會跟著說起生硬的日語啊！」

「啊啊，這麼說來也對。因為我在日本待了很久，所以完全變得理所當然說日語了。對不起，爸爸，接下來我說英語吧。」

說到這裡，庫洛依把父女的對話切換為英語。

「就是這樣喔。其實我去日本寄宿留學回來了。而且是在烏賊川市。」

「喔喔，烏賊川市嗎！」

瞬間，丹尼爾不知為何覺得像是和老友重逢。「我也好久沒聽到這個地名了。不堪回首的過往記憶，如今也令我懷念。那座城市也完全變貌了吧——庫洛依，說那座城市的事情給我聽吧。」

「當然沒問題。那麼爸爸，好消息與壞消息，你要先聽哪一個？」

「當然是先聽好消息。」

「OK！」庫洛依立刻開口。「爸爸，跟你說，叫做小峰三郎的那個人死了，好像是被某人刺殺的，而且案發現場是烏賊腳海角。這件事在烏賊川市真的鬧得很大。」

「妳說什麼？那還真是奇妙的事件。我不認為只是巧合。庫洛依，我記得之前也對妳說過，小峰三兄弟的老家就在烏賊腳海角，我在那座廢墟展開激烈的槍戰，最後兇手次郎墜海……這次是三郎在相同的場所被殺嗎？究竟是為什麼？」

「這個嘛，原因我不太清楚，我只是看電視新聞知道的——不過，這肯定是天譴。就我所知，三郎這個人的風評好像很差，應該得罪過不少人吧。」

「這樣啊，無論如何，看來不是單純的命案，說不定也和二十年前的那個事件有關

——可惡，如果我可以自由走動，真想立刻去烏賊川市一趟。」

「別勉強了，爸爸。這是烏賊川市的事件，交給砂川警部就可以了。」

「是沒錯啦……唔，砂川警部？」丹尼爾忽然覺得怪怪的，看向女兒。「當年那個囂張的小夥子，現在是警部？咦，庫洛依，妳見過他？」

「咦？沒有啦，不是這樣。以前的年輕刑警，現在肯定也晉升到警部之類的階級了吧？所以我才會這麼說。實際上怎麼樣就不知道了。」

「什麼嘛，原來是這個意思。」終於理解的丹尼爾忽然壓低聲音。「不，可是庫洛依，依照我以前的記憶，老實說，那個人不是成為警部的料。總覺得他個性挺輕浮的。就算是現在，我覺得頂多也只晉升到警部補喔。」

「是……是嗎？這我不太清楚……」

庫洛依說到這裡不知為何苦笑。丹尼爾如今才向女兒抱持疑問。

「話說庫洛依，剛才說的這件事，哪裡算是『好消息』？」

「咦？啊，對喔。嗯，不是不是！」庫洛依像是在掩飾什麼般，雙手舉到面前搖動。「剛才說的當然是壞消息。是非常令人難過的消息。」

「嗯，我就覺得是這樣。妳這孩子從以前就有冒失的一面。」

「對不起，爸爸——那麼這次真的是好消息喔。」庫洛依將臉湊到輪椅上的父親。

「其實啊，我在烏賊川市認識了一名叫做黑江健人的男生。而且，他說他的父親曾經在烏賊川市的警局當刑警——爸爸應該知道這件事的意思吧！」

聽到女兒這段話，丹尼爾瞬間愣住，接著立刻露出滿面的笑容。

「當然知道！太棒了，真的是天大的好消息！」

丹尼爾發出最近這段時間最快樂的聲音。然後他看向遠方天空，感慨心想——原來如此，看來他確實履行了那時候和我立下的承諾。黑江讓二，你真是一個講義氣的男人！

「黑江健人是很優秀的男生。我們在那邊處得很好。」

「這樣啊，那太好了。」丹尼爾頻頻點頭。「啊啊，這麼說來，庫洛依，妳出生的時候為什麼取名為『庫洛依』，我還沒對妳說過吧？」

「啊？豈止說過，我還聽你說過一百次了。」庫洛依露出傻眼表情聳肩，然後突然露出嚴肅表情，注視父親的眼睛。「爸爸，不提這個，我沒時間了。我不能在這裡待太久，必須趕快離開……」

「妳說什麼？妳不是才剛回來嗎？放輕鬆待久一點吧？」丹尼爾不經意環視周圍。

「該不會有壞人在追妳吧？」

「當……當然不可能啊！」庫洛依說完露出尷尬笑容，然後再度朝父親露出嚴肅表情。「我沒事，不用擔心。將來肯定還會見面的。」

「哈哈，妳這個女兒說得真奇怪，當然肯定還會見面吧？」

「也對，看來我確實怪怪的。」庫洛依輕聲說完低下頭，將輪椅上的父親摟進自己懷裡。「再見，爸爸。我該走了。要保重身體喔。」

「嗯，妳也保重。」

就這樣，丹尼爾面帶笑容揮手目送女兒。再度獨自待在庭院之後，他後知後覺般歪過腦袋。

到頭來，女兒來到這座島是要做什麼？

是為了稍微探望一下父親嗎？

是來說明她在日本認識的黑江健人？

還是說，或許——

「是來告知小峰三郎的死訊……嗎？」

不過他只思考短短幾秒。「不不不，應該不是這樣……」

丹尼爾慢慢搖頭，中止無意義的想像。回過神來，夕陽不知何時已經完全消失在水平線的另一側，周圍開始洋溢夜晚的氣息。抬頭一看，金星在夜空中閃耀，而且愈來愈明亮。

昔日是偵探的這名男性，靜靜注視著這顆星星，思念著或許正在遙遠異國眺望同一顆星星的老友。

二十年前的終章

烏賊腳海角那場激烈槍戰結束約一週後的某天上午。

共有五節車廂的民營電車，停靠在烏賊川車站準備發車。月臺一角是依依不捨的男性們——黑江讓二警部補、砂川刑警，以及坐在輪椅上的私家偵探丹尼爾・肯特。身穿便服的女警靜靜站在丹尼爾背後待命。黑江讓二指向那名女性說明。

「接下來由她來協助，有什麼事儘管吩咐吧——其實我們也想送你到機場。」

「NONONO，沒這個必要。各方面都受兩位照顧了。」

丹尼爾在輪椅上低頭致意。黑江讓二說「不，別說什麼照顧……」搖動雙手，但是實際上，為了腿部受重傷的偵探，他確實在各方面都費盡心力。開警車將受傷的丹尼爾送到醫院的人是他，出院之前幾乎每天到病房探望的是他，幫忙辦理回國手續的也是他。

對於堪稱恩人的這名男性，丹尼爾說出內心掛念的一件事。

「果然還是沒找到次郎的屍體嗎？」

「是啊，畢竟那附近的海面波濤洶湧，屍體沒浮上來也不奇怪。」

「那麼，瑪利亞的屍體也……？」

「嗯，很遺憾……但是你擔憂也無濟於事，之後的事情交給我們吧。你要回到夏威夷專心治好腳傷。」

「就是說啊，丹尼爾先生。」砂川刑警在一旁插嘴。「等你腳好了，請再回來日本吧，我們會很歡迎的喲。」

「好的，我一定會在不久的將來再度回來。砂川先生，到時候你說不定會被稱為『Inspector』喔。」

「哈哈，居然說我是『警部』，哈哈哈……總之，說不定會變成這樣吧。」

丹尼爾說的夏威夷式笑話，砂川刑警沒什麼否定就接受，還露出暗喜的表情。「啊啊，對了，我去買些飲料過來。」他說完獨自跑向販賣處。

黑江讓二斜眼目送部下離開，然後重新面向輪椅上的偵探。

「……不過這個事件真奇妙。老實說，我實在不認為這次事件會因為次郎的死而完全落幕。總覺得有什麼隱情……不對，你都要回去夏威夷了，我不該對你說這種事，對不起……」

「不，沒關係。Inspector 黑江先生，我的想法也和你一樣。」

「這樣啊。不過丹尼爾，可以別再那樣稱呼我嗎？——叫我讓二就好。」

「讓二？黑江先生的名字是『讓二』嗎？」

「沒錯，黑江讓二。第一次見面的時候，我應該說過自己的名字。」

「這麼說來，好像是吧……原來如此，黑江讓二嗎？太美妙了，這個名字聽起來真棒……對了！我決定了！」

「咦？決定什麼？」

「我以前說過吧？我的妻子現在懷孕，我即將當爸爸了。」

「啊啊，你確實說過。」而且是在槍戰的時候說的。「所以呢？」

「所以我決定了。孩子出生之後，我要取名為『喬治』。和『讓二（Jyouji）』發音相同的『喬治（George）』。叫做『喬治・肯特』！」

「喔，『喬治・肯特』啊——可是，這樣真的好嗎？」

「當然好。不覺得這是很帥氣的名字嗎？就像是那部知名的《超人》裡面會變身的新聞記者『克拉克・肯特』。」

「這樣啊。」老實說，身為日本人的他，不知道這個名字是否帥氣。不過丹尼爾如此重視這個名字的心意，令他率直感到開心。「啊啊，對了！」然後他忽然打響手指這麼說。「丹尼爾，雖然沒對你說過，不過其實我老婆也快生了。」

「咦，是這樣嗎？」

「嗯，肯定是男生。所以我剛才決定了。我也要用你的名字，幫我即將出生的孩子取名！」

「喔喔！那就是『黑江丹尼爾』了，這個名字真棒！」

「咦？啊，不，『黑江丹尼爾』有點……」他不禁露出苦笑，搖了搖頭。「不是這樣，是從你的姓氏『肯特』來取名。我想想……健康的人，『健人』……就叫做『黑江健人』好了。這個名字很帥氣吧？」

「這個嘛，身為美國人的我，不知道這個名字是否帥氣。不過這個名字讓我非常開心——讓二，謝謝你！」

「不，我才要道謝，丹尼爾……」黑江讓二害臊低頭，然後像是要趕走害臊心情般突然發笑。「哈，哈哈……」

「咦，有什麼好笑的事嗎？」

「不，沒事，只是覺得我和你就像是桑田真澄和格利克森。」

「啊？桑田真澄和格利克森……那是什麼？」

「啊啊，你聽不懂也在所難免。我想……」

到底該從哪裡開始說明？黑江讓二苦思之後，先說明桑田真澄和比爾・格利克森曾經是日本職棒球隊「讀賣巨人」的隊友，接著這麼說。「桑田和格利克森的感情很好，格利克森尤其尊敬桑田，所以他用『桑田（Kuwata）』的發音，為自己剛出生的兒子取名為『庫瓦塔・格利克森』。」

「原來如此。換句話說，這是友情的證明吧——和我們一樣！」

「對，就是這麼回事。」黑江讓二用力點頭。看來丹尼爾聽懂他的意思了。後來兩人很有默契地伸出右手，握手做出承諾。電車即將發車了。「……話說砂川還真慢……啊啊，終於回來了……總覺得他好像買了好多東西！」

「嗨，勉強趕上了。」氣喘吁吁跑回來的砂川刑警，遞出一個塞得滿滿的購物袋。「我買了很多東西喲。烏賊煎餅、烏賊饅頭、烤烏賊、烏賊絲、烏賊汽水……你拿到飛機上吃吧。」
「喂喂喂，砂川，怎麼回事，居然都是烏賊？就算這裡是烏賊川市，也應該買像樣一點的土產……」
「不，沒關係。我很樂意收下這些土產。」
丹尼爾接過購物袋露出微笑。在女警的協助之下，丹尼爾進入車廂，然後他連同輪椅轉向刑警們，輕輕揮動右手。
留在月臺的黑江讓二也舉起右手。
「丹尼爾，再見——幫我向喬治・肯特問好！」
「好的，當然沒問題。啊，不過，如果生的是女兒，就叫做庫洛依……」
然而如同要蓋過丹尼爾這句話，告知發車的鈴聲在這個時候響起。黑江讓二將手掌放在耳際。「咦，丹尼爾，你說什麼……？」
雖然連忙反問，但是丹尼爾不再多說，只在輪椅上深深鞠躬。
車門隨即關閉，列車慢慢起步。在車窗的另一側，輪椅上偵探回復為開朗的夏威夷人，大幅揮動雙手。刑警們也不服輸般揮動雙手，目送列車遠離。最後列車加速行駛，完全消失在刑警們的視野範圍。
兩人站在月臺一角，一直注視著列車離去的方向。最後砂川刑警輕聲開口了。「該怎麼說……真是一位奇怪的偵探捏。」
「是啊。」不過，他是個好傢伙——黑江讓二暗自在內心低語。

就在這個時候，他的部下忽然好奇發問。「這麼說來，兩位剛才在聊什麼？我去販賣處買東西的時候，你們很愉快地聊著某些事吧？」

「咦，聊什麼嗎……」黑江讓二一時之間不知道該怎麼回答而語塞。到最後，他說出毫不虛假的事實。「沒有啦，不是聊什麼重要的事——是棒球話題。」

「這樣啊，是棒球話題……怎麼可能啦！」

「是真的，沒有騙你。哎，不過這種事不重要吧！」黑江讓二輕拍部下肩膀，然後逕自轉過身去。「好啦，砂川，我們走吧。還有工作在等我們去做！」

「咦？啊啊，黑哥，說得也是捏！」

年輕的砂川刑警依然以輕浮語氣附和，跟在上司的身後。

黑江讓二把剛才和偵探立下的承諾收進心底，再度邁向新的日常。

逆思流

史魁鐸山莊殺人事件

（原名：スクイッド荘の殺人）

作者／東川篤哉　譯者／張鈞堯
執行長／陳君平　榮譽發行人／黃鎮隆
協理／洪琇菁　國際版權／黃令歡、高子甯
總編輯／呂尚燁　美術主編／李政儀
執行編輯／丁玉霈　企劃宣傳／呂尚燁
出版／城邦文化事業股份有限公司　尖端出版
台北市中山區民生東路二段一四一號十樓
電話：（〇二）二五〇〇七六〇〇　傳真：（〇二）二五〇〇二六八三
E-mail：7novels@mail2.spp.com.tw
發行／英屬蓋曼群島商家庭傳媒股份有限公司城邦分公司
尖端出版　行銷業務部
台北市中山區民生東路二段一四一號十樓
電話：（〇二）二五〇〇—七六〇〇（代表號）
傳真：（〇二）二五〇〇—一九七九
讀者服務信箱：sandy@spp.com.tw
中彰投以北經銷（含宜花東）／楨彥有限公司
電話：（〇二）八九一九—三三六九
傳真：（〇二）八九一四—五五二四
雲嘉經銷／威信圖書有限公司　嘉義公司
電話：（〇五）二三三—三八五二
傳真：（〇五）二三三—三八六三
南部經銷／威信圖書有限公司　高雄公司
電話：（〇七）三七三—〇〇七九
傳真：（〇七）三七三—〇〇八七
香港總經銷／城邦（香港）出版集團有限公司
香港灣仔駱克道１９３號東超商業中心1樓
電話：（八五二）二五〇八—六二三一
傳真：（八五二）二五七八—九三三七
E-mail：hkcite@biznetvigator.com
馬新經銷／城邦（馬新）出版集團　Cite(M)Sdn.Bhd.
E-mail：Cite@cite.com.my
法律顧問／王子文律師　元禾法律事務所
台北市羅斯福路三段三十七號十五樓
二〇二三年十月一版一刷

■中文版■

郵購注意事項：
1. 填妥劃撥單資料：帳號：50003021戶名：英屬蓋曼群島商家庭傳媒(股)公司城邦分公司。2. 通信欄內註明訂購書名與冊數。3. 劃撥金額低於500元，請加附掛號郵資50元。如劃撥日起 10～14日，仍未收到書時，請洽劃撥組。劃撥專線TEL：(03) 312-4212 ・ FAX：(03) 322-4621。E-mail：marketing@spp.com.tw

國家圖書館出版品預行編目資料

史魁鐸山莊殺人事件 / 東川篤哉作 ; 張鈞堯 譯. --1版.
--臺北市：尖端出版, 2023.10
面 ; 公分. --(逆思流)
譯自:スクイッド荘の殺人
ISBN 978-626-377-133-8(平裝)

861.57 112014534